大学者随笔书系 ── DAXUEZHE SUIBI SHUXI

伤感行旅

郁达夫随笔

YUDAFU Suibi
SHANGGAN XINGLÜ

北京大学出版社
PEKING UNIVERSITY PRESS

图书在版编目(CIP)数据

伤感行旅　郁达夫随笔/郁达夫著.—北京：北京大学出版社,2009.1
（大学者随笔书系）
ISBN 978-7-301-14826-6

Ⅰ.伤… Ⅱ.郁… Ⅲ.随笔－作品集－中国－现代 Ⅳ.I266.1

中国版本图书馆 CIP 数据核字(2008)第 201301 号

书　　　名：伤感行旅　郁达夫随笔
著作责任者：郁达夫　著
策 划 组 稿：王炜烨
责 任 编 辑：王炜烨
标 准 书 号：ISBN 978-7-301-14826-6/G·2569
出 版 发 行：北京大学出版社
地　　　址：北京市海淀区成府路 205 号　100871
网　　　址：http://www.pup.cn
电 子 信 箱：zpup@pup.pku.edu.cn
电　　　话：邮购部 62752015　发行部 62750672　编辑部 62750673
　　　　　　出版部 62754962
印 　刷　者：涿州市星河印刷有限公司
经 　销　者：新华书店
　　　　　　787 毫米×1092 毫米　16 开本　18 印张　238 千字
　　　　　　2009 年 1 月第 1 版　2013 年 5 月第 2 次印刷
定　　　价：38.00 元

未经许可，不得以任何方式复制或抄袭本书之部分或全部内容。
版权所有，侵权必究
举报电话：(010)62752024　电子信箱：fd@pup.pku.edu.cn

祝冯焕章先生六句大寿戏效先生诗体

冯二先生真好汉，能屈能伸能苦干，昔从西北练精兵，今到中央寻笔杆，笔杆与枪齐一致诗人杜甫伤时泪便涟，岂至相煎何太急，英雄难老当轮囷抗战今年将胜利，加强团结全民意，同室操戈大不该，先生呼唤声磅礴六十年间教训多，从领袖收拾旧山河，预期直捣黄龙日，再诵南山祝寿歌

辛巳夏日 郁达夫作于星洲

郁达夫手迹

目 录

人事远逝

- 003 还乡记
- 022 还乡后记
- 031 零余者
- 037 志摩在回忆里
- 042 悲剧的出生
  ——自传之一
- 047 我的梦,我的青春!
  ——自传之二
- 052 书塾与学堂
  ——自传之三
- 056 水样的春愁
  ——自传之四
- 062 远一程,再远一程!
  ——自传之五
- 067 孤独者
  ——自传之六
- 072 大风圈外
  ——自传之七
- 078 海上
  ——自传之八
- 083 雕刻家刘开渠

Contents

- 086 记耀春之殇
- 089 怀鲁迅
- 090 光慈的晚年
- 094 敬悼许地山先生

谈天说地

- 099 青烟
- 106 立秋之夜
- 108 一封信
- 113 小春天气
- 121 寂寞的春朝
- 123 北国的微音
- 128 给一位文学青年的公开状
- 133 灯蛾埋葬之夜
- 138 故事
- 141 记风雨茅庐
- 144 移家琐记
- 149 杂谈七月
- 151 杭州的八月
- 153 故都的秋

- 156 玉皇山
- 159 北平的四季
- 164 雨
- 166 江南的冬景
- 169 杭州
- 174 城里的吴山
- 177 记闽中的风雅
- 179 饮食男女在福州
- 186 写作闲谈
- 188 马蜂的毒刺
- 191 扬州旧梦寄语堂

行旅历程

- 199 一个人在途上
- 205 海上通信
- 211 钓台的春昼
- 218 沧州日记
- 224 半日的游程
- 228 方岩纪静
- 232 冰川纪秀
- 234 西溪的晴雨

Contents

237　闽游滴沥之二
242　闽游滴沥之五
247　马六甲记游
253　青岛、济南、北平、北戴河的巡游
257　二十二年的旅行
260　感伤的行旅

人事远逝

>>> 郁达夫 伤感行旅>>> 伤感行旅>>> 伤感行旅

还乡记

一

　　大约是午前四五点钟的样子,我的过敏的神经忽而颤动了起来。张开了半只眼,从枕上举起非常沈重的头,半醒半觉的向窗外一望,我只见一层灰白色的云丛,密布在微明空际,房里的角上桌下,还有些暗夜的黑影流荡着,满屋沈沈,只充满了睡声,窗外也没有群动的声息。

　　"还早哩!"

　　我的半年来睡眠不足的昏乱的脑经,这样的忖度了一下,我的有些昏痛的头颅仍复投上了草枕,睡着了。

　　第二次醒来,急急的跳出了床,跑到窗前去看跑马厅的大自鸣钟的时候,我的心里忽而起了一阵狂跳。我的模糊的睡眼,虽看不清那大自鸣钟的时刻,然而我的第六官却已感得了时间的迟暮,8点钟的快车大约总赶不到了。

　　天气不晴也不雨,天上只浮满了些不透明的白云,黄梅时节将过的时候,像这样的天气原是很多的。

　　我一边跑下楼去匆匆的梳洗,一边催听差的起来,问他是什么时候。因为我的一个镶金的钢表,在东京换了酒吃,一个新买的爱而近,去年在北京又被人偷了去,所以现在我只落得和桃花源里的乡老一样,要知道时刻,只能问问外来的捕鱼者"今是何世"?

听说是7点三刻了,我忽而衔了牙刷,莫名其妙的跑上楼跑下楼的跑了几次,不消说心中是在懊恼的。忙乱了一阵,后来又仔细想了一想,觉得终究是赶不上8点的早车了,我的心倒渐渐地平静下去。慢慢的洗完了脸,换了衣服,我就叫听差的去雇了一乘人力车来送我上火车站去。

我的故乡在富春山中,正当清冷的钱塘江的曲处。车到杭州,还要在清流的江上坐两点钟的轮船。这轮船有午前午后两班,午前8点,午后2点,各有一只同小孩的玩具似的轮船由江干开往桐庐去的。若在上海乘早车动身,则午后四五点钟,当午睡初醒的时候,我便可到家,与闺中的儿女相见,但是今天已经是不行了。

不能即日回家,我就不得不在杭州过夜,但是羞涩的阮囊,连买半斤黄酒的余钱也没有的我的境遇,教我那里能忍此奢侈。我心里又发起恼来了。可恶的我的朋友,你们既知道我今天早晨要走,昨夜就不该谈到这样的时候才回去的。可恶的是我自己,我已决定于今天早晨走,就不该拉住了他们谈那些无聊的闲话的。这些也不知是从那里来的话?这些话也不知有什么兴趣?但是我们几个人愁眉蹙额的聚首的时候,起先总是默默,后来一句两句,话题一开,便倦也忘了,愁也丢了,眼睛就放起怖人的光来,有时高笑,有时痛哭,讲来讲去,去岁今年,总还是这几句话:

"世界真是奇怪,像这样轻薄的人,也居然能成中国的偶像的。"

"正唯其轻薄,所以能享盛名。"

"他的著作是什么东西呀!连抄人家的著书还要抄错!"

"唉唉!"

"还有××呢!比××更卑鄙,更不通,而他享的名誉反而更大!"

"今天在车上看见那个犹太女子真好哩!"

"她的屁股正大得爱人。"

"她的臂膊！"

"啊啊！"

"恩斯来的那本《彭思生里参拜记》，你念到什么地方了？"

"三个东部的野人，

三个方正的男子，

他们起了崇高的心愿，

想去看看什，泻，奥夫，欧耳。"

"你真记得牢！"

像这样的毫无系统，漫无头绪的谈话，我们不谈则已，一谈起头，非要谈到傀儡消尽，悲愤泄完的时候不止。唉，可怜有识无产者，这些清淡，这些不平，与你们的脆弱的身体，高亢的精神者，究有何补？罢了罢了，还是回头到正路上去，理点生产罢！

昨天晚上有几位朋友，也在我这里，谈了些这样的闲话，我入睡迟了，所以弄得今天赶车不及，不得不在西子湖边，住宿一宵，我坐在人力车上，孤冷冷的看着上海的清淡的早市，心里只在怨恨朋友，要使我多破费几个旅费。

二

人力车到了北站，站上人物萧条。大约是正在快车开出之后，慢车未发之先，所以现出这沈静的状态。我得了闲空，心里倒生出了一点余裕来，就在北站构内，闲走了一回。因为我此番归去，本来想去看看故乡的景状，能不能容我这零余者回家高卧的，所以我所带的，只有两袖清风，一只空袋，和填在鞋底里的几张钞票——这是我的脾气，有钱的时候，老把它们填在鞋子底里。一则可以防止扒手，二则因为我受足了金钱迫害，借此也可以满足满足我对金钱复仇的心思，有时候我真有用了全身的气力,拼死踩践它们的举动——而已,身边没有行李,在车站上跑来跑去是非常自由的。

天上的同棉花似的浮云,一块一块的消散开来,有几处竟现出青苍的笑靥来了。灰黄无力的阳光,也有几处看得出来。虽有霏微的海风,一阵阵夹了灰土煤烟,吹到这灰色的车站中间,但是伏天的暑热,已悄悄的在人的腋下腰间送信来了。"啊啊!三伏的暑热,你们不要来缠扰我这消瘦的行路病者!你们且上富家的深闺里去,钻到那些丰肥红白的腿间乳下去,把她们的香液蒸发些出来罢!我只有这一件半旧的夏布长衫,若被汗水污了,明天就没得更换的呀!"这是我想对暑热央告的话头。

在车站上踏来踏去的走了几遍,站上的行人,渐渐的多起来了。男的女的,行者送者,面上都堆着满贮希望的形容,在那里左旋右转。但是我——单只是我个人——也无朋友亲戚来送我的行,更无爱人女弟,来作我的伴,我的脆弱的心中,又无端的起了万千的哀感:

"论才论貌,在中国的二万万男子中间,我也不一定说是最下流的人,何以我会变成这样的孤苦的呢!我前世犯了什么罪来?我生在什么星的底下?我难道真没有享受快乐的资格的么?我不能信的,我不能信的。"

这样的一想,我就跑上车站的旁边入口处去,好像是看见了我认识的一位美妙的女郎来送我回家的样子。我走到门口,果真见了几个穿时样的白衣裙的女子,刚从人力车下来。其中有一个十七八岁的,戴白色运动软帽的女学生,手里提了三个很重的小皮箧,走近了我的身边。我不知不觉的伸出了一只手去,想为她代拿一个皮箧,她站住了脚,放开了黑晶晶的两只大眼很诧异的对我看了一眼。

"啊啊!我错了,我昏了,好妹妹,请你不要动怒,我不是坏人,我不是车站上的小窃,不过我的想象力太强,我把你当作了我的想象中的人物,所以得罪了你。恕我恕我,对不起,对不起,你的两眼的责罚,是我所甘受的,你即用了你柔软的小手,批我一颊,我也是甘受的,我错了,我昏了。"

我被她的两眼一看,就同将睡的人受了电击一样,立时涨红了脸,发出了一身冷汗,心里这样的作了一遍谢罪之辞,缩回了手,低下了头,就匆匆的逃走了。

啊啊!这不是衣锦的还乡,这不是罗皮康(Rubicon)的南渡,有谁来送我的行,有谁来作我的伴呢!我的空想也未免太不自量了,我避开了那个女学生,逃到了车站大门口的边上人丛中躲藏的时候,心里还在跳跃不住。凝神屏气的立了一会,向四边偷看了几眼,一种不可捉摸的感情,笼罩上我的全身,我就不得不把我的夏布长衫的小襟拖上面去了。

三

"已经是8点45分了。我在这里躲藏也躲藏不过去的,索性快点去买一张票来上车去罢!但是不行不行,两边买票的人这样的多,也许她是在内的,我还是上口头的那近大门的窗口去买罢!这里买票的人正少得很呀!"

这样的打定了主意,我就东探西望的走上那玻璃窗口,去买了一张车票。伏倒了头,气喘吁吁的跑进了月台,我方晓得刚才买的是一张二等票,想想我脚下的余钱,又想想今晚在杭州不得不付的膳宿费,我心里忽而清了一清。经济与恋爱是不能两立的,刚才那女学生的事情,也渐渐的被我忘了。

浙江虽是我的父母之邦,但是浙江的知识阶级的腐破,一班教育家政治家对军人的诌媚与对平民的压制,以及小政客的婢妾的行为,无厌的贪婪,平时想起就要使我作呕。所以我每次回浙江去,总抱了一腔羞嫌的恶懔,障扇而过杭州,不愿在西子湖头作半日的勾留。只有这一回,到了山穷水尽,我委委颓颓的逃返家中,却只好仍到我所嫌恶的故土去求一个息壤!投林的倦鸟,返壑的衰狐,当没有我这样的懊丧落胆的。

啊啊！浪子的还家，只求老父慈兄，不责备我就对了，那里还有批评故乡，憎嫌故乡的心思，我一想到这一次的卑微的心境，竟不觉泫泫的落下泪来了。

我孤伶仃的坐在车里，看看外面月台上跑来跑去的旅人，和穿黄色制服的挑夫，觉得模糊零乱，他们与我的中间，有一道冰山隔住的样子。一面看看车站附近各工厂的高高的烟囱，又觉得我的头上身边，都被一层灰色的烟雾包围在那里。我深深的吸了一口气，把车窗打开来看梅雨晴时的空际。天上虽还不能说是晴朗，但一斛晴云，和几道光线，却在那里安慰旅人说：

"雨是不会下了，晴不晴开来，却看你们的运气罢！"

不多一忽，火车慢慢儿的开了。北站附近的贫民窟，同坟墓似的江北人的船室，污泥的水潴，晒在坍败的晒台上的女人的小衣，秽布，劳动者的破烂的衣衫等，一幅一幅的呈到我的眼前来，好像是老天故意把人生的疾苦，编成了这一部有系统的纪录，来安慰我的样子。

啊啊，载人离别的你这怪兽！你不终不息的前进，不休不止的前进罢！你且把我的身体，搬到世界尽处去，搬入虚无之境去，一生一世，不要停止，尽是行行，行到世界万物都化作青烟，你我的存在都变成乌有的时候，那我就感激你不尽了。

由现代的物质文明产生出来的贫苦之景，渐渐的被大自然掩盖了下去，贫民窟过了，大都会附近之小镇（Vorstadt）过了，路线的两岸，只有平绿的田畴，美丽的别业，洁净的野路，和壮健的农夫。在这调和的盛夏的野景中间，就是在路上行走的那一乘黄色人力车夫，也带有些浪漫的色彩。他好像是童话里的人物，并不是因为衣食的原因，却是为了自家的快乐，拉了车在那里行走的样子。若要在这大自然的微笑中间，指出一件令人不快的事物来，那就是野草中间横躺着的棺冢了。穷人的享乐，只有陶醉在大自然怀里的一刹那。在这一刹那中间，他能把现实的痛苦，忘记得干干净净，与悠久的天空，广漠的大地，化而为一。这是何等的残虐，何等的恶毒呢！当这样的地方，这样的时候，把人生的运命，赤裸裸的指给他看！

我是主张把中国的坟冢，把野外的枯骨，都掘起来付之一炬，或投入汪洋的大海里去的。

四

过了徐家汇，梵王渡，火车一程一程的进去，车窗外的绿色也一程一程的浓润起来，啊啊，我自失业以来，同鼠子蚊虫，蛰居在上海的自由牢狱里，已经有半年多了。我想不到野外的自然，竟长得如此的清新，郊原的空气，会酿得如此的爽健的。啊啊，自然呀，大地呀，生生不息的万物呀，我错了，我不应该离开了你们，到那秽浊的人海中间去觅食去的。

车过了莘庄，天完全变晴了。两旁的绿树枝头，蝉声犹如雨降。我侧耳听听，回想我少年时的景象不置。悠悠的碧落，只留着几条云影，在空际作霓裳的雅舞。一道阳光，偏洒在浓绿的树叶，匀称的稻秧，和柔软的青草上面。被黄梅雨盛满的小溪，奇形的野桥，水车的茅亭，高低的土堆，与红墙的古庙，洁净的农场，一幅一幅同电影似的尽在那里更换。我以车窗作了镜框，把这些天然的图画看得迷醉了，直等火车到松江停住的时候止，我的眼睛竟瞬息也没有移动。唉，良辰美景奈何天，我在这样的大自然里怕已没有生存的资格了罢，因为我的腕力，我的精神，都被现代的文明撒下了毒药，恶化成零，我那里还有执了锄耙，去和农夫耕作的能力呢！

正直的农夫吓，你们是世界的养育者，是世界的主人公，我情愿为你们作牛作马，代你们的劳，你们能分一杯麦饭给我么？

车过了松江，风景又添了一味和平的景色。弯了背在田里工作的农夫，草原上散放着的羊群，平桥浅渚，野寺村场，都好像在那里作会心的微笑。火车飞过一处乡村的时候，一家泥墙草舍里忽有几声鸡唱声音，

传了出来。草舍的门口有一个赤膊的农夫,吸着烟站在那里对火车呆看。我看了这些纯朴的村景,就不知不觉的叫了起来:

"啊啊!这和平的村落,这和平的村落,我几年不与你相接了。"

大约是叫得太响了,我的前后的同车者,都对我放起惊异的眼光来。幸而这是慢车。坐二等车的人不多,否则我只能半途跳下车去,去躲避这一次的羞耻了。我被他们看得不耐烦,并且肚里也觉得有些饥了,用手向鞋底里摸了一摸,迟疑了一会,便叫过茶房来,命他为我搬一客番菜来吃。我动身的时候,脚底下只藏着两张钞票。火车票买后,左脚下的一张钞票已变成了一块多的找头,依理而论是不该在车上大吃的。然而愈有钱愈想节省,愈贫穷愈要瞎化,是一般的心理,我此时也起了自暴自弃的念头:

"横竖是不够的,节省这几个钱,有什么意思,还是吃罢!"

一个欲望满足了的时候,第二个欲望马上要起来的,我喝了汤,吃了一块面包之后,喉咙觉得干渴起来,便又起了一种自暴自弃的念头,率性叫茶房把啤酒汽水拿了两瓶来。啊啊,危险危险,我右脚下的一张钞票,已有半张被茶房撕去了。

一边饮食,一边我仍在赏玩窗外的水光云影。在几个小车站上停了几次,轰轰的过了几处铁桥,等我中餐吃完的时候,火车已经过嘉兴驿了。吃了个饱满,并且带了三分醉意,我心里虽时时想到今晚在杭州的膳宿费,和明天上富阳去的轮船票,不免有些忧郁,但是以全体的气概讲来,这时候我却是非常快乐,非常满足的:

"人生是现在一刻的连续,现在能够满足,不就好了么?一刻之后的事情,又何必去想它,明天明年的事情,更可丢在脑后了。一刻之后,谁能保得火车不出轨!谁能保得我不死?罢了罢了,我是满足得很!哈哈哈哈……"

我心里这样的很满足的在那里想,我的脚就慢慢的走上车后的眺望台去。因为我坐的这挂车是最后的一挂,所以站在眺望台上,既可细看野景,又可听听鸣蝉,接受些天风。我站在台上,一手捏住铁栏,一手用了半枝火柴在剔牙齿。凉风一阵阵的吹来,野景一幅幅的过去,我真觉得太幸福了。

五

我平生感得幸福的时间,总不能长久。一时觉得非常满足之后,其后必有绝大的悲怀相继而起。我站在车台上,正在快乐的时候,忽而在万绿丛中看见了一幅美满的家庭团叙之图,一个年约三十一二的壮健的农夫,两手擎了一个周岁的小孩,在桑树影下笑乐,一个穿青布衫的与农夫年纪相仿的农妇,笑微微的站在旁边守着他们。在他们上面晒着的阳光树影,更把他们的美满的意情表现得分外明显。地上摊着一只饭箩,一瓶茶,几只菜饭碗,这一定是那农妇送来飨她男人的田头食品。啊啊,桑间陌上,夫唱妇随,更有你两个爱情的结晶,在中间作姻缘的缔带,你们是何等幸福呀!然而我呢!啊啊我啊?我是一个有妻不能爱,有子不能抚的无能力者,在人生战斗场上的惨败者,现在是在逃亡的途中的行路病者,啊!农夫吓农夫,愿你与你的女人和好终身,愿你的小孩聪明强健,愿你的田谷丰多,愿你幸福!你们的灾殃,你们的不幸,全交给了我,凡地上一切的苦恼,悲哀,患难,索性由我一人负担了去罢!

我心里虽这样的在替他祝福,我的眼泪却连连续续的落了下来。半年以来,因为失业的原因,在上海流离的苦处,我想起来了。三个月前头,我的女人和小孩,孤苦伶仃的由这条铁路上经过,萧萧索索的回家去的情状,我也想出来了。啊啊,农家夫妇的幸福,读书阶级的飘零!我女人经过的悲哀的足迹,现在更由我在一步步的践踏过去!若是有情,怎得不哭呢!

四围的景色,忽而变了,一刻前那样丰润华丽的自然的美景,都好像在那里嘲笑我的样子:

"你回来了么？你在外国住了十几年，学了些什么回来？你的能力怎么不拿些出来让我们看看？现在你有养老婆儿子的本领么？哈哈！你读书学术，到头来还是归到乡间去啃你祖宗的积聚！"

我俯首看看飞行的车轮，看看车轮下的两条白闪闪的铁轨和枕木卵石，忽而感得了一种强烈的死的诱惑。我的两脚抖了起来，踉跄前进了几步，又呆呆的俯视了一忽，两手捏住了铁栏，我闭着眼睛，咬紧牙齿，在脚尖上用了一道死力，便把身体轻轻的抬跳起来了。

六

啊啊，死的胜利吓！我当时若志气坚强一点，早就脱离了这烦恼悲苦的世界，此刻好坐在天神 Beatrice 的脚下拈花作微笑了。但是我那一跳，气力没有用足。我打开眼睛来看时，大地高天，稻田草地，依旧在火车的四周驰骋，车轮的辗声，依旧在我的耳里雷鸣，我的身体却坐在栏杆的上面，绝似病了的鹦鹉，被锁住在铁条上待毙的样子。我看看两旁的美景，觉得半点钟以前的称颂自然美的心境，怎么也回复不过来。我以泪眼与碪石的灵山相对，觉得碪西公园后石山上在太阳光下游玩的几个男女青年，都是挤我出世界外去的魔鬼。车到了临平，我再也不能细赏那荷花世界柳丝乡的风味。我只觉得青翠的临平山，将要变成我的埋骨之乡。笕桥过了，艮山门过了。灵秀的宝叔山，奇兀的北高峰，清泰门外贯流着的清浅的溪流，溪流上摇映着的萧疏的杨柳，野田中交叉的窄路，窄路上的行人，前朝的最大遗物，参差婉绕的城墙，都不能唤起我的兴致来。车到了杭州城站，我只同死刑犯上刑场似的下了月台。一出站内，在青天皎日的底下，看看我儿时所习见的红墙旅舍，酒馆茶楼，和年轻气锐的生长在都会中的妙年人士，我心里只是怦怦的乱跳，仰不起头来。这种幻灭的心理，若硬要把它写出来的时候，我只好用一个譬喻。譬如当青春的年少，我遇着了一位绝世的佳人，她对我本是初恋，我对她也是第一次的破题儿。两人相携相挽，同睡同行，春花秋月的过了几十个良宵。后来我的金钱用尽，女人也另外有了心爱的人儿，她就学了樊素，同春去了。我只得和悲哀孤独，贫困恼羞，结成伴侣。几年在各地流浪之余，我年纪也大了，身体也衰了，披了一身破褴的衣服，仍复回到当时我两人并肩携手的故地来。山川草木，星月云霓，仍不改其美丽。我独坐湖滨，正在临流自吊的时候，忽在水面看见了那弃我而去的她的影像。她容貌同几年前一样的娇柔，衣服同几年前一样的华丽，项下挂着的一串珍珠，比从前更加添了一层光彩，额上戴着的一圈玛瑙，比曩时更红艳得多了。且更有难堪者，回头来一看，看见了一位文秀娴雅的美少年，站在她的背后，用了两手在那里摸弄她的腰背。

啊啊！这一种譬喻，值得什么？我当时一下车站，对杭州的天地感得的那一种羞惭懊丧，若以言语可以形容的时候，我当时的夏布衫袖，就不会被泪汗湿透了，因为说得出譬喻得出的悲怀，还不是世上最伤心的事情呀。我慢慢俯了首，离开了刚下车的人群与争揽客人的车夫和旅馆的招待者，独行踽踽的进了一家旅馆，我的心里好像有千斤重的一块铅石锤在那里的样子。

开了一个单房间，洗了一个手脸，茶房拿了一张纸来，要我填写姓名年岁籍贯职业。我对他呆呆的看了一忽，他好像是疑我不曾出过门，不懂这规矩的样子，所以又仔仔细细的解说了一遍。啊啊，我那里是不懂规矩，我实在是没有写的勇气哟，我的无名的姓氏，我的故乡的籍贯，我的职业！啊啊！叫我写出什么来？

被他催迫不过，我就提起笔来写了一个假名，填上了异乡人的三字，在职业栏下写了一个无字。不知不觉我的眼泪竟噗嗒噗嗒的滴了两滴在那张纸上。茶房也看得奇怪，向纸上看了一看，又问我说：

"先生府上是那里，请你写上了罢，职业也要写的。"

我没有办法，就把异乡人三字圈了，写上朝鲜两字，在职业之下也圈了一圈,填了"浮浪"两字进去。茶房出去之后,我就关上了房门,倒在床上尽情的暗泣起来了。

七

伏在床上暗泣了一阵,半日来旅行的疲倦,征服了我的心身。在朦胧半觉的中间,我听见了几声咯咯叩门声。糊糊涂涂的起来开了门,我看见祖母,不言不语的站在门外。天色好像晚了,房里只是灰黑的辨不清方向。但是奇怪得很,在这灰黑的空气里,祖母面上的表情,我却看得清清楚楚。这表情不是悲哀,当然也不是愉乐,只是一种压人的庄严的沉默。我们默默的对坐了几分钟,她才移动了那皱纹很多的嘴说:

"达!你太难了,你何以要这样的孤洁呢!你看看窗外看!"

我向她指着的方向一望,只见窗下街上黑暗嘈杂的人丛里有两个大火把在那里燃烧,再仔细一看,火把中间坐着一位木偶。但是奇极怪极,这木偶的面貌,竟完全与我的一个朋友面貌一样。依这情景看来,大约是赛会了,我回转头来正想和祖母说话,房内的电灯拍的响了一声,放起光来了,茶房站在我的床前,问我晚饭如何?我只呆呆的不答,因为祖母是今年2月里刚死的,我正在追想梦里的音容,那里还有心思回茶房的话哩?

遣茶房走了,我洗了一个面,就默默的走出旅馆来。夕阳的残照,在路旁的层楼屋脊上还看得出来。店头的灯火,也星星的上了。日暮的空气,带着微凉,拂上面来。我在羊市街头走了几转,穿过车站的庭前,踏上清泰门前的草地上去。沈静的这杭州故郡,自我去国以来,也受了不少的文明的侵害,各处的旧迹,一天一天被拆毁了。我走到清泰门前,就起了一种怀古之情,走上将拆而犹在的城楼上去。城外一带杨柳桑树上的鸣蝉,叫得可怜。它们的哀吟,一声声沁入了我的心牌，我如同海上的浮尸，把我的情感，全部付托了蝉声，尽做梦似的站在丛残的城堞上看那西北的浮云和暮天的急情，一种淡淡的悲哀，把我的全身溶化了。这时候若有几声古寺的钟声，当当的一下一下，或缓或徐的飞传过来，怕我就要不自觉的从城墙上跳入城壕，把我灵魂和入晚烟之中，去笼罩着这故都的城市。然而南屏还远，Curfew今晚上不会鸣了。我独自一个冷清清地立了许久，看西天只剩了一线红云，把日暮的悲哀尝了个饱满，才慢慢地走下城来。这时候天已黑了，我下城来在路上的乱石上钩了几脚，心里倒起了一种莫名其妙的恐怖。我想想白天在火车上谋自杀的心思和此时的恐怖心一比，就不觉微笑起来，啊啊，自负为灵长的两足动物哟，你的感情思想，原只是矛盾的连续呀！说什么理性？讲什么哲学？

　　走下了城，踏上清冷的长街，暮色已经弥漫在市上了。各家的稀淡的灯光，比数刻前增加了一倍势力。清泰门直街上的行人的影子，一个一个从散射在街上的电灯光里闪过，现出一种日暮的情调来。天气虽还不曾大热，然而有几家却早把小桌子摆在门前，露天的在那里吃饭了。我真成了一个孤独的异乡人，光了两眼，尽在这日暮的长街上行行前进。

　　我在杭州并非没有朋友，但是他们或当科长，或任参谋，现在正是非常得意的时候，我若飘然去会，怕我自家的心里比他们见我之后憎嫌我的心思更要难受。我在沪上，半年来已经饱受了这种冷眼，到了现在，万一家里容我，便可回家永住，万一情状不佳，便拟自决的时候，我再也犯不着讨这些没趣了。我一边默想，一边看看两旁的店家在电灯下围桌晚餐的景象，不知不觉两脚便走入了石牌楼的某中学所在的地方。啊啊，桑田沧海的杭州，旗营改变了，湖滨添了些邪恶的中西人的别墅，但是这一条街，只有这一条街，依旧清清冷冷，和十几年前我初到杭州考中学的时候一样。物质文明的幸福，些微也享受不着，现代经济组织的流毒，却受得很多的我，到了这条黑暗的街上，好像是已经回到了故乡的样子，心里忽感得了一种安泰，大约是兴致来了，我就踏进了一家巷口的小酒店里去买醉去。

八

在灰黑的电灯底下,面朝了街心,靠着一张粗黑的桌子,坐下喝了几杯高粱,我终觉得醉不成功。我的头脑,愈喝酒愈加明晰,对于我现在的境遇反而愈加自觉起来了。我放下酒杯,两手托着了头,呆呆的向灰暗的空中凝视了一会,忽而有一种沈郁的哀音夹在黑暗的空气里,渐渐的从远处传了过来。这哀音有使人一步一步在感情中沈没下去的魔力,这本来也就是中国管弦乐的特色。过了几分钟,这哀音的发动者渐渐的走近我的身边,我才辨出了一种胡琴与碰击瓷器的谐音来。啊啊!你们原来是流浪的音乐家,在这半开化的杭州城里想卖艺糊口的可怜虫!

他们二三人的瘦长的清影,和后面跟着看的几个小孩,在酒馆前头掠过了。那一种凄楚的谐音,也一步一步的幽咽了,听不见了。我心里忽起了一种绝大的渴念,想追上他们,去饱尝一回哀音的美味。付清了酒账,我就走出店来,在黑暗中追赶上去。但是他们的几个人,不知走上了什么方向,我拼死的追寻,终究寻他们不着。唉,这昙花的一现,难道是我的幻觉么?难道是上帝显示给我的未来的预言么?但是那悠扬沉郁的弦音和磁盘碰击的声响,还缭绕在我的心中。我在行人稀少的黑暗的街上东奔西走的追寻了一会,没有方法,就从丰乐桥直街走到西湖的边上。

湖上没有月华,湖滨的几家茶楼旅馆,也只有几点清冷的电灯,在那里放淡薄的微光,宽阔的马路上,行人也寥落得很。我横过了湖塍马路,在湖边上立了许久。湖的三面,只有沈沈的山影,山腰山脚的别庄里,有几点微明的灯火,要静看才看得出来。几颗淡淡的星光,倒映在湖里,微风吹来,湖里起了几声豁豁的浪声。四边静极了。我把一枝吸尽的纸烟头丢入湖里,啾的响了一声,纸烟的火就熄了。我被这一种静寂的空气压迫不过,就放大了喉咙,对湖心噢噢的发了一声长啸,我的胸中觉得舒畅了许多。沿湖的向西走了一段,我忽在树荫下椅子上,发见了一对青年男女。他和她的态度太无忌惮了,我心里忽起了一种不快之感,把刚才长啸之后的畅怀消尽了。

啊啊!青年的男女哟!享受青春,原是你们的特权,也是我平时的主张。但是但是他们在不幸的孤独者前头,总应该谦逊一点,方能完全你们的爱情的美处。你们且牢牢记着罢!对了贫儿,切不要把你们的珍珠宝物显给他看,因为贫儿看了,愈要觉得他自家贫困的呀!

我从人家睡尽的街上,走回城站附近的旅馆里来的时候,已经是深夜了。解衣上床,躺了一会,终觉得睡不着。我就点上一支纸烟,一边吸着,一边在看帐顶。在沈闷的旅舍夜半的空气里,我忽而听见一阵清脆的女人声音,和门外的茶房,在那里说话。

"来哉来哉!咦哟,等得诺(你)半业(日)嗒哉!"这是轻佻的茶房的声音。

"是那一位叫的?"

啊啊!这一定是土娼了!

"仰(念)三号里!"

"你同我去呵!"

"噢哟,根(今)朝诺(你)个(的)面孔真白嗒!"

茶房领了她从我门口走过,开入到间壁念三号房里去。

"好哉,好哉!活菩萨来哉!"

茶房领到之后,就关上门走下楼去了。

"请坐。"

"不要客气!先生府上是那里?"

"阿拉(我)宁波。"

"是到杭州来耍子的么?"

"来宵(烧)香个。"

"一个人么?"

"阿拉邑个宁(人)。京(今)教(朝)体(天)气轧业(热),查拉(为什么)勿赤膊?"

"舍话语!"

"诺(你)勿脱,阿拉要不(替)诺脱哉。"

"不要动手,不要动手!"

"回(还)朴(怕)倒霉索啦?"

"不要动手,不要动手!我自家来解罢。"

"阿拉要摸一摸!"

吃吃的窃笑声,床壁的震动声。

啊啊!本来是神经衰弱的我,即在极安静的地方,尚且有时睡不着觉,那里还经得起这样淫荡的吵闹呢!北京的浙江大老诸君呀,听说杭州有人倡设公娼的时候,你们竭力的反对,你们难道还不晓得你们的子女姊妹在干这种营业,而在扰乱及贫苦的旅人的么?盘踞在当道,只知敲剥百姓的浙江的长官呀!你们若只知聚敛,不知济贫,怕你们的妻妾,也要为快乐的原因,学她们的妙技了。唉唉!邑有流亡愧俸钱,你们曾听人说过这句诗否!

九

我睡在床上,被间壁的淫声挑拨得不能合眼,没有方法,只能起来上街去闲步。这时候大约是后半夜的一二点钟的样子,上海的夜车早已到着,羊市街福绿巷的旅店,都已关门睡了。街上除了几乘散乱停住的人力车外,只有几个敝衣凶貌的罪恶的子孙在灰色的空气里阔步。我一边走一边想起了留学时代在异国的首都里每晚每晚的夜行,把当时的情状与现在在这中国的死灭的都会里这样的流离的状态一对照,觉得我的青春,我的希望,我的生活,都已成了过去的云烟,现在的我和将来的我只剩得极微细的一些儿现实味,我觉得自家实际上已经成了一个幽灵了。

我用手向身上摸了一摸,觉得指头触着了一种极粗的夏布材料,又向脸上用了力摘了一把,神经感得了一种痛苦。

"还好还好,我还活在这里,我还不是幽灵,我还有知觉哩!"

这样的一想,我立时把一刻前的思想打消,却好脚也正走到了拐角头的一家饭馆前了。在四邻已经睡寂的这深更夜半,只有这一家店同睡相不好的人的嘴似的空空洞洞的还开在那里。我晚上不曾吃过什么,一见了这家店里的锅子炉灶,便觉得饥饿起来,所以就马上踏了进去。

喝了半斤黄酒,吃了一碗面,到付钱的时候,我又痛悔起来了。我从上海出发的时候,本来只有五元钱的两张钞票。坐二等车已经是不该的了,况又在车上大吃了一场。此时除付过了酒面钱外,只剩得一元几角余钱,明天付过旅馆宿费,付过早饭账,付过从城站到江干的黄包车钱,那里还有钱购买轮船票呢?我急得没有方法,就在静寂黑暗的街巷里乱跑了一阵,我的身体,不知不觉又被两脚搬到了西湖边上。湖上的静默的空气,比前半夜,更增加了一层神秘的严肃。游戏场也已经散了,马路上除了拐角头边上的没有看见车夫的几乘人力车外,生动的物事一个也没有。我走上了环湖马路,在一家往时也曾投宿过的大旅馆的窗下立了许久。看看四边没有人影,我心里忽然来了一种恶魔的诱惑。

"破窗进去罢,去攫取几个钱来罢!"

我用了心里的手,把那扇半掩的窗门轻轻地推开,把窗门外的铁杆,细心地拆去了二三枝,从墙上一踏,我就进了那间屋子。我的心眼,看见床前白帐子下摆着一双白花缎的女鞋,衣架上挂着一件纤巧的白华丝纱衫,和一条黑纱裙。我把洗面台的抽斗轻轻抽开,里边在一个小小儿的粉盒和一把自象牙骨摺扇的旁边,横躺着一个沿口有光亮的钻珠绽着的女人用的口袋。我向床上看了几次,便把那口袋拿了,走到窗前,心里起了一种怜惜羞悔的心思,又走回去,把口袋放归原处。站了一忽,看看那狭长的女鞋,心里忽又起了一种异想,就伏倒去把一只鞋子拿在手里。我把这双女鞋闻了一回,玩了一回,最后又起了一种惨忍的决心,索性把口袋鞋子一齐拿了,跳出窗来。我幻想到了这里,忽然回复了我的意识,面上就立时变得绯红,额上也钻出了许多珠汗。我眼睛眩晕了一阵,我就急急的跑回城站的旅馆来了。

十

奔回到旅馆里,打开了门,在床上静静的躺了一忽,我的兴奋,渐渐地镇静了下去。间壁的两位幸福者也好像各已倦了,只有几声短促的鼾声和时时从半睡状态里漏出来的一声二声的低幽的梦话,击动我的耳膜。我经了这一番心里的冒险,神经也已倦竭,不多一会,两只眼包皮就也沉沉的盖下来了。

一睡醒来,我没有下床,便放大了喉咙,高叫茶房,问他是什么时候。

"10点钟哉,鲜散(先生)!"

啊啊!我记得接到我祖母的病电的时候,心里还没有听见这一句回话时的恼乱!即趁早班轮船回去,我的经济,已难应付,那里还禁得在杭州再留半日呢?况且下午2点钟开的轮船是快班,价钱比早班要贵一倍。我没有方法,把脚在床上蹬踢了一回,只得悻悻地起来洗面。用了许多愤激之辞,对茶房发了一回脾气,我就付了宿费,出了旅馆从羊市街慢慢的走出城来。这时候我所有的财产全部,除了一个瘦黄的身体之外,就是一件半旧的夏布长衫,一套白洋纱的小衫裤,一双线袜,两只半破的白皮鞋和八角小洋。

太阳已经升上了中天,光线直射在我的背上。大约是因为我的身体不好,走不上半里路,全身的粘汗竟流得比平时更多一倍。我看看街上的行人,和两旁的住屋中的男女,觉得他们都很满足的在那里享乐他们的生活,好像不晓得忧愁是何物的样子。背后忽而起了一阵铃响,来了一乘包车,车夫向我骂了几句,跑过去了,我只看见了一个坐在车上穿白纱长衫的少年绅士的背形,和车夫的在那里跑的两只光腿。我慢慢的走了一段,背后又起了一阵车夫的威胁声,我让开了路,回转头来一看,看见了三部人力车,载着三个很纯朴的女学生,两腿中间各夹着些白皮箱铺盖之类,在那里向我冲来。她们大约是放了暑假赶回家去的。我此时心里起了一种悲愤,把平时祝福善人的心地忘了,却用了憎恶的眼睛,狠狠的对那些威胁我的人力车夫看了几眼。啊啊,我外面的态度虽则如此凶恶,但一边心里我却在原谅你们的呀!

你们这些可怜的走兽,可怜你们平时也和我一样,不能和那些年轻的女性接触。这也难怪你们的,难怪你们这样的乱冲,这样的兴高采烈的。这几个女性的身体岂不是载在你们的车上的么?她们的白嫩的肉体上岂不是有一种电气传到你们的身上来的么?虽则原因不同,动机卑微,但是你们的汗,岂不也是为了这几个女性的肉体而流的么?啊啊,我若有气力,也愿跟了你们去典一乘车来,专拉拉这样的如花少女。我更愿意拼死的驰驱,消尽我的精力。我更愿意不受她们半分的物质上的报酬金。

走出了凤山门,站住了脚,默默的回头来看了一眼,我的眼角又忽然涌出了两颗珠露来!

"珍重珍重,杭州的城市!我此番回家,若不马上出来,大约总要在故乡永住了,我们的再见,知在何日?万一情状不佳,故乡父老不容我在乡间终老,我也许到严子陵的钓石矶头,去寻我的归宿的,我这一瞥,或将成了你我的最后的诀别,也未可知。我到此刻,才知道我胸际实在在痛爱你的明媚的湖山的,不过盘踞在你的地上的那些野心狼子,不得不使我怨你恨你罢了。啊啊,珍重珍重,杭州的城市!我若在波中淹没的时候,最后映到我的心眼上来的,也许是我儿时亲睦的你的媚秀的湖山罢!"

1923 年 7 月 30 日

还乡后记

　　风烟俱净,天山共色,丛流飘荡,任意东西,自富阳至桐庐一百许里,奇山异水,天下独绝。水皆缥碧,千丈见底,游鱼细石,直视无碍,急湍甚箭,猛浪若奔,隔岸高山,皆生寒树,负势竞上,互相轩邈,争高直指,千百成群。泉水激石,泠泠作响,好鸟相鸣,嘤嘤成韵。蝉则千啭不穷,猿则百叫无绝,鸢飞戾天者,望峰息心,经纶世务者,窥谷忘反,横柯上蔽,在昼犹昏,疏条交映,有时见日。(吴均)

一

　　"比在家庭的怀抱里觉得更好的地方,是什么地方?"像这样的地方,当然是没有的,法国的这一句古歌,实在是把人情世态道尽了。

　　当微雨潇潇之夜,你若身眠古驿,看看萧条的四壁,看看一点欲尽的寒灯,倘不想起家庭的人,这人便是没有心肠者,任它草堆也好,破窑也好,你儿时放摇篮的地方,便是你死后最好的葬身之所呀!我们在客中卧病的时候,每每要想及家乡,就是这事的明证。

我空拳只手的奔回家去。到了杭州,又把路费用尽,在赤日的底下,在车行的道上,我就不得不步行出城。缓步当车,说起来倒是好听,但是在20世纪的堕落的文明里沈浸过的我,既贫贱而又多骄,最喜欢张张虚势,更何况平时是以享乐为主义的我,又那里能够好好的安贫守分,和乡下人一样的踥蹀泥中呢!

这一天阴历的六月初三,天气倒好得很。但是炎炎的赤日,只能助长有钱有势的人的纳凉佳兴,与我这行路病者,却是丝毫无益的!我慢慢的出了凤山门,立在城河桥上,一边用了我那半旧的夏布长衫襟袖,揩拭汗水,一边回头来看看杭州的城市,与杭州城上盖着的青天和城墙界上的一排山岭,真有万千的感慨,横亘在胸中。预言者自古不为其故乡所容,我今朝却只能对了故里的丘山,来求最后的荫庇,五柳先生的心事,痛可知了。

啊啊!亲爱的诸君,请你们不要误会,我并非是以预言者自命的人,不过说我流离颠沛,却是与预言者的境遇相同,社会错把我作了天才待遇罢了。即使罗秀才能行破石飞鸡的奇迹,然而他的品格,岂不和漂泊在欧洲大陆,猖狂乞食的其泊西(gipsy)一样么?

我勉强走到了江干,腹中饥饿得很了。回故乡去的早班轮船,当然已经开出,等下午的快船出发,还有三个钟头。我在杂乱窄狭的南星桥市上漂流了一会,在靠江的一条冷清的夹道里找出了一家坍败的饭馆来。

饭店的房屋的骨格,同我的胸腔一样,肋骨已经一条一条的数得出来了。幸亏还有左侧的一根木橡,从邻家墙上,横着支住在那里,否则怕去秋的潮汛,早好把它拉入了江心,作伍子胥的烧饭柴火去了。店里的几张板凳桌子,都积满了灰尘油腻,好像是前世纪的遗物。账柜上坐着一个四十内外的女人,在那里做鞋子。灰色的店里,并没有什么生动的气象,只有在门口柱上贴着的一张"安寓客商"的尘蒙的红纸,还有些微现世的感觉。我因为脚下的钱已快完,不能更向热闹的街心去寻辉煌的菜馆,所以就慢慢的踱了进去。

啊啊,物以类聚!你这短翼差池的饭馆,你若是二足的走兽,那我正好和你分庭抗礼结为兄弟哩。

二

假使天公下一阵微雨,把钱塘江两岸的风景,罩得烟雨模糊,把江边的泥路,浸得污浊难行,那么这时候江干的旅客,必要减去一半,那么我乘船归去,至少可以少遇见几个晓得我的身世的同乡;即使旅客不因之而减少,只教天上有暗淡的愁云濛着,阶前屋外有几点雨滴的声音,那么围绕在我周围的空气和自然的景物,总要比现在更带有些阴惨的色彩,总要比现在和我的心境更加相符。若希望再奢一点,我此刻更想有一具黑漆棺木在我的旁边。最好是秋风凉冷的9、10月之交,叶落的林中,阴森的江上,不断地筛着渺濛的秋雨。我在凋残的芦苇里,雇了一叶扁舟,当日暮的时候,在送灵柩归去。小船除舟子而外,不要有第二个人。棺里卧着的,若不是和我寝处追随的一个年少妇人,至少也须是一个我的至亲骨肉。我在灰暗微明的黄昏江上,雨声淅沥的芦苇丛中,赤了足,张了油纸雨伞,提了一张灯笼,摸上船头上去焚化纸帛。

我坐在靠江的一张破桌子上,等那柜上的妇人下来替我炒蛋炒饭的时候,看看西兴对岸的青山绿树,看看江上的浩荡波光,又看看在江边沙渚的晴天赤日下来往的帆樯肩舆和舟子牛车,心里忽起了一种怨恨天帝的心思。我怨恨了一阵,痴想了一阵,就把我的心愿,原原本本的排演了出来。我一边在那里焚化纸帛,一边却对棺里的人说:

"Jeanne!我们要回去了,我们要开船了!怕有野鬼来麻烦,你就拿这一点纸帛送给他们罢!你可要饭吃?你可安稳?你可是伤心?你不要怕,我在这里,我什么地方也不去了,我只在你的边上。……"

我幽幽的讲到最后的一句,咽喉就塞住了。我在座上拱了两手,把头伏了下去,两面颊上,只感着了一道热气。我重新把我所欲爱的女人,一个一个想了出来,见她们闭着口眼,冰冷的直卧在我的前头。我觉得隐忍不住了,竟任情的放了一声哭声。那个在炉灶上的妇人,以为我在催她的饭,她就同哄小孩子似的用了柔和的声气说:

"好了好了!就快好了,请再等一会儿!"

啊啊!我又想起来了,我又想起来了,年幼的时候,当我哭泣的时候,祖母母亲哄我的那一种声气!

"已故的老祖母,倚闾的老母亲!你们的不肖的儿孙,现在正落魄了在江干等回故里的船呀!"

我在自己制成的伤心的泪海里游泳了一会,那妇人捧了一碗汤,一碗炒饭,摆到了我的面前来。我仰起头来对她一看,她倒惊了一跳。对我呆看了一眼,她就去绞了一块手巾来递给我,叫我擦一擦面。我对了这半老妇人的殷勤,心里说不出的只在感谢。几日来因为睡眠不足,营养不良的缘故,已经是非常感觉衰弱,动着就要流泪的我,对她的这一种感谢。也变成了两行清泪,噗嗒的滴下了腮来,她看了这种情形,就问我说:

"客人,你可是遇见了坏人?"

我摇了摇头,勉强的对她笑了一笑,什么话也不能回答。她呆呆的立了一回,看我不能讲话,也就留了一句:"饭不够吃,再好炒的。"安慰我的话,走向她的柜上去了。

三

我吃完了饭,付了她两角银角子,把找回来的八九个铜子,也送给了她,她却摇着头说:"客人,你是赶船的么?船上要用钱的地方多得很哩,这几个铜子你收着用罢!"

我以为她怪我吝啬,只给她几个铜子的小账,所以又摸了两角银角子出来给她。她却睁大了眼睛对我说:

"呀呀!这算什么?这算什么?"

她硬不肯收,我才知道了她的真意,所以说:

"但是无论如何,我总要给你几个小账的。"

她又推了一会,才收了三个铜子说:

"小账已经有了。"

啊啊,我自回中国以来,遇见的都是些卑污贪暴的野心狼子,我万万想不到在浇薄的杭州城外,有这样的一个真诚的妇人的。妇人呀妇人,你的坍败的屋椽,你的凋零的店铺,大约就是你的真诚的结果,社会对你的报酬!啊啊,我真恨我没有黄金十万,为你建造一家华丽的酒楼。

"再会再会!"

"顺风顺风!船上要小心一点。"

"谢谢!"

我受妇人的怜惜,这可算是平生的第一次。

我出了饭馆,从太阳晒着的冷静的这条夹道,走上轮船公司的那条大街上去。大约是将近午饭的时候了,街上的行人,比曩时少了许多。我走到轮船公司门口,向窗里一看,见账房内有五六个男子围了桌子,赤了膊在那里说笑吃饭。卖票的窗前的屋里,在角头椅上,只坐着两个乡下人,在那里等候,从他们的衣服、态度上看来,他们必是临浦萧山一带的农民,也不知他们有什么心事,他们的眉毛却蹙得紧紧的。

我走近了他们,在他们旁边坐下之后,两人中间的一个看了我一眼,问我说:

"鲜散(先生)!到临浦严办(烟篷)几个脸(钱)?"

"我也不知道,大约是一二角角子罢。"

"喏(你)到啥地方起(去)咯?"

"我上富阳去的。"

"哎(我们)是为得打官司到杭州来咯。"

我并不问他,他却把这一回因为一个学堂里出身的先生告了他的状,不得不到杭州来的事情对我详细地诉说了:

"哎真勿要打官司啦!格煞(现在)田里已(又)忙,宁(人)也走勿开,真真苦煞哉啦!汉(那)个学堂里个(的)鲜散,心也脱凶哉,哎请啦宁刚(讲)过好两遍,情愿拿出八十块洋钿不(给)其(他),其(他)要哎百念块。喏(你)看,格煞五荒6月,教哎啥地方去变出一百念块洋钿来呢!"

他说着似乎是很伤心的样子。

"唉唉!你这老实的农民,我若有钱,我就给你一百二十块钱救你出险了。但是 Thou's met me in an evil hour;……To spare thee now is past my power……"

我心里这样的一想,又重新起了一阵身世之悲。他看我默默的不语,便也住了口,仍复沉入悲愁的境里去了。

四

我坐在轮船公司的那只角上,默默地与那农民相对,耳里断断续续的听了些在账房里吃饭的人的笑语,只觉得一阵一阵的哀心隐痛,绝似临盆的孕妇,要产产不出来的样子。

杭州城外,自闸口至南星,统江干一带,本是我旧游之地,我记得没有去国之先,在岸边花艇里,金尊檀板,也曾眠醉过几场。江上的明月,月下的青山,与越郡的鸡酒,佐酒的歌姬,当然依旧在那里助长人生的乐趣。但是我呢?我身上的变化呢?我的同干柴似的一双手里,只捏了三个两角的银角子,在这里等买船票!

过了一点多钟,轮船公司的那间屋里,挤满了旅人,我因为怕逢知我的同乡,只俯了首,默默的坐着不敢吐气。啊啊,窗外的被阳光晒着的长街,在街上手轻脚健快快活活来往的行人,请你们饶恕我的罪罢,这时候我心里真恨不得丢一个炸弹,与你们同归于尽呀。

跟了那两个农民,在窗口买了一张烟篷船票,我就走出公司,走上码头,走上跳板,走上驳船去。

原来钱塘江岸,浅滩颇多,码头下有一排很长的跳板,接在那里。我跟了众人,一步一步的从跳板上走到驳船里去的时候,却看见了一个我自家的影子,斜映在江水里,慢慢地在那里前进。等走到跳板尽处,将上驳船的时候,我心里忽而想起了一段我女人写给我的信上的话来:

我从来没有一个人单独出过门,那天晚上,我对你说的让我一个人回去的话,原是激于一时的意气而发,我实不知道抱着一个六个月的孩子的妇人的单独旅行,是如何的苦法的。那天午后,你送我上车,车开之后,我抱了龙儿,看看车里坐着的男女,觉得都比我快乐。我又探头出来,遥向你住着的上海一望,只见了几家工厂,和屋上排列在那里的一列烟囱。我对龙儿看了一眼,就不知不觉的涌出了两滴眼泪。龙儿看了我这样子,也好像有知识似的对我呆住了。他跳也不跳了,笑也不笑了,默默的尽对我呆看。我看了这种样子,更觉得伤心难耐,就把我的颜面俯上他的脸去,紧紧地吻了他一回。他呆了一会,就在我的怀里睡着了。

火车行行前进,我看看车窗外的野景,忽而想起去年你带我出来的时候的景象。啊啊!去岁的初秋,你我一路出来上A地去的快乐的旅行,和这一回惨败了回来的情状一比,当时的感慨如何,大约是你所能推想得出的罢!

在江干的旅馆里过了一夜,第二天的早晨,我差茶房送了一个信给住在江干的我的母舅,他就来了。把我的行李送上轮船之后,买了票子,他又来陪我上船去。龙儿硬不要他抱,所以我只能抱着龙儿,跟在他后面,一步一步的走上那骇人的跳板去,等跳板走尽的时候,我想把龙儿交给母舅,纵身一跳,跳入钱塘江里去的。但是仔细一想,在昏夜的扬子江边还淹不死的我,在白日的这浅渚里,又那里能达到我的目的？弄得半死不活，走回家去，反而要被人家笑话，还不如忍着罢。

　　我到家以后，这几天里，简直还没有取过饮食，所以也没有气力写信给你，请你谅我……

五

　　啊啊，贫贱夫妻百事哀！我的女人吓，我累你不少了。

　　我走上了驳船，在船篷下坐定之后，就把三个月前，在上海北站，送我女人回家的事情想了出来。忘记了我的周围坐着的同行者，忘记了在那里摇动的驳船，并且忘记了我自家的失意的情怀，我只见清瘦的我的女人抱了我们的营养不良的小孩在火车窗里，在对我流泪。火车随着蒸汽机关在那里前进，她的眼泪洒满的苍白的脸儿，也和车轮合着了拍子，一隐一现的在那里窥探我。我对她点一点头，她也对我点一点头。我对她手招一招，教她等我一忽，她也对我手招一招。我想使尽我的死力，跳上火车去和她坐一块儿，但是心里又怕跳不上去，要跌下来。我迟疑了许久，看她在窗里的愁容，渐渐的远下去，淡下去了，才抱定了决心，站起来向前面伸出了一只手去。我攀着了一根铁干，听见了一声咚咚的冲击的声音，纵身向上一跳，觉得双脚踏在木板上了。忽有许多嘈杂的人声，逼上我的耳膜来，并且有几只强有力的手，突突的向我背后推打了几下。我回转头来一看，方知是驳船到了轮船身边，大家在争先的跳上轮船来，我刚才所攀着的铁干，并不是火车的回栏，我的两脚也并不是在火车中间，却踏在小轮船的舷上了。

　　我随了众人挤到后面的烟篷角上去占了一个位置，静坐了几分钟，把头脑休息了一下，方才从刚才的幻梦状态里醒了转来。

　　向窗外一望，我看见透明的淡蓝色的江水，在那里返射日光。更抬头起来，望到了对岸，我看见一条黄色的沙滩，一排苍翠的杂树，静静的躺在午后的阳光里吐气。

我弯了腰背孤伶仃的坐了一忽，轮船开了。在闸口停了一停，这一只同小孩子的玩具似的小轮船就仆独仆独的奔向西去。两岸的树林沙渚，旋转了好几次，江岸的草舍，农夫，和偶然出现的鸡犬小孩，都好像是和平的神话里的材料，在那里等赫西奥特（Hesiod）的吟咏似的。

经过了闻家堰，不多一忽，船就到了东江嘴，上临浦义桥的船客，是从此地换入更小的轮船，溯支江而去的。买票前和我坐在一起的那两个农民，被茶房拉来拉去的拉到了船边，将换入那只等在那里的小轮船去的时候，一个和我讲话过的人，忽而回转头来对我看了一眼，我也不知不觉的回了他一个目礼。啊啊！我真想跟了他们跳上那只小轮船去，因为一个钟头之后，我的轮船就要到富阳了，这回前去停船的第一个码头，就是富阳了，我有什么面目回家去见我的衰亲，见我的女人和小孩呢？

但是命运注定的最坏的事情，终究是避不掉的。轮船将近我故里的县城的时候，我的心脏的鼓动也和轮船的机器一样，仆独仆独的响了起来。等船一靠岸，我就杂在众人堆里，披了一身使人眩晕的斜阳，俯着首走上岸来。上岸之后，我却走向和回家的路径方向相反的一个冷街上的土地庙去坐了两点多钟。等太阳下山，人家都在吃晚饭的时候，我方才乘了夜阴，走上我们家里的后门边去。我侧耳一听，听见大家都在庭前吃晚饭，偶尔传过来的一声我女人和母亲的说话的声音，使我按不住的想奔上前去，和她们去说一句话，但我终究忍住了。乘后门边没有一个人在，我就放大了胆，轻轻推开了门，不声不响的摸上楼上我的女人的房里去睡了。

晚上我的女人到房里来睡的时候，如何的惊惶，我和她如何的对泣，我们如何的又想了许多谋自尽的方法，我在此地不记下来了，因为怕人家说我是为欲引起人家的同情的缘故，故意的在夸张我自家的苦处。

1923 年 8 月 19 日

零余者

Arm am Beutel, Krank am Herzen,
Schleppt ich meine 1angen Fage.
Armut ist die groesste plage,
Reichtum ist das hoechste Gut.

不晓在什么时候什么地方看见过这几句诗,轻轻的在口头念着,我两脚合了微吟的拍子,又慢慢的在一条城外的大道上走了。

袋里无钱,心头多恨。
这样无聊的日子,教我捱到何时始尽。
啊啊,贫苦是最大的灾星,
富裕是最上的幸运。

诗的意思,大约不外乎此,实际上人生的一切,我想也尽于此了。"不过令人愁闷的贫苦,何以与我这样的有缘?使人生快乐的富裕,何以总与我绝对的不来接近?"我眼睛呆呆的注视着前面空处,两脚一步一步踏上前去,一面口中虽在微吟,一面于无意中又在作这些牢骚的想头。

是日斜的午后,残冬的日影,大约不久也将收敛光辉了;城外一带的空气,仿佛要凝结拢来的样子。视野中散在那里的灰色的城墙,冰冻的河道,沙土的空地荒田,和几丛枯曲的疏树,都披了淡薄的斜阳,在那里伴人的孤独。一直前面大约在半里多路前的几个行人,因为他们和我中间距离太远了,在我脑里竟不发生什么影响。我觉得他们的几个肉体,和散在道旁的几家泥屋及左面远立着的教会堂,都是一类的东西;散漫零乱,中间没有半点联络,也没有半点生气,当然也没有一些儿的情感了。

"唉嘿,我也不知在这里干什么?"

微吟倦了,我不知不觉便轻轻的长叹了一声。慢慢的走去,脑里的思想,只往昏暗的方面进行,我的头愈俯愈下了。

——实在我的衰退之期,来得太早了。……像这样一个人在郊外独步的时候,若我的身子忽能同一堆春雪遇着热汤似的消化得干干净净,岂不很好么?……回想起来,又觉得我过去二十余年的生涯是很长的样子……我什么事情没有做过?……儿子也生了,女人也有了,书也念了,考也考过好几次了,哭也哭过,笑也笑过,嫖赌吃著,心里发怒,受人欺辱,种种事情,种种行为,我都经验过了,我还有什么事情没有做过?……等一等,让我再想一想看,究竟有没有什么我没有经验过的事情了,……自家死还没有死过,啊,还有还有,我高声骂人的事情还不曾有过,譬如气得不得了的时候,放大了喉咙,把敌人大骂一场的事情。就是复仇复了的时候的快感,我还没有感得过。……啊啊!还有还有,监牢还不曾坐过……唉,但是假使这些事情,都被我经验过了,也有什么?结果还不是一个空么?……嘿嘿,嗯嗯。——到了这里,我的思想的连续又断了。

  袋里无钱,心头多恨。
  这样无聊的日子,教我捱到何时始尽。
  啊啊,贫苦是最大的灾星,
  富裕是最上的幸运。

微微的重新念着前诗,我抬起头来一看,觉得太阳好像往西边又落了一段,倒在右手路上的影子,更长起来了。从后面来的几乘人力车,也慢慢的赶过了我。一边让他们的路,一边我听取了坐车的人和车夫在那里谈话的几句断片。他们的话题,好像是关于女人的事情。啊啊,可羡的你们这几个虚无主义者,你们大约是上前边黄土坑去买快乐去的吧,我见了你们,倒恨起我自家没有以前的生趣来了。

  一边想一边往西北的走去,不知不觉已走到了京绥铁路的路线上。从此偏东北的再进几步,经过了白房子的地狱,便可顺了通万牲园的大道进西直门去的。苍凉的暮色,从我的灰黄的周围逼近拢来,那倾斜的赤日,也一步一步的低垂下去了。大好的夕阳,留不多时,我自家以为在冥想里沉没得不久,而四边的急景,却告诉我黄昏将至了。在这荒野里的物体的影子,渐渐的散漫了起来。不知从何处吹来的微风,也有些急促的样子,带着一种惨伤的寒意。后面踱踱踱踱的又来了一乘空的运货马车,一个披着光面皮里子的车夫,默默的斜坐在前头车板上吃烟,我忽而感觉得天寒岁暮,好像一个人漂泊在俄国的乡下。马车去远了,白房子的门外,有几乘黑旧的人力车停在那里。车夫大约坐在踏脚板上休息,所以看不出他们的影子来。我避过了白房子的地狱,从一块高墈上的地里,打算走上通西直门的大道上去。从这高处向四边一望,见了凋丧零乱排列灰色幕上的野景,更使我感得了一种日暮的悲哀。

  ——唉唉,人生实在不知究竟是什么一回事?歌歌哭哭,死死生生……世界社会,兄弟朋友,妻子父母,还有恋爱,啊吓,恋爱,恋爱,恋爱……还有金钱……啊啊……

    Armut ist die groesste plage,
    Reichtum ist das hoechste Gut.

好诗好诗!

    The curfew tolls the knell of parting day,
    The lowing herd winds slowly o'er the log,
    The ploughman homeward plods his weary way
    And leaves the world to darkness and to me.

好诗好诗！

And leaves the world to darkness and to me.

我的错杂的思想，又这样的弥散开来了。天空高处，寒风呜呜的响了几下。我俯倒了头，尽往东北的走去，天就快黑了。

远远的城外河边，有几点灯火，看得出来；大约紫蓝的天空里，也有几点疏星放起光来了吧？大道上断续的有几乘空马车来往，车轮的跛跛跛跛的声音，好像是空虚的人生的反响，在灰暗寂寞的空气中散了。我遵了大道，以几点灯火作了目标，将走近西直门的时候，模糊隐约的我的脑里，忽而起了一个霹雳。到这时候止，常在脑里起伏的那些毫无系统的思想，都集中在一个中心点上，成了一个霹雳，显现了出来。

"我是一个真正的零余者！"

这就是霹雳的核心，另外的许多思想，不过是那些附属在这霹雳上的枝节而已。这样的忽而发见了思想的中心点，以后我就用了科学的方法推想了下去——

我的确是一个零余者，所以对于社会人世是完全没有用的。a superfluous man！a ustless man！superfluous！super-flous……证据呢？这是很容易证明的……

这时候，我的两只脚已经在西直门内的大街上运转。四边来往的人类，究竟比城外混杂得多。天也已经昏黑，道旁的几家破店和小摊，都点上灯了。

第一……我且从远处说起吧……第一我对于世界是完全没有用的。……我这样生在这里，世界和世界上的人类，也不能受一点益处；反之，我死了，世界社会，也没有一些儿损害，这是千真万确的。……第二，且说中国吧！对于这样混乱的中国，我竟不能制造一个炸弹，杀死一个坏人。中国生我养我，有什么用处呢？……再缩小一点，嗳，再缩小一点。第三，第三且说家庭吧！啊，对于我的家庭，我却是个少不得的人了。在外国念书的时候，已故的祖母听见说我有病，就要哭得两眼红肿。就是半男性的母亲，当我有一次醉死在朋友家里的时候，也急得大哭起来。此外我的女人，我的小孩，当然是少我不得的！哈哈，还好还好，我还是个有用之人。

想到了这里，我的思想上又起了一个冲突。前刻发现的那个思想上的霹雳，几乎可以取消的样子，但迟疑了一会，我终究解决不了这个问题的矛盾性。抬起头来一看，我才知道我的身体已被我搬在一条比较热闹的长街上行动。街路两旁的灯火很多，来往的车辆也不少，人声也很嘈杂，已经是真正的黄昏时候了。

像这样的时候，若我的女人在北京，大约我总不会到市上来飘荡的罢！在灯火底下，抱了自家的儿子，一边吻吻他的小嘴，一边和来往厨下忙碌的她问答几句，踱来踱去，踱去踱来，多少快乐啊！啊啊，我对于我的女人，还是一个有用之人哩！不错不错，前一个疑问还没有解决，我究竟还是一个有用之人么？

这时候，我意识里的一切周围的印象，又消失了。我还是伏倒了头，慢慢的在解决我的疑问：

家庭，家庭……第三，家庭……让我看，哦，啊，我对于家庭还是一个完全无用之人！……丝毫没有功利主义的存心，完全沈溺于盲目之爱的我的祖母，已经死了。母亲呢？……啊啊，我读书学术，到了现在，还不能做出一点轰轰烈烈的事业来，就是这几个钱……

我那时候两只手却插在大氅的袋内，想到了这里，两只手自然而然的向袋里散放着的几张钞票捏了一捏。

啊啊，就是这几块钱，还是昨天从母亲那里寄出来的，我对于母亲有什么用处呢？我对于家庭有什么用处呢？我的女人，我不去娶她，总有人会娶她的；我的小孩，我不去生他，也有人会生他的，我完全是一个无用之人吓，我依旧是一个无用之人吓！

急转直下的想到了这里，我的胸前忽觉得有一块铁板压着似的难过得很。我想放大了喉咙，啊地大叫它一声，但是把嘴张了好几次，喉头终放不出音来。没有方法，我只能放大了脚步，向前同跑也似的急进了几步。这样的不知走了几分钟，我看见一乘人力车跑上前来兜我的买卖。

我不问皂白,跨上了车就坐定了。车夫问我上什么地方去,我用手向前指指,喉咙只是和被热铁封锁住的一样,一句话也讲不出来。人力车向前面跑去,我只见许多灯火人类,和许多不能类列的物体,在我的两旁旋转。

"前进,前进!像这样的前进罢!不要休止,不要停下来!"

我心里一边在这样的希望,一边却在恨车夫跑得太慢。

1924 年

志摩在回忆里

新诗传宇宙,竟尔乘风归去,同学同庚,老友如君先宿草。
华表托精灵,何当化鹤重来,一生一死,深闺有妇赋招魂。

这是我托杭州陈紫荷先生代作代写的一副挽志摩的挽联。陈先生当时问我和志摩的关系,我只说他是我自小的同学,又是同年,此外便是他这一回的很适合他身份的死。

作挽联我是不会作的,尤其是文言的对句。而陈先生也想了许多成句,如"高处不胜寒","犹是深闺梦里人"之类,但似乎都寻不出适当的上下对,所以只成了上举的一联。这挽联的好坏如何,我也不晓得,不过我觉得文句作得太好,对仗对得太工,是不大适合于哀挽的本意的。悲哀的最大表示,是自然的目瞪口呆,僵若木鸡的那一种样子,这我在小曼夫人当初次接到志摩的凶耗的时候曾经亲眼见到过。其次是抚棺的一哭,这我在万国殡仪馆中,当日来吊的许多志摩的亲友之间曾经看到过。至于哀挽诗词的工与不工,那却是次而又次的问题了;我不想说志摩是如何如何的伟大,我不想说他是如何如何的可爱,我也不想说我因他之死而感到怎么怎么的悲哀,我只想把在记忆里的志摩来重描一遍,因而再可以想见一次他那副凡见过他一面的人谁都不容易忘去的面貌与音容。

大约是在宣统二年（1910）的春季，我离开故乡的小市，去转入当时的杭府中学读书——上一期似乎是在嘉兴府中读的，终因路远之故而转入了杭府——那时候府中的监督，记得是邵伯炯先生，寄宿舍是大方伯的图书馆对面。

当时的我，是初出茅庐的一个十四岁未满的乡下少年，突然间闯入了省府的中心，周围万事看起来都觉得新异怕人。所以在宿舍里，在课堂上，我只是诚惶诚恐，战战兢兢，同蜗牛似地蜷伏着，连头都不敢伸一伸出壳来。但是同我的这一种畏缩态度正相反的，在同一级同一宿舍里，却有两位奇人在跳跃活动。

一个是身体生得很小，而脸面却是很长，头也生得特别大的小孩子。我当时自己当然总也还是一个小孩子，然而看见了他，心里却老是在想"这顽皮小孩，样子真生得奇怪"，仿佛我自己已经是一个大孩似的。还有一个日夜和他在一块，最爱做种种淘气的把戏，为同学中间的爱戴集中点的，是一个身材长得相当的高大，面上也已经满示着成年的男子的表情，由我那时候的心里猜来，仿佛是年纪总该在三十岁以上的大人——其实呢，他也不过和我们上下年纪而已。

他们俩，无论在课堂上或在宿舍里，总在交头接耳的密谈着，高笑着，跳来跳去，和这个那个闹闹，结果却终于会出其不意地做出一件很轻快很可笑很奇特的事情来吸收大家的注意的。

而尤其使我惊异的，是那个头大尾巴小，戴着金边近视眼镜的顽皮小孩，平时那样的不用功，那样的爱看小说——他平时拿在手里的总是一卷有光纸上印着石印细字的小本子——而考起来或作起文来却总是分数得得最多的一个。

像这样的和他们同住了半年宿舍，除了有一次两次也上了他们一点小当之外，我和他们终究没有发生什么密切一点的关系；后来似乎我的宿舍也换了，除了在课堂上相聚在一块之外，见面的机会更加少了。年假之后第二年的春天，我不晓为了什么，突然离去了府中，改入了一个现在似乎也还没有关门的教会学校。从此之后，一别十余年，我和这两位奇人——一个小孩,一个大人——终于没有遇到的机会。虽则在异乡漂泊的途中,也时常想起当日的旧事,但是终因为周围环境的迁移激变,对这微风似的少年时候的回忆,也没有多大的留恋。

民国十三四年——1923、4年——之交,我混迹在北京的软红尘里;有一天风定日斜的午后,我忽而在石虎胡同的松坡图书馆里遇见了志摩。仔细一看,他的头,他的脸,还是同中学时候一样发育得分外的大,而那矮小的身材却不同了,非常之长大了,和他并立起来,简直要比我高一二寸的样子。

他的那种轻快磊落的态度,还是和孩时一样,不过因为历尽了欧美的游程之故,无形中已经锻炼成了一个长于社交的人了。笑起来的时候,可还是同十几年前的那个顽皮小孩一色无二。

从这年后,和他就时时往来,差不多每礼拜要见好几次面。他的善于座谈,敏于交际,长于吟诗的种种美德,自然而然地使他成了一个社交的中心。当时的文人学者,达官丽姝,以及中学时候的倒霉同学,不论长幼,不分贵贱,都在他的客座上可以看得到。不管你是如何心神不快的时候,只教经他用了他那种浊中带清的洪亮的声音:"喂,老×,今天怎么样?什么什么怎么样了?"的一问,你就自然会把一切的心事丢开,被他的那种快乐的光耀同化了过去。

正在这前后,和他一次谈起了中学时候的事情,他却突然的呆了一呆,张大了眼睛惊问我说:

"老李你还记得起记不起?他是死了哩!"

这所谓老李者,就是我在头上写过的那位顽皮大人,和他一道进中学的他的表哥哥。

其后他又去欧洲,去印度,交游之广,从中国的社交中心扩大而成为国际的。于是美丽宏博的诗句和清新绝俗的散文,也一年年的积多了起来。1927年的革命之后,北京变了北平,当时的许多中间阶级者就四散成了秋后的落叶。有些飞上了天去,成了要人,再也没有见到的机会了,有些也竟安然地在牖下到了黄泉;更有些,不死不生,仍复在歧路上徘徊

着,苦闷着,而终于寻不到出路。是在这一种状态之下,有一天在上海的街头,我又忽而遇见志摩:

"喂,这几年来你躲在什么地方?"

兜头的一喝,听起来仍旧是他那一种洪亮快活的声气。在路上略谈了片刻,一同到了他的寓里坐了一会,他就拉我一道到了大赉公司的轮船码头。因为午前他刚接到了无线电报,诗人太果尔回印度的船系定在午后五时左右靠岸,他是要上船去看看这老诗人的病状的。

当船还没有靠岸,岸上的人和船上的人还不能够交谈的时候,他在码头上的寒风里立着——这时候似乎已经是秋季了——静静地呆呆地对我说:

"诗人老去,又遭了新时代的摈斥,他老人家的悲哀,正是孔子的悲哀。"

因为太果尔这一回是新从美国日本去讲演回来,在日本在美国都受了一部分新人的排斥,所以心里是不十分快活的;并且又因年老之故,在路上更染了一场重病。志摩对我说这几句话的时候,双眼呆看着远处,脸色变得青灰,声音也特别的低。我和志摩来往了这许多年,在他脸上看出悲哀的表情来的事情,这实在是最初也便是最后的一次。

从这一回之后,两人又同在北京的时候一样,时时来往了。可是一则因为我的疏懒无聊,二则因为他跑来跑去的教书忙,这一两年间,和他聚谈时候也并不多。今年的暑假后,他于去北平之先曾大宴了三日客。头一天喝酒的时候,我和董任坚先生都在那里。董先生也是当时杭府中学的旧同学之一,席间我们也曾谈到了当时的杭州。在他遇难之前,从北平飞回来的第二天晚上,我也偶然的,真是偶然的,闯到了他的寓里。

那一天晚上,因为有许多朋友会聚在那里的缘故,谈谈说说,竟说到了12点过。临走的时候,还约好了第二天晚上的后会才兹分散。但第二天我没有去,于是就永久失去了见他的机会了,因为他的灵柩到上海的时候是已经殓好了来的。

女人之中,有两种人最可以羡慕。一种是像高尔基一样,活到了六七十岁,而能写许多有声有色的回忆文的老寿星,其他的一种是如叶赛宁一样的光芒还没有吐尽的天才夭折者。前者可以写许多文学史上所不载的文坛起伏的经历,他个人就是一部纵的文学史。后者则可以要求每个同时代的文人都写一篇吊他哀他或评他骂他的文字,而成一部横的放大的文苑传。

现在志摩是死了,但是他的诗文是不死的,他的音容状貌可也是不死的,除非要等到认识他的人老老少少一个个都死完的时候为止。

1931 年 12 月 11 日

悲剧的出生

——自传之一

"丙申年,庚子月,甲午日,甲子时",这是因为近年来时运不佳,东奔西走,往往断炊,室人于绝望之余,替我去批来的命单上的八字。开口就说年庚,倘被精神异状的有些女作家看见,难免得又是一顿痛骂,说:"你这丑小子,你也想学起张君瑞来了么?下流,下流!"但我的目的呢,倒并不是在求爱,不过想大书特书地说一声,在光绪二十二年十一月初三的夜半,一出结构并不很好而尚未完成的悲剧出生了。

光绪的二十二年(西历1896)丙申,是中国正和日本战败后的第三年;朝廷日日在那里下罪己诏,办官书局,修铁路,讲时务,和各国缔订条约。东方的睡狮,受了这当头的一棒,似乎要醒转来了;可是在酣梦的中间,消化不良的内脏,早经发生了腐溃,任你是如何的国手,也有点儿不容易下药的征兆,却久已流布在上下各地的施设之中。败战后的国民——尤其是初出生的小国民,当然是畸形,是有恐怖狂,是神经质的。

儿时的回忆,谁也在说,是最完美的一章,但我的回忆,却尽是些空洞。第一,我所经验到的最初的感觉,便是饥饿;对于饥饿的恐怖,到现在还在紧逼着我。

　　生到了末子,大约母体总也已经是亏损到了不堪再育了,乳汁的稀薄,原是当然的事情。而一个小县城里的书香世家,在洪杨之后,不曾发迹过的一家破落乡绅的家里,雇乳母可真不是一件细事。

　　四十年前的中国国民经济,比到现在,虽然也并不见得凋敝,但当时的物质享乐,却大家都在压制,压制得比英国清教徒治世的革命时代还要严刻。所以在一家小县城里的中产之家,非但雇乳母是一件不可容许的罪恶,就是一切家事的操作,也要主妇上场,亲自去做的。像这样的一位奶水不足的母亲,而又喂乳不能按时,杂食不加限制,养出来的小孩,哪里能够强健?我还长不到十二个月,就因营养的不良患起肠胃病来了。一病年余,由衰弱而发热,由发热而痉挛;家中上下,竟被一条小生命而累得精疲力尽;到了我出生后第三年的春夏之交,父亲也因此以病以死;在这里总算是悲剧的序幕结束了,此后便只是孤儿寡妇的正剧的上场。

　　几日西北风一刮,天上的鳞云,都被吹扫到东海里去了。太阳虽则消失了几分热力,但一碧的长天,却开大了笑口。富春江两岸的乌桕树、槭树,枫树,振脱了许多病叶,显出了更疏匀更红艳的秋社后的浓妆;稻田割起了之后的那一种和平的气象,那一种洁净沈寂,欢欣干燥的农村气象,就是立在县城这面的江上,远远望去,也感觉得出来。那一条流绕在县城东南的大江哩,虽因无潮而杀了水势,比起春夏时候的水量来,要浅到丈把高的高度,但水色却澄清了,澄清得可以照见浮在水面上的鸭嘴的斑纹。从上江开下来的运货船只,这时候特别的多,风帆也格外的饱;狭长的白点,水面上一条,水底下一条,似飞云也似白象,以青红的山,深蓝的天和水做了背景,悠闲地无声地在江面上滑走。水边上在那里看船行,摸鱼虾,采被水冲洗得很光洁的白石,挖泥沙造城池的小孩们,都拖着了小小的影子,在这一个午饭之前的几刻钟里,鼓动他们的四肢,竭尽他们的气力。

离南门码头不远的一块水边大石条上,这时候也坐着一个五六岁的小孩,头上养着了一圈罗汉发,身上穿了青粗布的棉袍子,在太阳里张着眼望江中间来往的帆樯。就在他的前面,在贴近水际的一块青石上,有一位十五六岁像是人家的使婢模样的女子,跪着在那里淘米洗菜。这相貌清瘦的孩子,既不下来和其他的同年辈的小孩们去同玩,也不愿意说话似的只沈默着在看远处。等那女子洗完菜后,站起来要走,她才笑着问了他一声说:"你肚皮饿了没有?"他一边在石条上立起,预备着走,一边还在凝视着远处默默地摇了摇头。倒是这女子,看得他有点可怜起来了,就走近去握着了他的小手,弯腰轻轻地向他耳边说:"你在惦记着你的娘么?她是明后天就快回来了!"这小孩才回转了头,仰起来向她露了一脸很悲凉很寂寞的苦笑。

这相差十岁左右,看去又像姊弟又像主仆的两个人,慢慢走上了码头,走进了城垛;沿城向西走了一段,便在一条南向大江的小弄里走进去了。他们的住宅,就在这条小弄中的一条支弄里头,是一间旧式三开间的楼房。大门内的大院子里,长着些杂色的花木,也有几只大金鱼缸沿墙摆在那里。时间将近正午了,太阳从院子里晒上了向南的阶檐。这小孩一进大门,就跑步走到了正中的那间厅上,向坐在上面念经的一位五六十岁的老婆婆问说:

"奶奶,娘就快回来了么?翠花说,不是明天,后天总可以回来的,是真的么?"

老婆婆仍在继续着念经,并不开口说话,只把头点了两点。小孩子似乎是满足了,歪了头向他祖母的扁嘴看了一息,看看这一篇她在念着的经正还没有到一段落,祖母的开口说话,是还有几分钟好等的样子,他就又跑入厨下,去和翠花作伴去了。

午饭吃后,祖母仍在念她的经,翠花在厨下收拾食器;随时有几声洗锅子泼水碗相击的声音传过来外,这座三开间的大楼和大楼外的大院子里,静得同在坟墓里一样。太阳晒满了东面的半个院子,有几匹寒蜂和耐得起冷的蝇子,在花木里微鸣蠢动。靠阶檐的一间南房内,也照进了太阳光,那小孩只静悄悄地在一张铺着被的藤榻上坐着,翻看几本刘永福镇台湾,日本蛮子桦山总督被擒的石印小画本。

等翠花收拾完毕,一盆衣服洗好,想叫了他再一道的上江边去敲濯的时候,他却早在藤榻的被上,和衣睡着了。

这是我所记得的儿时生活。两位哥哥,因为年纪和我差得太远,早就上离家很远的书塾去念书了,所以没有一道玩的可能。守了数十年寡的祖母,也已将人生看穿了,自我有记忆以来,总只看见她在动着那张没有牙齿的扁嘴念佛念经。自父亲死后,母亲要身兼父职了,入秋以后,老是不在家里;上乡间去收租谷是她,将谷托人去砻成米也是她,雇了船,连柴带米,一道运回城里来也是她。

在我这孤独的童年里,日日和我在一处,有时候也讲些故事给我听,有时候也因我脾气的古怪而和我闹,可是结果终究是非常痛爱我的,却是那一位忠心的使婢翠花。她上我们家里来的时候,年纪正小得很,听母亲说,那时候连她的大小便,吃饭穿衣,都还要大人来侍候她的。父亲死后,两位哥哥要上学去,母亲要带了长工到乡下去料理一切,家中的大小操作,全赖着当时只有十几岁的她一双手。

只有孤儿寡妇的人家,受邻居亲戚们的一点欺凌,是免不了的;凡我们家里的田地盗卖了,堆在乡下的租谷等被窃去了,或祖坟山的坟树被砍了的时候,母亲去争夺不转来,最后的出气,就只是在父亲像前的一场痛哭。母亲哭了,我是当然也只有哭,而将我抱入怀里,时用柔和的话来慰抚我的翠花,总也要泪流得满面,恨死了那些无赖的亲戚邻居。

我记得有一次,也是将近吃中饭的时候了,母亲不在家,祖母在厅上念佛,我一个人从花坛边的石阶上,站了起来,在看大缸里的金鱼。太阳光漏过了院子里的树叶,一丝一丝的射进了水,照得缸里的水藻与游动的金鱼,和平时完全变了样子。我于惊叹之余,就伸手到了缸里,想将一丝一丝的日光捉起,看它一个痛快。上半身用力过猛,两只脚浮起来了,心里一慌,头部胸部就颠倒浸入到了缸里的水藻之中。我想叫,但叫不出声来,将身体挣扎了半天,以后就没有了知觉。等我从梦里醒转来的时候,已经是晚上了,一睁开眼,我只看见两眼哭得红肿的翠花的脸伏在我的脸上。我叫了一声"翠花!"她带着鼻音,轻轻的问我:"你看见我了么?你看得见我了么?要不要水喝?"我只觉得身上头上像有火在烧,叫她快点把盖在那里的棉被掀开。她又轻轻的止住我说:"不,不,野猫要来的!"我举目向煤油灯下一看,眼睛里起了花,一个一个的物体黑影,都变了相,真以为是身入了野猫的世界,就哗的一声大哭了起来。祖母、母亲,听见了我的哭声,也赶到房里来了,我只听见母亲吩咐翠花说:"你去吃夜饭去,阿官由我来陪他!"

翠花后来嫁给了一位我小学里的先生去做填房,生了儿女,做了主母。现在也已经有了白发,成了寡妇了。前几年,我回家去,看见她刚从乡下挑了一担老玉米之类的土产来我们家里探望我的老母。和她已经有二十几年不见了,她突然看见了我,先笑了一阵,后来就哭了起来。我问她的儿子,就是我的外甥有没有和她一起进城来玩,她一边擦着眼泪,一边还向布裙袋里摸出了一个烤白芋来给我吃。我笑着接过来了,边上的人也大家笑了起来,大约我在她的眼里,总还只是五六岁的一个孤独的孩子。

1934 年 12 月

我的梦,我的青春!

——自传之二

不晓得是在哪一本俄国作家的作品里,曾经看到过一段写一个小村落的文字,他说:"譬如有许多纸折起来的房子,摆在一段高的地方,被大风一吹,这些房子就歪歪斜斜地飞落到了谷里,紧挤在一道了。"前面有一条富春江绕着,东西北的三面尽是些小山包住的富阳县城,也的确可以借了这一段文字来形容。

虽则是一个行政中心的县城,可是人家不满三千,商店不过百数;一般居民,全不晓得做什么手工业,或其他新式的生产事业,所靠以度日的,有几家自然是祖遗的一点田产,有几家则专以小房子出租,在吃两元三元一月的租金;而大多数的百姓,却还是既无恒产,又无恒业,没有目的,没有计划,只同蟑螂似地在那里出生,死亡,繁殖下去。

这些蟑螂的密集之区,总不外乎两处地方;一处是三个铜子一碗的茶店,一处是六个铜子一碗的小酒馆。他们在那里从早晨坐起,一直可以坐到晚上上排门的时候;讨论柴米油盐的价格,传播东邻西舍的新闻,为了一点不相干的细事,譬如说罢,甲以为李德泰的煤油只卖三个铜子一提，乙以为是五个铜子两提的话，双方就会得争论起来；此外的人，也马上分成甲党或乙党提出证据，互相论辩；弄到后来，也许相打起来，打得头破血流，还不能够解决。

因此，在这么小的一个县城里，茶店酒馆，竟也有五六十家之多；于是大部分的蟑螂，就家里可以不备面盆手巾，桌椅板凳，饭锅碗筷等日常用具，而悠悠地生活过去了。离我们家里不远的大江边上，就有这样的两处蟑螂之窟。

在我们的左面，住有一家砍砍柴，卖卖菜，人家死人或娶亲，去帮帮忙跑跑腿的人家。他们的一族，男女老小的人数很多很多，而住的那一间屋，却只比牛栏马槽大了一点。他们家里的顶小的一位苗裔年纪比我大一岁，名字叫阿千，冬天穿的是同伞似的一堆破絮，夏天，大半身是光光地裸着的；因而皮肤黝黑，臂膀粗大，脸上也像是生落地之后，只洗了一次的样子。他虽只比我大了一岁，但是跟了他们屋里的大人，茶店酒馆日日去上，婚丧的人家，也老在进出；打起架吵起嘴来，尤其勇猛。我每天见他从我们的门口走过，心里老在羡慕，以为他又上茶店酒馆去了，我要到什么时候，才可以同他一样的和大人去夹在一道呢！而他的出去和回来，不管是在清早或深夜，我总没有一次不注意到的，因为他的喉音很大，有时候一边走着，一边在绝叫着和大人谈天，若只他一个人的时候哩，总在噜苏地唱戏。

当一天的工作完了，他跟了他们家里的大人，一道上酒店去的时候，看见我欣羡地立在门口，他原也曾邀约过我；但一则怕母亲要骂，二则胆子终于太小，经不起那些大人的盘问笑说，我总是微笑着摇摇头，就跑进屋里去躲开了，为的是上茶酒店去的诱惑性，实在强不过。

有一天春天的早晨，母亲上父亲的坟头去扫墓去了，祖母也一侵早上了一座远在三四里路外的庙里去念佛。翠花在灶下收拾早餐的碗筷，我只一个人立在门口，看有淡云浮着的青天。忽而阿千唱着戏，背着钩刀和小扁担绳索之类，从他的家里出来，看了我的那种没精打采的神气，他就立了下来和我谈天，并且说：

"鹳山后面的盘龙山上,映山红开得多着哩;并且还有乌米饭(是一种小黑果子),彤管子(也是一种刺果),刺莓等等,你跟了我来罢,我可以采一大堆给你。你们奶奶,不也在北面山脚下的真觉寺里念佛么?等我砍好了柴,我就可以送你上寺里去吃饭去。"

阿千本来是我所崇拜的英雄,而这一回又只有他一个人去砍柴,天气那么的好,今天侵早祖母出去念佛的时候,我本是嚷着要同去的,但她因为怕我走不动,就把我留下了。现在一听到了这一个提议,自然是心里急跳了起来,两只脚便也很轻松地跟他出发了,并且还只怕翠花要出来阻挠,跑路跑得比平时只有得快些。出了弄堂,向东沿着江,一口气跑出了县城之后,天地宽广起来了,我的对于这一次冒险的惊惧之心就马上被大自然的威力所压倒。这样问问,那样谈谈,阿千真像是一部小小的自然界的百科大辞典;而到盘龙山脚去的一段野路,便成了我最初学自然科学的模范小课本。

麦已经长得有好几尺高了,麦田里的桑树,也都发出了绒样的叶芽。晴天里舒叔叔的一声飞鸣过去的,是老鹰在觅食;树枝头吱吱喳喳,似在打架又像是在谈天的,大半是麻雀之类;远处的竹林丛里,既有抑扬,又带余韵,在那里歌唱的,才是深山的画眉。

上山的路旁,一拳一拳像小孩子的拳头似的小草,长得很多;拳的左右上下,满长着了些绛黄的绒毛,仿佛是野生的虫类,我起初看了,只在害怕,走路的时候,若遇到一丛,总要绕一个弯,让开它们,但阿千却笑起来了,他说:

"这是薇蕨,摘了去,把下面的粗干切了,炒起来吃,味道是很好的哩!"

渐走渐高了,山上的青红杂色,迷乱了我的眼目。日光直射在山坡上,从草木泥土里蒸发出来的一种气息,使我呼吸感到了困难;阿千也走得热起来了,把他的一件破夹袄一脱,丢向了地下。教我在一块大石上坐下息着,他一个人穿了一件小衫唱着戏去砍柴采野果去了;我回身立在石上,向大江一看,又深深地深深地得到了一种新的惊异。

这世界真大呀！那宽广的水面！那澄碧的天空！那些上下的船只，究竟是从哪里来，上哪里去的呢？

我一个人立在半山的大石上，近看看有一层阳炎在颤动着的绿野桑田，远看看天和水以及淡淡的青山，渐听得阿千的唱戏声音幽下去远下去了，心里就莫名其妙的起了一种渴望与愁思。我要到什么时候才能大起来呢？我要到什么时候才可以到这像在天边似的远处去呢？到了天边，那么我的家呢？我的家里的人呢？同时感到了对远处的遥念与对乡井的离愁，眼角里便自然而然地涌出了热泪。到后来，脑子也昏乱了，眼睛也模糊了，我只呆呆的立在那块大石上的太阳里做幻梦。我梦见有一只揩擦得很洁净的船，船上面张着了一面很大很饱满的白帆，我和祖母亲翠花阿千等都在船上，吃着东西，唱着戏，顺流下去，到了一处不相识的地方。我又梦见城里的茶店酒馆，都搬上山来了，我和阿千便在这山上的酒馆里大喝大嚷，旁边的许多大人，都在那里惊奇仰视。

这一种接连不断的白日之梦，不知做了多少时候，阿千却背了一捆小小的草柴，和一包刺莓映山红乌米饭之类的野果，回到我立在那里的大石边来了；他脱下了小衫，光着了脊肋，那些野果就系包在他的小衫里面的。

他提议说，时候不早了，他还要砍一捆柴，且让我们吃着野果，先从山腰走向后山去罢，因为前山的草柴，已经被人砍完，第二捆不容易采刮拢来了。

慢慢地走到了山后，山下的那个真觉寺的钟鼓声音，早就从春空里传送到了我们的耳边，并且一条青烟，也刚从寺后的厨房里透出了屋顶。向寺里看了一眼，阿千就放下了那捆柴，对我说：

"他们在烧中饭了，大约离吃饭的时候也不很远，我还是先送你到寺里去罢！"

我们到了寺里，祖母和许多同伴者的念佛婆婆，都张大了眼睛，惊异了起来。阿千走后，她们就开始问我这一次冒险的经过，我也感到了一种得意，将如何出城，如何和阿千上山采集野果的情形，说得格外的详细。后来坐上桌去吃饭的时候,有一位老婆婆问我:"你大了,打算去做些什么?"我就毫不迟疑地回答她说:"我愿意去砍柴!"

  故乡的茶店酒馆,到现在还在风行热闹,而这一位茶店酒馆里的小英雄,初次带我上山去冒险的阿千,却在一年涨大水的时候,喝醉了酒,淹死了。他们的家族,也一个个地死的死,散的散,现在没有生存者了;他们的那一座牛栏似的房屋,已经换过了两三个主人。时间是不饶人的,盛衰起灭也绝对地无常的:阿千之死,同时也带去了我的梦,我的青春!

1934 年 12 月

书塾与学堂

——自传之三

从前我们学英文的时候,中国自己还没有教科书,用的是一册英国人编了预备给印度人读的同纳氏文法是一路的读本。这读本里,有一篇说中国人读书的故事。插画中画着一位年老背曲拿烟管带眼镜拖辫子的老先生坐在那里听学生背书,立在这先生前面背书的,也是一位拖着长辫的小后生。不晓为什么原因,这一课的故事,对我印象特别的深,到现在我还约略谙诵得出来。里面曾说到中国人读书的奇习,说:"他们无论读书背书时,总要把身体东摇西扫,摇动得像一个自鸣钟的摆。"这一种读书背书时摇摆身体的作用与快乐,大约是没有在从前的中国书塾里读过书的人所永不能了解的。

我的初上书塾去念书的年龄,却说不清楚了,大约总在七八岁的样子;只记得有一年冬天的深夜,在烧年纸的时候,我已经有点朦胧想睡了,尽在擦眼睛,打呵欠,忽而门外来了一位提着灯笼的老先生,说是来替我开笔的。我跟着他上了香,对孔子的神位行了三跪九叩之礼;立起来就在香案前面的一张桌上写了一张上大人的红字,念了四句"人之初,性本善"的《三字经》。第二年的春天,我就夹着绿布书包,拖着红丝小辫,摇摆着身体,成了那册英文读本里的小学生的样子了。

经过了三十余年的岁月,把当时的苦痛,一层层地摩擦干净,现在回想起来,这书塾里的生活,实在是快活得很。因为要早晨坐起一直坐到晚的缘故,可以助消化,健身体的运动,自然只有身体的死劲摇摆与放大喉咙的高叫了。大小便,是学生们监禁中暂时的解放,故而厕所就变作了乐园。我们同学中间的一位最淘气的,是学官陈老师的儿子,名叫陈方;书塾就系附设在学宫里面的。陈方每天早晨,总要大小便十二三次,后来弄得先生没法,就设下了一枝令签,凡须出塾上厕所的人,一定要持签而出;于是两人同去,在厕所里捣鬼的弊端革去了,但这令签的争夺,又成了一般学生们的唯一的娱乐。

陈方比我大四岁,是书塾里的头脑;像春香闹学似的把戏,总是由他发起,由许多虾兵蟹将来演出的,因而先生的挞伐,也以落在他一个人的头上者居多。不过同学中间的有几位狡猾的人,委过于他,使他冤枉被打的事情也着实不少;他明知道辩不清的,每次替人受过之后,总只张大了两眼,滴落几滴大泪点,摸摸头上的痛处就了事。我后来进了当时由书院改建的新式的学堂,而陈方也因他父亲的去职而他迁,一直到现在,还不曾和他有第二次见面的机会;这机会大约是永也不会再来了,因为国共分家的当日,在香港仿佛曾听见人说起过他,说他的那一种惨死的样子,简直和杜格纳夫所描写的卢亭,完全是一样。

由书塾而到学堂!这一个转变,在当时的我的心里,比从天上飞到地上,还要来得大而且奇。其中的最奇之处,是我一个人,在全校的学生当中,身体年龄,都属最小的一点。

当时的学堂,是一般人的崇拜和惊异的目标。将书院的旧考棚撤去了几排,一间像鸟笼似的中国式洋房造成功的时候,甚至离城有五六十里路远的乡下人,都成群结队,带了饭包雨伞,走进城来挤看新鲜。在校舍改造成功的半年之中,"洋学堂"的三个字,成了茶店酒馆,乡村城市里的谈话的中心;而穿着奇形怪状的黑斜纹布制服的学堂生,似乎都是万能的张天师,人家也在侧目而视,自家也在暗鸣得意。

一县里唯一的这县立高等小学堂的堂长,更是了不得的一位大人物,进进出出,用的是蓝呢小轿;知县请客,总少不了他。每月第四个礼拜六下午作文课的时候,县官若来监课,学生们特别有两个肉馒头好吃,有些住在离城十余里的乡下的学生,于文课作完后回家的包裹里,往往将这两个肉馒头包得好好,带回乡下去送给邻里尊长,并非想学颖考叔的纯孝,却因为这肉馒头是学堂里的东西,而又出于知县官之所赐,吃了是可以驱邪启智的。

实际上我的那一班学堂里的同学,确有几位是进过学的秀才,年龄都在三十左右;他们穿起制服来,因为背形微驼,样子有点不大雅观,但穿了袍子马褂,摇摇摆摆走回乡下去的态度,却另有着一种堂皇严肃的威仪。

初进县立高等小学堂的那一年年底,因为我的平均成绩,超出了八十分以上,突然受了堂长和知县的提拔,令我和四位其他的同学跳过了一班,升入了高两年的级里,这一件极平常的事情,在县城里居然也耸动了视听,而在我们的家庭里,却引起了一场很不小的风波。

是第二年春天开学的时候了,我们的那位寡母,辛辛苦苦,调集了几块大洋的学费书籍费缴进学堂去后,我向她又提出了一个无理的要求,硬要她去为我买一双皮鞋来穿。在当时的我的无邪的眼里,觉得在制服下穿上一双皮鞋,挺胸伸脚,得得得得地在石板路上走去,就是世界上最光荣的事情;跳过了一班,升进了一级的我,非要如此打扮,才能够压服许多比我大一半年龄的同学的心。为凑集学费之类,已经罗掘得精光的我那位母亲,自然是再也没有两块大洋的余钱替我去买皮鞋了,不得已就只好老了面皮,带着了我,上大街上的洋广货店里去赊去;当时的皮鞋,是由上海运来,在洋广货店里寄售的。

一家,两家,三家,我跟了母亲,从下街走起,一直走到了上街尽处的那一家隆兴字号。店里的人,看我们进去,先都非常客气,摸摸我的头,一双一双的皮鞋拿出来替我试脚;但一听到了要赊欠的时候,却同样地都白了眼,作一脸苦笑,说要去问账房先生的。而各个账房先生,又都一样地板起了脸,放大了喉咙,说是赊欠不来。到了最后那一家隆兴里,惨遭拒绝赊欠的一瞬间,母亲非但涨红了脸,我看见她的眼睛,也有点红起来了。不得已只好默默地旋转了身,走出了店;我也并无言语,跟在她的后面走回家来。到了家里,她先掀着鼻涕,上楼去了半天;后来终于带了一大包衣服,走下楼来了,我晓得她是将从后门走出,上当铺去以衣服抵押现钱的;这时候,我心酸极了,哭着喊着,赶上了后门边把她拖住,就绝命的叫说:

"娘,娘!您别去罢!我不要了,我不要皮鞋穿了!那些店家!那些可恶的店家!"

我拖住了她跪向了地下,她也呜呜地放声哭了起来。两人的对泣,惊动了四邻,大家都以为是我得罪了母亲,走拢来相劝。我愈听愈觉得悲哀,母亲也愈哭愈是厉害,结果还是我重赔了不是,由间壁的大伯伯带走,走上了他们的家里。

自从这一次的风波以后,我非但皮鞋不着,就是衣服用具,都不想用新的了。拼命的读书,拼命的和同学中的贫苦者相往来,对有钱的人,经商的人仇视等,也是从这时候而起的。当时虽还只有十一二岁的我,经了这一番波折,居然有起老成人的样子来了,直到现在,觉得这一种怪癖的性格,还是改不转来。

到了我十三岁的那一年冬天,是光绪三十四年,皇帝死了;小小的这富阳县里,也来了哀诏,发生了许多议论。熊成基的安徽起义,无知幼弱的溥仪的入嗣,帝室的荒淫,种族的歧异等等,都从几位看报的教员的口里,传入了我们的耳朵。而对于我印象最深的,是一位国文教员拿给我们看的报纸上的一张青年军官的半身肖像。他说,这一位革命义士,在哈尔滨被捕,在吉林被清朝的大员及汉族的卖国奴等生生地杀掉了;我们要复仇,我们要努力用功。所谓种族,所谓革命,所谓国家等等的概念,到这时候,才隐约地在我脑里生了一点儿根。

1935年1月

水样的春愁

——自传之四

洋学堂里的特殊科目之一,自然是伊利哇拉的英文。现在回想起来,虽不免有点觉得好笑,但在当时,杂在各年长的同学当中,和他们一样地曲着背,耸着肩,摇摆着身体,用了读《古文辞类纂》的腔调,高声朗诵着皮衣啤,皮哀排的精神,却真是一点儿含糊苟且之处都没有的。初学会写字母之后,大家所急于想一试的,是自己的名字的外国写法;于是教英文的先生,在课余之暇就又多了一门专为学生拼英文名字的工作。有几位想走捷径的同学,并且还去问过先生,外国《百家姓》和外国《三字经》有没有得买的?先生笑着回答说,外国《百家姓》和《三字经》,就只有你们在读的那一本泼剌玛的时候,同学们于失望之余,反更是皮哀排,皮衣啤地叫得起劲。当然是不用说的,学英文还没有到一个礼拜,几本当教科书用的《十三经注疏》、《御批通鉴辑览》的黄封面上,大家都各自用墨水笔题上了英文拼的歪斜的名字。又进一步,便是用了异样的发音,操英文说着"你是一只狗","我是你的父亲"之类的话,大家互讨便宜的混战;而实际上,有几位乡下的同学,却已经真的是两三个小孩子的父亲了。

因为一班之中，我的年龄算最小，所以自修室里，当监课的先生走后，另外的同学们在密语着哄笑着的关于男女的问题，我简直一点儿也感不到兴趣。从性知识发育落后的一点上说，我确不得不承认自己是一个最低能的人。又因自小就习于孤独，困于家境的结果，怕羞的心，畏缩的性，更使我的胆量，变得异常的小。在课堂上，坐在我左边的一位同学，年纪只比我大了一岁，他家里有几位相貌长得和他一样美的姊妹，并且住得也和学堂很近很近。因此，在校里，他就是被同学们苦缠得最厉害的一个；而礼拜天或假日，他的家里，就成了同学们的聚集的地方。当课余之暇，或放假期里，他原也恳切地邀过我几次，邀我上他家里去玩去；但形秽之感，终于把我的向往之心压住，曾有好几次想决心跟了他上他家去，可是到了他们的门口，却又同罪犯似的逃了。他以他的美貌，以他的财富和姊妹，不但在学堂里博得了绝大的声势，就是在我们那小小的县城里，也赢得了一般的好誉。而尤其使我羡慕的，是他的那一种对同我们是同年辈的异性们的周旋才略，当时我们县城里的几位相貌比较艳丽一点的女性，个个是和他要好的，但他也实在真胆大，真会取巧。

　　当时同我们是同年辈的女性，装饰入时，态度豁达，为大家所称道的，有三个。一个是一位在上海开店，富甲一邑的商人赵某的侄女；她住得和我最近。还有两个，也是比较富有的中产人家的女儿，在交通不便的当时，已经各跟了她们家里的亲戚，到杭州上海等地方去跑跑了；她们俩，却都是我那位同学的邻居。这三个女性的门前，当傍晚的时候，或月明的中夜，老有一个一个的黑影在徘徊；这些黑影的当中，有不少却是我们的同学。因为每到礼拜一的早晨，没有上课之先，我老听见有同学们在操场上笑说在一道，并且时时还高声地用着英文作了隐语，如"我看见她了""我听见她在读书"之类。而无论在什么地方于什么时候的凡关于这一类的谈话的中心人物，总是课堂上坐在我的右边，年龄只比我大一岁的那一位天之骄子。

　　赵家的那位少女，皮色实在细白不过，脸形是瓜子脸；更因为她家里有了几个钱，而又时常上上海她叔父那里去走动的缘故，衣服式样的新异,自然可以不必说,就是做衣服的材料之类,也都是当时未开通的我们所不曾见过的。她们家里,只有一位寡母和一个年轻的女仆,而住的房子却很大很大。门前是一排柳树,柳树下还杂种着些鲜花;对面的一带红墙,是学官的泮水围墙,泮池上的大树,枝叶垂到了墙外,红绿便映成着一色。当浓春将过,首夏初来的春三四月,脚踏着日光下石砌路上的树影,手捉着扑面飞舞的杨花,到这一条路上去走走,就是没有什么另外的奢望,也很有点像梦里的游行,更何况楼头窗里,时常会有那一张少女的粉脸出来向你抛一眼两眼的低眉斜视呢!

此外的两个女性,相貌更是完整,衣饰也尽够美丽,并且因为她俩的住址接近,出来总在一道,平时在家,也老在一处,所以胆子也大,认识的人也多。她们在二十余年前的当时,已经是开放得很,有点像现代的自由女子了,因而上她们家里去鬼混,或到她们门前去守望的青年,数目特别的多,种类也自然要杂。

我虽则胆量很小,性知识完全没有,并且也有点过分的矜持,以为成日地和女孩子们混在一道,是读书人的大耻,是没出息的行为;但到底还是一个亚当的后裔,喉头的苹果,怎么也吐它不出咽它不下,同北方厚雪地下的细草萌芽一样,到得冬来,自然也难免得有些望春之意;老实说将出来,我偶尔在路上遇见她们中间的无论哪一个,或凑巧在她们门前走过一次的时候,心里也着实有点儿难受。

住在我那同学邻近的两位,因为距离的关系,更因为她们的处世知识比我长进,人生经验比我老成得多,和我那位同学当然是早已有过纠葛,就是和许多不是学生的青年男子,也各已有了种种的风说,对于我虽像是一种含有毒汁的妖艳的花,诱惑性或许格外的强烈,但明知我自己决不是她们的对手,平时不过于遇见的时候有点难为情的样子,此外倒也没有什么了不得的思慕,可是那一位赵家的少女,却整整地恼乱了我两年的童心。

我和她的住处比较得近,故而三日两头,总有着见面的机会。见面的时候,她或许是无心,只同对于其他的同年辈的男孩子打招呼一样,对我微笑一下,点一点头,但在我却感得同犯了大罪被人发觉了的样子,和她见面一次,马上要变得头昏耳热,胸腔里的一颗心突突地总有半个钟头好跳。因此,我上学去或下课回来,以及平时在家或出外去的时候,总无时无刻不在留心,想避去和她的相见。但遇到了她,等她走过去后,或用功用得很疲乏把眼睛从书本子举起的一瞬间,心里又老在盼望,盼望着她再来一次,再上我的眼面前来立着对我微笑一脸。

有时候从家中进出的人的口里传来,听说"她和她母亲又上上海去了,不知要什么时候回来"?我心里会同时感到一种像释重负又像失去了什么似的忧虑,生怕她从此一去,将永久地不回来了。

同芭蕉叶似的重重包裹着的我这一颗无邪的心,不知在什么地方,透露了消息,终于被课堂上坐在我左边的那位同学看穿了。一个礼拜六的下午,落课之后,他轻轻地拉着了我的手对我说:"今天下午,赵家的那个小丫头,要上倩儿家去,你愿不愿意和我同去一道玩儿?"这里所说的倩儿,就是那两位他邻居的女孩子之中的一个的名字。我听了他的这一句密语,立时就涨红了脸,喘急了气,嗫嚅着说不出一句话来回答他,尽在拼命的摇头,表示我不愿意去,同时眼睛里也水汪汪地想哭出来的样子;而他却似乎已经看破了我的隐衷,得着了我的同意似的用强力把我拖出了校门。

到了倩儿她们的门口,当然又是一番争执,但经他大声的一喊,门里的三个女孩,却同时笑着跑出来了;已经到了她们的面前,我也没有什么别的办法了,自然只好俯着首,红着脸,同被绑赴刑场的死刑囚似的跟她们到了室内。经我那位同学带了滑稽的声调将如何把我拖来的情节说了一遍之后,她们接着就是一阵大笑。我心里有点气起来了,以为她们和他在侮辱我,所以于羞愧之上,又加了一层怒意。但是奇怪得很,两只脚却软落来了,心里虽在想一溜跑走,而腿神经终于不听命令。跟她们再到客房里去坐下,看他们四人捏起了骨牌,我连想跑的心思也早已忘掉,坐将在我那位同学的背后,眼睛虽则时时在注视着牌,但间或得着机会,也着实向她们的脸部偷看了许多次数。等她们的输赢赌完,一餐东道的夜饭吃过,我也居然和她们伴熟,有说有笑了。临走的时候,倩儿的母亲还派了我一个差使,点上灯笼,要我把赵家的女孩送回家去。自从这一回后,我也居然入了我那同学的伙,不时上赵家和另外的两女孩家去进出了;可是生来胆小,又加以毕业考试的将次到来,我的和她们的来往,终没有像我那位同学似的繁密。

正当我十四岁的那一年春天(1909年,宣统元年己酉),是旧历正月十三的晚上,学堂里于白天给予了我以毕业文凭及增生执照之后,就在大厅上摆起了五桌送别毕业生的酒宴。这一晚的月亮好得很,天气也温暖得像二三月的样子。满城的爆竹,是在庆祝新年的上灯佳节,我于碍了几杯酒后,心里也感到了一种不能抑制的欢欣。出了校门,踏着月亮,我的双脚,便自然而然地走向了赵家。她们的女仆陪她母亲上街去买蜡烛水果等过元宵的物品去了,推门进去,我只见她一个人拖着了一条长长的辫子,坐在大厅上的桌子边上洋灯底下练习写字。听见了我的脚步声音,她头也不朝转来,只曼声地问了一声"是谁"?我故意屏着声,提着脚,轻轻地走上了她的背后,一使劲一口就把她面前的那盏洋灯吹灭了。月光如潮水似的浸满了这一座朝南的大厅,她于一声高叫之后,马上就把头朝了转来。我在月光里看见了她那张大理石似的嫩脸,和黑水晶似的眼睛,觉得怎么也熬忍不住了,顺势就伸出了两只手去,捏住了她的手臂。两人的中间,她也不发一语,我也并无一言,她是扭转了身坐着,我是向她立着的。她只微笑着看看我看看月亮,我也只微笑着看看她看看中庭的空处,虽然此处的动作,轻薄的邪念,明显的表示,一点儿也没有,但不晓怎样一股满足,深沈,陶醉的感觉,竟同四周的月光一样,包满了我的全身。

两人这样的在月光里沉默着相对,不知过了多久,终于她轻轻地开始说话了:"今晚上你在喝酒?""是的,是在学堂里喝的。"到这里我才放开了两手,向她边上的一张椅子里坐了下去。"明天你就要上杭州去考中学去么?"停了一会,她又轻轻地问了一声。"嗳,是的,明朝坐快班船去。"两人又沈默着,不知坐了几多时候,忽听见门外头她母亲和女仆说话的声音渐渐儿的近了,她于是就忙着立起来擦洋火,点上了洋灯。

　　她母亲进到了厅上,放下了买来的物品,先向我说了些道贺的话,我也告诉了她,明天将离开故乡到杭州去;谈不上半点钟的闲话,我就匆匆告辞出来了。在柳树影里披了月光走回家来,我一边回味着刚才在月光里和她两人相对时的沈醉似的恍惚,一边在心的底里,忽儿又感到了一点极淡极淡,同水一样的春愁。

1935 年 1 月

远一程,再远一程!

——自传之五

　　自富阳到杭州,陆路驿程九十里,水道一百里;三十多年前头,非但汽车路没有,就是钱塘江里的小火轮,也是没有的。那时候到杭州去一趟,乡下人叫做充军,以为杭州是和新疆伊犁一样的远,非犯下流罪,是可以不去的极边。因而到杭州去之先,家里非得供一次祖宗,虔诚祷告一番不可,意思是要祖宗在天之灵,一路上去保护着他们的子孙。而邻里戚串,也总都来送行,吃过夜饭,大家手提着灯笼,排成一字,沿江送到夜航船停泊的埠头,齐叫着"顺风!顺风"才各回去。摇夜航船的船夫,也必在开船之先,沿江绝叫一阵,说船要开了,然后再上舵梢去烧一堆纸帛,以敬神明,以赂恶鬼。当我去杭州的那一年,交通已经有一点进步了,于夜航船之外,又有了一次日班的快班船。

　　因为长兄已去日本留学,二兄入了杭州的陆军小学堂,年假是不放的,祖母母亲,又都是女流之故,所以陪我到杭州去考中学的人选,就落到了一位亲戚的老秀才的头上。这一位老秀才的迂腐迷信,实在要令人吃惊,同时也可以令人起敬。他于早餐吃了之后,带着我先上祖宗堂前头去点了香烛,行了跪拜,然后再向我祖母母亲,作了三个长揖,虽在白天,也点起了一盏仁寿堂郁的灯笼,临行之际,还回到祖宗堂面前去拔起了三株柄香和灯笼一道捏在手里。祖母为忧虑着我这一个最小的孙子,也将离乡别井,远去杭州之故,三日前就愁眉不展,不大吃饭不大说话了;母亲送我们到了门口,"一路要……顺风……顺风!……"地说了半句未完的话,就跑回到了屋里去躲藏,因为出远门是要吉利的,眼泪决不可以教远行的人看见。

  船开了,故乡的城市山川,高低摇晃着渐渐儿退向了后面;本来是满怀着希望,兴高采烈在船舱里坐着的我,到了县城极东面的几家人家也看不见的时候,鼻子里忽而起了一阵酸溜。正在和那老秀才谈起的作诗的话,也只好突然中止了,为遮掩着自己的脆弱起见,我就从网篮里拿出了几册《古唐诗合解》来读。但事不凑巧,信手一翻,恰正翻到了"离家日趋远,衣带日趋缓,心思不能言,肠中车轮转"的几句古歌,书本上的字迹模糊起来了,双颊上自然止不住地流下了两条冷冰冰的眼泪。歪倒了头,靠住了舱板上的一卷铺盖,我只能装作想睡的样子。但是眼睛不闭倒还好些,等眼睛一闭拢来,脑子里反而更猛烈地起了狂飙。我想起了祖母母亲,当我走后的那一种孤冷的情形;我又想起了在故乡城里当这一忽儿的大家的生活起居的样子,在一种每日习熟的周围环境之中,却少了一个"我"了,太阳总依旧在那里晒着,市街上总依旧是那么热闹的;最后,我还想起了赵家的那个女孩,想起了昨晚上和她在月光里相对的那一刻的春宵。

  少年的悲哀,毕竟是易消的春雪;我躺下身体,闭上眼睛,流了许多暗泪之后,弄假成真,果然不久就呼呼地熟睡了过去。等那位老秀才摇我醒来,叫我吃饭的时候,船却早已过了渔山,就快入钱塘的境界了。几个钟头的安睡,一顿饱饭的快啖,和船篷外的山水景色的变换,把我满抱的离愁,洗涤得干干净净;在孕实的风帆下引领远望着杭州的高山,和老秀才谈谈将来的日子,我心里又鼓起了一腔勇进的热意:"杭州在望了,以后就是不可限量的远大的前程!"

当时的中学堂的入学考试，比到现在，着实还要容易；我考的杭府中学，还算是杭州三个中学——其他的两个，是宗文和安定——之中，最难考的一个，但一篇中文，两三句英文的翻译，以及四题数学，只教有两小时的工夫，就可以缴卷了事的。等待发榜之前的几日闲暇，自然落得去游游山玩玩水，杭州自古是佳丽的名区，而西湖又是可以比得西子的销魂之窟。

三十年来，杭州的景物，也大变了；现在回想起来，觉得旧日的杭州，实在比现在，还要可爱得多。

那时候，自钱塘门里起，一直到涌金门内止，城西的一角，是另有一道雉墙围着的，为满人留守绿营兵驻防的地方，叫做旗营；平常是不大有人进去，大约门禁总也是很森严的无疑，因为将军以下，千总把总以上，参将，都司，游击，守备之类的将官，都住在里头。游湖的人，只有坐了轿子，出钱塘门，或到涌金门外去船的两条路；所以涌金门外临湖的颐园三雅园的几家茶馆，生意兴隆，座客常常挤满。而三雅园的陈设，实在也精雅绝伦，四时有鲜花的摆设，墙上门上，各有咏西湖的诗词屏幅联语等贴的贴挂的挂在那里。并且还有小吃，像煮空的豆腐干，白莲藕粉等，又是价廉物美的消闲食品。其次为游人所必到的，是城隍山了。四景园的生意，有时候比三雅园还要热闹。"城隍山上去吃酥油饼"这一句俗话，当时是无人不晓得的一句隐语，是说乡下人上大菜馆要做洋盘的意思。而酥油饼的价钱的贵，味道的好，和吃不饱的几种特性，也是尽人皆知的事实。

我从乡下初到杭州，而又同大观园里的香菱似的刚在私私地学作诗词，一见了这一区假山盆景似的湖山，自然快活极了；日日和那位老秀才及第二位哥哥喝喝茶，爬爬山，等到榜发之后，要缴学膳费进去的时候，带来的几个读书资本，却早已消费了许多，有点不足了。在人地生疏的杭州，借是当然借不到的；二哥哥的陆军小学里每月只有二元也不知三元钱的津贴，自己做零用，还很勉强，更哪里有余钱来为我弥补？

在旅馆里唉声叹气，自怨自艾，正想废学回家，另寻出路的时候，恰巧和我同班毕业的三位同学，也从富阳到杭州来了；他们是因为杭府中学难考，并且费用也贵，预备一道上学膳费比较便宜的嘉兴去进府中的。大家会聚拢来一谈一算，觉着我手头所有的钱，在杭州果然不够读半年书，但若上嘉兴去，则连来回的车费也算在内，足可以维持半年而有余。穷极计生，胆子也放大了，当日我就决定和他们一道上嘉兴去读书。

第二天早晨，别了哥哥，别了那位老秀才，和同学们一起四个，便上了火车，向东的上离家更远的嘉兴府去。在把杭州已经当作极边看了的当时，到了言语风习完全不同的嘉兴府后，怀乡之念，自然是更加得迫切。半年之中，当寝室的油灯灭了，或夜膳刚毕，操场上暗沈沈没有旁的同学在的地方，我一个人真不知流尽了多少的思家的热泪。

忧能伤人，但忧亦能启智；在孤独的悲哀里沈浸了半年，暑假中重回到故乡的时候，大家都说我长成得像一个大人了。事实上，因为在学堂里，被怀乡的愁思所苦扰，我没有别的办法好想，就一味的读书，一味的做诗。并且这一次自嘉兴回来，路过杭州，又住了一日；看看袋里的钱，也还有一点盈余，湖山的赏玩，当然不再去空费钱了，从梅花碑的旧书铺里，我竟买来了一大堆书。

这一大堆书里，对我的影响最大，使我那一年的暑假期，过得非常快活的，有三部书，一部是黎城靳氏的《吴诗集览》，因为吴梅村的夫人姓郁，我当时虽则还不十分懂得他的诗的好坏，但一想到他是和我们郁氏有姻戚关系的时候，就莫名其妙地感到了一种亲热。一部是无名氏编的《庚子拳匪始末记》，这一部书，从戊戌政变说起，说到六君子的被害，李莲英的受宠，联军的入京，圆明园的纵火等地方，使我满肚子激起了义愤。还有一部，是署名曲阜鲁阳生孔氏编定的《普天忠愤集》，甲午前后的章奏议论，诗词赋颂等慷慨激昂的文章，收集得很多；读了之后，觉得中国还有不少的人才在那里，亡国大约是不会亡的。而这三部书读后的一个总感想，是恨我出世得太迟了，前既不能见吴梅村那样的诗人，和他去做个朋友,后又不曾躬逢着甲午庚子的两次大难,去冲锋陷阵地尝一尝打仗的滋味。

这一年的暑假过后,嘉兴是不想再去了;所以秋期始业的时候,我就仍旧转入了杭府中学的一年级。

1935 年 2 月

孤 独 者

——自传之六

里外湖的荷叶荷花,已经到了凋落的初期,堤边的杨柳,影子也淡起来了。几只残蝉,刚在告人以秋至的7月里的一个下午,我又带了行李,到了杭州。

因为是中途插班进去的学生,所以在宿舍里,在课堂上,都和同班的老学生们,仿佛是两个国家的国民。从嘉兴府中,转到了杭州府中,离家的路程,虽则是近了百余里,但精神上的孤独,反而更加深了!不得已,我只好把热情收敛,转向了内,固守着我自己的壁垒。

当时的学堂里的课程,英文虽也是重要的科目,但究竟还是旧习难除,中国文依旧是分别等第的最大标准。教国文的那一位桐城派的老将王老先生,于几次作文之后,对我有点注意起来了,所以进校后将近一个月光景的时候,同学们居然赠了我一个"怪物"的绰号;因为由他们眼里看来,这一个不善交际,衣装朴素,说话也不大会说的乡下蠢材,作起文章来,竟也会得压倒侪辈,当然是一件非怪物不能的天大的奇事。

杭州终于是一个省会,同学之中,大半是锦衣肉食的乡宦人家的子弟。因而同班中衣饰美好,肉色细白,举止娴雅,谈吐温存的同学,不知道有多少。而最使我惊异的,是每一个这样的同学,总有一个比他年长一点的同学,附随在一道的那一种现象。在小学里,在嘉兴府中里,这一种风气,并不是说没有,可是决没有像当时杭州府中那么的风行普遍。而有几个这样的同学,非但不以被视作女性为可耻,竟也有熏香傅粉,故意在装腔作怪,卖弄富有的。我对这一种情形看得真有点气,向那一批所谓 Faoe 的同学,当然是很明显地表示了恶感,就是向那些年长一点的同学,也时时露出了敌意;这么一来,我的"怪物"之名,就愈传愈广,我与他们之间的一条墙壁,自然也愈筑愈高了。

在学校里既然成了一个不入伙的孤独的游离分子,我的情感,我的时间与精力,当然只有钻向书本子去的一条出路。于是几个由零用钱里节省下来的仅少的金钱,就做了我的唯一娱乐积买旧书的源头活水。

那时候的杭州的旧书铺,都聚集在丰乐桥,梅花碑的两条直角形的街上。每当星期假日的早晨,我仰卧在床上,计算计算在这一礼拜里可以省下来的金钱,和能够买到的最经济最有用的册籍,就先可以得着一种快乐的预感。有时候在书店门前徘徊往复,稽延得久了,赶不上回宿舍来吃午饭,手里夹了书籍上大街羊汤饭店间壁的小面馆去吃一碗清面,心里可以同时感到十分的懊恨与无限的快慰。恨的是一碗清面的几个铜子的浪费,快慰的是一边吃面一边翻阅书本时的那一刹那的恍惚;这恍惚之情,大约是和哥伦布当发现新大陆的时候所感到的一样。

真正指示我以作诗词的门径的,是《留青新集》里的《沧浪诗话》和《白香词谱》。《西湖佳话》中的每一篇短篇,起码我总读了两遍以上。以后是流行本的各种传奇杂剧了,我当时虽则还不能十分欣赏它们的好处,但不知怎么,读了之后的那一种朦胧的回味,仿佛是当三春天气,喝醉了几十年陈的醇酒。

既与这些书籍发生了暧昧的关系,自然不免要养出些不自然的私生儿子！在嘉兴也曾经试过的稚气满幅的五七言诗句，接二连三地在一册红格子的作文簿上写满了；有时候兴奋得厉害，晚上还妨碍了睡觉。

模仿原是人生的本能，发表欲，也是同吃饭穿衣一样地强的青年作者内心的要求。歌不像歌诗不像诗的东西积得多了，第二步自然是向各报馆的匿名的投稿。

一封信寄出之后，当晚就睡不安稳了，第二天一早起来，就溜到阅报室去看报有没有送来。早餐上课之类的事情，只能说是一种日常行动的反射作用；舌尖上哪里还感得出滋味？讲堂上更哪里还有心思去听讲？下课铃一摇，又只是逃命似的向阅报室的狂奔。

第一次的投稿被采用的，记得是一首模仿宋人的五古，报纸是当时的《全浙公报》。当看见了自己缀联起来的一串文字，被植字工人排印出来的时候，虽然是用的匿名，阅报室里也决没有人会知道作者是谁，但心头正在狂跳着的我的脸上，马上就变成了朱红。洪的一声，耳朵里也响了起来，头脑摇晃得像坐在船里。眼睛也没有主意了，看了又看，看了又看，虽则从头至尾，把那一串文字看了好几遍，但自己还在疑惑，怕这并不是由我投去的稿子。再狂奔出去，上操场去跳绕一圈，回来重新又拿起那张报纸，按住心头，复看一遍，这才放心，于是乎方始感到了快活，快活得想大叫起来。

当时我用的假名很多很多，直到两三年后，觉得投稿已经有七八成的把握了，才老老实实地用上了我的真名实姓。大约旧报纸的收藏家，翻起二十几年前的《全浙公报》《之江日报》以及上海的《神州日报》来，总还可以看到我当时所做的许多狗屁不通的诗句。现在我非但旧稿无存，就是一联半句的字眼也想不起来了，与当时的废寝忘食的热心情形来一对比，进步当然可以说是进了步，但是老去的颓唐之感，也着实可以催落我几滴自伤的眼泪。

就在那一年（1909年）的冬天，留学日本的长兄回到了北京，以小京官的名义被派上了法部去行走。入陆军小学的第二位哥哥，也在这前后毕了业，入了一处隶属于标统底下的旁系驻防军队，而任了排长。

一文一武的这两位芝麻绿豆官的哥哥,在我们那小小的县里,自然也耸动了视听;但因家里的经济,稍稍宽裕了一点的结果,在我的求学程序上,反而促生了一种意外的脱线。

在外面的学堂里住足了一年,又在各报上登载了几次诗歌之后,我自以为学问早就超出了和我同时代的同年辈者,觉得按部就班的和他们在一道读死书,是不上算也是不必要的事情。所以到了宣统二年(1910)的春期始业的时候,我的书桌上竟收集起了一大堆大学中学招考新生的简章!比较着,研究着,我真想一口气就读完了当时学部所定的大学及中学的学程。

中文呢,自己以为总可以对付的了;科学呢,在前面也曾经说过,为大家所不重视的;算来算去,只有英文是顶重要而也是我所最欠缺的一门。"好!就专门去读英文罢!英文一通,万事就好办了!"这一个幼稚可笑的想头,就是使我离开了正规的中学,去走教会学堂那一条捷径的原动力。

清朝末年,杭州的有势力的教会学校,有英国圣公会和美国长老会浸礼会的几个系统。而长老会办的育英书院,刚在山水明秀的江干新建校舍,改称大学。头脑简单,只知道崇拜大学这一个名字的我这毛头小子,自然是以进大学为最上的光荣,另外更还有什么奢望哩?但是一进去之后,我的失望,却比在省立的中学里读死书更加大了。

每天早晨,一起床就是祷告,吃饭又是祷告;平时9点到10点是最重要的礼拜仪式,末了又是一篇祷告。《圣经》,是每年级都有的必修重要课目;礼拜天的上午,除出了重病,不能行动者外,谁也要去做半天礼拜。礼拜完后,自然又是祷告,又是查经。这一种信神的强迫,祷告的叠来,以及校内枝节细目的窒塞,想是在清朝末年曾进过教会学校的人,谁都晓得的事实,我在此地落得可以不说。

这种叩头虫似的学校生活,过上两月,一位解放的福音宣传者,竟从免费读书的候补牧师中间,揭起叛旗来了;原因是为了校长偏护厨子,竟被厨子殴打了学膳费全纳的不信教的学生。

学校风潮的发生,经过,和结局,大抵都是一样的;起始总是全体学生的罢课退校,中间是背盟者的出来复课,结果便是几个强硬者的开除。不知是幸呢还是不幸,在这一次的风潮里,我也算是强硬者的一个。

1935 年 2 月

大风圈外

——自传之七

人生的变化,往往是从不可测的地方开展开来的;中途从那一所教会学校退出来的我们,按理是应该额上都负着了该隐的烙印,无处再可以容身了啦,可是城里的一处浸礼会的中学,反把我们当作了义士,以极优待的条件欢迎了我们进去。这一所中学的那位美国校长,非但态度和蔼、中怀磊落,并且还有着外国宣教师中间所绝无仅见的一副很聪明的脑筋。若要找出一点他的坏处来,就在他的用人的不当;在他手下做教务长的一位绍兴人,简直是那种奴颜婢膝,谄事外人,趾高气扬,压迫同种的典型的洋狗。

校内的空气,自然也并不平静。在自修室,在寝室,议论纷纭,为一般学生所不满的,当然是那只洋狗。

"来它一下罢!"

"吃吃狗肉看!"

"顶好先敲他一顿!"

像这样的各种密议与策略,虽则很多,可是终于也没有一个敢首先发难的人。满腔的怨愤,既找不着一条出路,不得已就只好在作文的时候,发些纸上的牢骚。于是各班的文课,不管出的是什么题目,总是横一个呜呼,竖一个呜呼地悲啼满纸,有几位同学的卷子,从头至尾统共还不满五六百字,而呜呼却要写着一二百个。那位改国文的老先生,后来也没法想了,就出了一个禁令,禁止学生,以后不准再读再做那些呜呼派的文章。

那时候这一种"呜呼"的倾向,这一种不平,怨愤,与被压迫的悲啼,以及人心跃跃山雨欲来的空气,实在还不只是一个教会学校里的舆情;学校以外的各层社会,也像是在大浪里的楼船,从脚到顶,都在颠摇波动着的样子。

愚昧的朝廷,受了西宫毒妇的阴谋暗算,一面虽想变法自新,一面又不得不利用了符咒刀枪,把红毛碧眼的鬼子,尽行杀戮。英法各国屡次的进攻,广东津沽再三的失陷,自然要使受难者的百姓起来争夺政权。洪杨的起义,两湖山东捻子的运动,回民苗族的独立等等,都在暗示着专制政府清朝的命运,孤城落日,总崩溃是必不能避免的下场。

催促被压迫至二百余年之久的汉族结束奋起的,是徐锡麟,熊成基诸先烈的牺牲勇猛的行为;北京的几次对清朝大员的暗杀事件,又是当时热血沸腾的一般青年们所受到的最大激刺。而当这前后,此绝彼起地在上海发行的几家报纸,像《民吁》、《民立》之类,更是直接灌输种族思想,提倡革命行动的有力的号吹。到了宣统二年的秋冬(1910年庚戌),政府虽则在忙着召开资政院,组织内阁,赶制宪法,冀图挽回颓势,欺骗百姓,但四海汹汹,革命的气运,早就成了矢在弦上,不得不发的局面了。

是在这一年的年假放学之前,我对当时的学校教育,实在是真的感到了绝望,于是自己就定下了一个计划,打算回家去做从心所欲的自修工夫。第一,外界社会的声气,不可不通,我所以想去订一份上海发行的日报。第二,家里所藏的四部旧籍,虽则不多,但也尽够我的两三年的翻读,中学的根底,当然是不会退步的。第三,英文也已经把第三册文法读完了,若能刻苦用工,则比在这种教会学校里受奴隶教育,心里又气,进步又慢的半死状态,总要痛快一点。自己私私决定了这大胆的计划以后,在放年假的前几天,也着实去添买了些预备带回去作自修用的书籍。等年假考一考完,于一天冬晴的午后,向西跟着挑行李的脚夫,走出候潮门上江干去坐夜航船回故乡去的那一刻的心境,我到现在还不能忘记。

"牢狱变相的你这座教会学校啊!以后你对我还更能加以压迫么?"

"我们将比比试试,看将来还是你的成绩好,还是我的成绩好?"

"被解放了!以后便是凭我自己去努力,自己去奋斗的远大的前程!"

这一种喜悦,这一种充满着希望的喜悦,比我初次上杭州来考中学时所感到的,还要紧张,还要肯定。

在故乡索居独学的生活开始了,亲戚友属的非难讪笑,自然也时时使我的决心动摇,希望毁灭;但我也已经有十六岁的年纪了,受到了外界的不了解我的讥讪之后,当然也要起一种反拨的心理作用。人家若明显地问我"为什么不进学堂去读书"?不管他是好意还是恶意,我总以"家里再没有钱供给我去浪费了"的一句话回报他们。有几个满怀着十分的好意,劝告我"在家里闲住着终不是青年的出路"的时候,我总以"现在正在预备,打算下年就去考大学"的一句衷心话来作答。而实际上这将近两年的独居苦学,对我的一生,却是收获最多,影响最大的一个预备时代。

每日侵晨,起床之后,我总面也不洗,就先读一个钟头的外国文。早餐吃过,直到中午为止,是读中国书的时间,一部《资治通鉴》和两部《唐宋诗文醇》,就是我当时的课本。下午看一点科学书后,大抵总要出去散一回步。节季已渐渐地进入到了春天,是1911年宣统辛亥年的春天了,富春江的两岸,和往年一样地绿遍了青青的芳草,长满了袅袅的垂杨。梅花落后,接着就是桃李的乱开;我若不沿着江边,走上城东鹳山上的春江第一楼去坐看江总或上北门外的野田间去闲步,或出西门向近郊的农村天地里去游行。

附廓的农民的贫穷与无智,经我几次和他们接谈及观察的结果,使我有好几晚不能够安睡。譬如一家有五六口人口,而又有着十亩田的已产，以及一间小小的茅屋的自作农罢，在近郊的农民中间，已经算是很富有的中上人家了。从四五月起，他们先要种秧田，这二分或三分的秧田大抵是要向人家去租来的，因为不是水旱无伤的上田，秧就不能种活。租秧田的费用，多则三五元，少到一二元，却不能再少了。五六月在烈日之下分秧种稻，即使全家出马，也还有赶不成同时插种的危险；因为水的关系，气候的关系，农民的时间，却也同交易所里的闲食者们一样，是一刻也差错不得的。即使不雇工人，和人家交换做工，而把全部田稻种下之后，三次的耘植与用肥的费用，起码也要合二三元钱一亩的盘算。倘使天时凑巧，最上的丰年，平均一亩，也只能收到四五石的净谷；而从这四五石谷里，除去完粮纳税的钱，除去用肥料租秧田及间或雇用忙工的钱后，省下来还够得一家五口的一年之食么？不得已自然只好另外想法，譬如把稻草拿来做草纸，利用田的闲时来种麦种菜种豆类等等，但除稻以外的副作物的报酬，终竟是有限得很的。

耕地报酬渐减的铁则，丰年谷贱伤农的事实，农民们自然那里会有这样的知识；可怜的是他们不但不晓得去改良农种，开辟荒地，一年之中，岁时伏腊，还要把他们汗血钱的大部，去花在求神佞佛，与满足许多可笑的虚荣的高头。

所以在二十几年前头，即使大地主和军阀的掠夺，还没有像现在那么的利害，中国农村是实在早已濒于破产的绝境了，更哪里还经得起廿年的内乱，廿年的外患，与廿年的剥削呢？

从这一种乡村视察的闲步回来，在书桌上躺着候我开拆的，就是每日由上海寄来的日报。忽而英国兵侵入云南占领片马了，忽而东三省疫病流行了，忽而广州的将军被刺了；凡见到的消息，又都是无能的政府，因专制昏庸，而酿成的惨剧。

黄花岗七十二烈士的义举失败，接着就是四川省铁路风潮的勃发，在我们那一个一向是沉静得同古井似的小县城里，也显然的起了动摇。市面上敲着铜锣，卖朝报的小贩，日日从省城里到来。脸上画着八字胡须，身上穿着披开的洋服，有点像外国人似的革命党员的画像，印在薄薄的有光洋纸之上,满贴在茶坊酒肆的壁间,几个日日在茶酒馆中过日子的老人,也降低了喉咙,皱紧了眉头,低低切切,很严重地谈论到了国事。

这一年的夏天,在我们的县里西北乡,并且还出了一次青红帮造反的事情。省里派了一位旗籍都统,带了兵马来杀了几个客籍农民之后,城里的街谈巷议,更是颠倒错乱了;不知从哪一处地方传来的消息,说是每夜四更左右,江上东南面的天空,还出现了一颗光芒拖得很长的扫帚星。我和祖母母亲,发着抖,赶着四更起来,披衣上江边去看了好几夜,可是扫帚星却终于没有看见。

到了阴历的七八月,四川的铁路风潮闹得更凶,那一种谣传,更来得神秘奇异了,我们的家里,当然也起了一个波澜,原因是因为祖母母亲想起了在外面供职的我那两位哥哥。

几封催他们回来的急信发后,还盼不到他们的复信的到来,八月十八(阳历10月9日)的晚上,汉口俄租界里炸弹就爆发了。从此急转直下,武昌革命军的义旗一举,不消旬日,这消息竟同晴天的霹雳一样,马上就震动了全国。

报纸上二号大字的某处独立,拥某人为都督等标题,一日总有几起;城里的谣言,更是青黄杂出,有的说"杭州在杀没有辫子的和尚",有的说"抚台已经逃了",弄得一般居民,乡下人逃上了城里,城里人逃往了乡间。

我也日日的紧张着,日日的渴等着报来;有几次在秋寒的夜半,一听见喇叭的声音,便发着抖穿起衣裳,上后门口去探听消息,看是不是革命党到了。而沿江一带的兵船,也每天看见驶过,洋货铺里的五色布匹,无形中销售出了大半。终于有一天阴寒的下午,从杭州有几只张着白旗的船到了,江边上岸来了几十个穿灰色制服,荷枪带弹的兵士。县城里的知县,已于先一日逃走了,报纸上也报着前两日,上海已为民军所占领。商会的巨头,绅士中的几个有声望的,以及残留着在城里的一位贰尹,联合起来出了一张告示,开了一次欢迎那几十位穿灰色制服的兵士的会,家家户户便挂上了五色的国旗,杭城光复,我们的这个直接附属在杭州府下的小县城，总算也不遭兵燹，而平平稳稳地脱离了清朝的压制。

　　平时老喜欢读悲歌慷慨的文章，自己捏起笔来，也老是痛哭淋漓，呜呼满纸的我这一个热血青年，在书斋里只想去冲锋陷阵，参加战斗，为众舍身，为国效力的我这一个革命志士，际遇着了这样的机会，却也终于没有一点作为，只呆立在大风圈外，捏紧了空拳头，滴了几滴悲壮的旁观者的哑泪而已。

1935 年 4 月

海　上

——自传之八

大暴风雨过后,小波涛的一起一伏,自然要继续些时。民国元年二月十二,清朝的末代皇帝宣统下了退位之诏,中国的种族革命,总算告了一个段落。百姓剪去了辫发,皇帝改作了总统。天下骚然,政府惶惑,官制组织,尽行换上了招牌,新兴权贵,也都改穿了洋服。为改订司法制度之故,民国二年(1913)的秋天,我那位在北京供职的哥哥,就拜了被派赴日本考察之命,于是我的将来的修学行程,也自然而然的附带着决定了。

眼看着革命过后,余波到了小县城里所惹起的是是非非,一半也抱了希望,一半却拥着怀疑,在家里的小楼上闷过了两个夏天,到了这一年的秋季,实在再也忍耐不住了,即使没有我那位哥哥的带我出去,恐怕也得自己上道,到外边来寻找出路。

几阵秋雨一落,残暑退尽了,在一天晴空浩荡的9月下旬的早晨,我只带了几册线装的旧籍,穿了一身半新的夹服,跟着我那位哥哥离开了乡井。

上海街路树的洋梧桐叶,已略现了黄苍,在日暮的街头,那些租界上的熙攘的居民,似乎也森岑地感到了秋意,我一个人呆立在一品香朝西的露台栏里,才第一次受到了大都会之夜的威胁。

远近的灯火楼台,街下的马龙车水,上海原说是不夜之城,销金之窟,然而国家呢?社会呢?像这样的昏天黑地般过生活,难道是人生的目的么?金钱的争夺,犯罪的公行,精神的浪费,肉欲的横流,天虽则不会掉下来,地虽则也不会陷落去,可是像这样的过去,是可以的么?在仅仅阅世十七年多一点的当时我那幼稚的脑里,对于帝国主义的险毒,物质文明的糜烂,世界现状的危机,与夫国计民生的大略等明确的观念,原是什么也没有,不过无论如何,我想社会的归宿,做人的正道,总还不在这里。

正在对了这魔都的夜景,感到不安与疑惑的中间,背后房里的几位哥哥的朋友,却谈到了天蟾舞台的迷人的戏剧;晚餐吃后,有人做东道主请去看戏,我自然也做了花楼包厢里的观众的一人。

这时候梅博士还没有出名,而社会人士的绝望胡行,色情倒错,也没有像现在那么的彻底,所以全国上下,只有上海的一角,在那里为男扮女装的旦角而颠倒;那一晚天蟾舞台的压台名剧,是贾璧云的全本《棒打薄情郎》,是这一位色艺双绝的小旦的拿手风头戏;我们于九点多钟,到戏院的时候,楼上楼下观众已经是满坑满谷,实实在在的到了更无立锥之地的样子了。四周的珠玑粉黛,鬓影衣香,几乎把我这一个初到上海的乡下青年,窒塞到回不过气来;我感到了眩惑,感到了昏迷。

最后的一出贾璧云的名剧上台的时候,舞台灯光加了一层光亮,台下的观众也起了动摇。而从脚灯里照出来的这一位旦角的身材,容貌,举止与服装,也的确是美,的确足以挑动台下男女的柔情。在几个钟头之前,那样的对上海的颓废空气,感到不满的我这不自觉的精神主义者,到此也有点固持不住了。这一夜回到旅馆之后,精神兴奋,直到了早晨的三点,方才睡去,并且在熟睡的中间,也曾做了色情的迷梦。性的启发,灵肉的交哄,在这次上海的几日短短逗留之中,早已在我心里,起了发酵的作用。

为购买船票杂物等件，忙了几日；更为了应酬来往，也着实费去了许多精力与时间，终于在一天侵早，我们同去者三四人坐了马车向杨树浦的汇山码头出发了，这时候马路上还没有行人，太阳也只出来了一线。自从这一次的离去祖国以后，海外漂泊，前后约莫有十余年的光景，一直到现在为止，我在精神上，还觉得是一个无祖国无故乡的游民。

太阳升高了，船慢慢地驶出了黄浦，冲入了大海；故国的陆地，缩成了线，缩成了点，终于被地平的空虚吞没了下去；但是奇怪得很，我鹄立在船舱的后部，西望着祖国的天空，却一点儿离乡去国的悲感都没有。比到三四年前，初去杭州时的那种伤感的情怀，这一回仿佛是在回国的途中。大约因为生活沈闷，两年来的蛰伏，已经把我的恋乡之情，完全割断了。

海上的生活开始了，我终日立在船楼上，饱吸了几天天空海阔的自由的空气。傍晚的时候，曾看了伟大的海中的落日；夜半醒来，又上甲板去看了天幕上的秋星。船出黄海，驶入了明蓝到底的日本海的时候，我又深深地深深地感受到了海天一碧，与白鸥水鸟为伴时的被解放的情趣。我的喜欢大海，喜欢登高以望远，喜欢遗世而独处，怀恋大自然而嫌人的倾向，虽则一半也由于天性，但是正当青春的盛日，在四面是海的这日本孤岛上过去的几年生活，大约总也发生了不可磨灭的绝大的影响无疑。

船到了长崎港口，在小岛纵横，山青水碧的日本西部这通商海岸，我才初次见到了日本的文化，日本的习俗与民风。后来读到了法国罗底的记载这海港的美文，更令我对这位海洋作家，起了十二分的敬意。嗣后每次回国经过长崎心里总要跳跃半天，仿佛是遇见了初恋的情人，或重翻到了几十年前写过的情书。长崎现在虽则已经衰落了，但在我的回忆里，它却总保有着那种活泼天真，像处女似地清丽的印象。

半天停泊，船又起锚了，当天晚上，就走到了四周如画，明媚到了无以复加的濑户内海。日本艺术的清淡多趣，日本民族的吃苦耐劳，就是从这一路上的风景，以及四周海上的果园垦植地看来，也大致可以明白。

蓬莱仙岛，所指的不知是否就在这一块地方，可是你若从中国东游，一过濑户内海，看看两岸的水光山色，与夫岸上的渔户农村，即使你不是秦朝的徐福，总也要生出神仙窟宅的幻想来，何况我在当时，正值多情多感，中国岁是十八岁的青春期哩！

由神户到大阪，去京都，去名古屋，一路上且玩且行，到东京小石川区一处高台上租屋住下，已经是10月将终，寒风有点儿可怕起来了。改变了环境，改变了生活起居的方式，言语不通，经济行动，又受了监督没有自由，我到东京住下的两三个月里，觉得是入了一所没有枷锁的牢狱，静静儿的回想起来，方才感到了离家去国之悲，发生了不可遏止的怀乡之病。

在这郁闷的当中，左思右想，唯一的出路，是在日本语的早日的谙熟，与自己独立的经济的来源。多谢我们国家文化的落后，日本与中国，曾有国立五校，开放收受中国留学生的约定。中国的日本留学生，只教能考上这五校的入学试验，以后一直到毕业为止，每月的衣食零用，就有官费可以领得；我于绝望之余，就于这一年的11月，入了学日本文的夜校，与补习中学功课的正则预备班。

早晨5点钟起床，先到附近的一所神社的草地里去高声朗诵着"上野的樱花已经开了"，"我有着许多的朋友"等日文初步的课文，一到8点，就嚼着面包，步行三里多路，走到神田的正则学校去补课。以二角大洋的日用，在牛奶店里吃过午餐与夜饭，晚上就是三个钟头的日本文的夜课。

天气一日一日的冷起来了，这中间自然也少不了北风的雨雪。因为日日步行的终果，皮鞋前开了口，后穿了孔。一套在上海做的夹呢学生装，穿在身上，仍同裸着的一样；幸亏有了几年前一位在日本曾入过陆军士官学校的同乡，送给了我一件陆军的制服，总算在晴日当作了外套，雨日当作了雨衣，御了一个冬天的寒。这半年中的苦学，我在身体上，虽则种下了致命的呼吸器的病根，但在智识上，却比在中国所受的十余年的教育，还有一程的进境。

第二年的夏季招考期近了，我为决定要考入官费的五校去起见，更对我的功课与日语，加紧了速力。本来是每晚于11点就寝的习惯，到了三月以后，也一天天的改过了；有时候与教科书本茕茕相对，竟会到了附近的炮兵工厂的汽笛，早晨放5点钟的夜工时，还没有入睡。

必死的努力，总算得到了相当的酬报，这一年的夏季，我居然在东京第一高等学校的入学考试里占取了一席。到了秋季始业的时候，哥哥因为一年的考察期将满，准备回国来复命，我也从他们的家里，迁到了学校附近的宿店。于8月底边，送他们上了归国的火车，领到了第一次的自己的官费，我就和家庭，和戚属，永久地断绝了联络。从此野马缰弛，风筝线断，一生中潦倒飘浮，变成了一只没有舵楫的孤舟，计算起时日来，大约与第一次世界大战的开始，差不多是在同一的时候。

1935年7月

雕刻家刘开渠

我的同刘开渠认识,是在十三四年前头,大约总当民国十一二年的中间,那时候,我初从日本回来,办杂志也办不好,军阀专政,社会黑暗到了百分之百,到处碰壁的结果,自然只好到北京去教书。

在我兼课的学校之中,有一个是京畿道的美术专门学校;这学校仿佛是刚在换校长闹风潮的大难之余,所以上课的时候,学生并不多,而教室里也穷得连煤炉子都生不起,同事中间,有一位法国画家,一位齐老先生,是很负盛名的。此外则已故的陈晓江氏,教美术史的邓叔存以及教日文的钱稻孙氏,比较得和我熟识,往来的也密一点。我们在平时往来的谈话中间,有一次忽而谈到了学生们的勤惰,而刘开渠的埋头苦干,边幅不修的种种情节,却是大家所公认的事实。我因为是风潮之后,新进去教书的人,所以当时还不能指出那一个是刘开渠来。

过得不久,有一位云南的女学生以及一位四川的青年,同一位身体长得很高,满头长发,脸骨很曲折有点像北方人似的青年来访问我了;介绍之下,我才晓得这一位像北方人似的青年就是刘开渠。

他说话讷讷不大畅达,面上常漾着苦闷的表情,而从他的衣衫的褴褛,面色的青黄上看去,一眼就可以看出他的埋头苦干,边幅不修的精神来，初次见面的时候，我只记得他说的话一共还不上十句。

后来熟了，见面的机会自然也多了起来，我私自猜度猜度他的个性，估量估量他的体格，觉得象他那样的人，学洋画还不如去学雕刻；若教他提锥运凿，大刀阔斧的运用起他的全身体力和脑力来，成就一定还要比捏了彩笔，在画布上涂涂，来得更大。我的这一种茫然的预感，现在却终于成了事实了。

民国十二年以后，我去武昌，回上海，又下广东，与北京就断了缘分。七八年来，东奔西走，在政治局面混乱变更的当中，我一直没和他见面，并且也没有听到他的消息。前年五月，迁来杭州，将近年底的时候，福熙因为生了女儿，在湖滨的一家菜馆，大开汤饼之会；于这一个席上，我又突然遇见了他，才晓得他在西湖的艺专里教雕刻。

他的苦闷的表情，高大的身体，和讷讷不大会说话的特征，还是和十年前初见面时一样，但经了一番巴黎的洗练，衣服修饰，却完美成一个很有身份的绅士了；满头的长发上，不消说是加上了最摩登的保马特。自从这一次见面之后，我因为离群索居，枯守在杭州的缘故，空下来时常去找他；他也因为独身在工房里做工的孤独难耐，有时候也常常来看我。往来两年间的闲谈，使我晓得他跟法国的那位老人家详蒲奢（Jean Boucher）学习雕刻时的苦心孤诣，使我晓得他对于中国一般艺术政治家的堕落现状所坚持的特立独行。我们谈到了罗丹，谈到了色尚，更谈到了左拉的那册以色尚为主人公的小说 L'Oeuvre，他自己虽则不说，但我们在深谈之下，自然也看出了他的同那篇小说里的主人公似的抱负。

他的雕刻，完全是他的整个人格的再现；力量是充足的，线条是遒劲的，表情是苦闷的；若硬要指出他的不足之处来，或者是欠缺一点生动罢？但是立体的雕刻和画面不同，德国守旧派的美术批评家所常说的"静中之动，动中之静"（Bewegung in Ruhe, Ruhe in Bewegung）等套话，在批评雕刻的时候，却不能够直抄的。

他的雕刻的遒劲，猛实，粗枝大叶的趣味，尤其在他的 Designs 里，可以看得出来；疏疏落落的几笔之中，真孕育着多少的力量，多少的生意!

  新近,他为八十八师阵亡将士们造的纪念铜像铸成了,比起那些卖野人头的雕塑师的滑稽来,相差得实在太远,远得几乎不能以言语来形容。一个是有良心的艺术品,一个是骗小孩子们的糖菩萨。这并非是我故意为他捧场的私心话,成绩都在那里,是大家日日看见的东西。铜像下的四块浮雕,又是何等富于实感的创作!

  刘开渠的年纪还正轻着(今年只二十九岁),当然将来还有绝大的进步。他虽则在说:"我在中国住,还不如在法国替详蒲奢做助手时的快活。"可是重重被压迫的中国民众对于表现苦闷的艺术品,对于富有生气和力量的艺术品,也未始不急急在要求,中国或许会亡,但中国的艺术,中国的民众,以及由这些民众之中喊出来的呼声民气,是永不会亡的,刘氏此后,应该常常想到这一点才对。

1935 年 1 月 24 日

记耀春之殇

只教是一个动物,既然生了下来,不过迟早几年或几十年,死总免不了的。中国人的俗语,很彻底的在说,先注死后注生。英文中的一个不能免于死亡的形容词,大家在当作人字解,叫 Mortal。

这一种谛观,这一种死的哲学的解识,当然谁也明白,我也晓得;但是对于死之伤痛,尤其是对于一个与己身有关的肉亲的死之伤痛,可终也不能学作太上的忘情。从前的圣贤,为悼爱子之丧,尚且哭至失明,我生原不肖,我又那得不哭?

幼子耀春,生下来刚只两整年;是我们逃出上海,迁住杭州之后的那一年旧历五月十八日生的。搬家的时候,霞就有点害怕,怕于忙乱之中,要先期早产。用了种种的苦心,费了种种的周折,总算把家搬定了,胎也安下了,我们在灯下闲谈,就说及这一个未来的生命的命名。长子飞,次子云,是从岳家军里抄来的名字,同时《三国志》里,也有飞,云的两位健将。那时候我们只希望有一位乖巧的女孩儿来娱老境,所以我首先就提议,生下来若是女孩,当叫她作银瓶,借以凑成大小眼将军一门忠孝节义的全套。而霞又说:"若是男孩呢?可以叫他作亮;有了猛将,自然也少不得谋臣,历史上的智谋奇略之士,我只佩服那位鞠躬尽瘁,死而后已的诸葛武侯。"

他的生日,是一般民间所崇奉的元帅菩萨的生日,元帅菩萨的前身,当然是唐时的张睢阳巡。现在桐庐的桐君山上,还有一尊张睢阳的塑像在那里,百姓祀之唯谨,说这一位菩萨,有绝大的灵感。生下来之后,我也曾想到了那个巡字,但后来却终于被霞说服了,就叫他作亮;小名的耀春,系由阳春,殿春二位哥哥的名字而来的称谓;既名曰亮,自然有光,故而称耀,写作曜字,亦自可通。

他的先天是很足的;生下来时的肥硕,虽没有过过磅,可是据助产妇说来,在杭州城里,产儿的身体肥得这样的,却很少见,三朝之后,就为雇乳母的事情,闹成了满城的风雨。原因是为了他的食量之大,应雇而来的将近百数个的乳母,每人都不够他的一天之食。好容易上诸暨去找了一个人来,奶总算够吃;但吃满周岁,她的奶也终于干涸,结果就促生了他去年夏季的奶痱之病。

去年天热,我和霞和飞,都去青岛住了月余;后来由青岛而之北平,由北平而去北戴河,一住再住,有两个多月不在家里。后来航空信来了,电报来了,都说耀春的病重,催我们马上回家,我们在赶回来的路上,一夕数惊,每从睡梦里骇醒过来,以为这一个末子终于无更生之望了,但后经同学钱潮医生的几次诊治,他的痱病竟霍然若失,到了秋天,又回复了平时肥白的状态。

经过了这一次的大病,大家总以为他是该有命的,以后总是很好养了;殊不知今年春天,又出了慢性中耳炎的恶疾,这一回又因伤风而成肺炎,最后才变成了结核性脑膜炎的绝症,卧病不上半月,竟在5月20日(阴历四月十八,去年有闰月,距他生日,刚满念四个月)的晚上去世了。

他的这一回的生病,异常的乖,不哭不闹,终日只是昏昏地睡着。经钱医生验了血液,抽了瘠髓以后,决定了他的万无生望,我们才借了一辆车,送他回了富阳的原籍。

墓碑葬具以及坟地等预备好之后,将他移入到东门外的一家寺院中去的早晨,他的久已干枯的眼角上才开始滴了几滴眼泪。这是从他害病之日起,第一次见到的眼泪。他人虽则小,灵性想来是也有的。人之将死,总有一番痛苦与哀愁,可怜他说话都还不曾学会,而这死的痛苦,死的哀愁,却同大人一样地深深尝透了;"彼凡人之相亲,小离别而怀恋,况中殇之爱子,乃千秋而不见!"我的衷情,当然也比他自己临死时的伤痛不会得略有减处。

十年前龙儿死在北平,我没有见到他的尸身,也没有见到他的棺殓,百日之后,离开北平,还觉得泪流不止。现在他的坟土未干,我的陪病失眠的疲倦未复,每日闲坐在书斋看看中天的白日,惘惘然似乎只觉得缺少了一件东西;再切实一点的说来,似乎自己的一个头,一个中藏着脑髓,司思想运动的头颅不见了。

十年之中,两丧继体,床帷依旧,痛感人亡;一想到他的明眸丰颊,玉色和声,当然是不能学东门吴子之无忧。情之所钟,正在我辈,一到深宵人静,仰视列星,我只有一双终夜长开的眼睛而已;潘岳思子之诗,庾信伤心之赋,我做也做不出,就是做了也觉得是无益的。

1935年5月22日

怀 鲁 迅

真是晴天的霹雳,在南台的宴会席上,忽而听到了鲁迅的死!

发出了几通电报,荟萃了一夜行李,第二天我就匆匆跳上了开往上海的轮船。

22日上午10时船靠了岸,到家洗一个澡,吞了两口饭,跑到胶州路万国殡仪馆去,遇见的只是真诚的脸,热烈的脸,悲愤的脸,和千千万万将要破裂似的青年男女的心肺与紧捏的拳头。

这不是寻常的丧葬,这也不是沉郁的悲哀,这正像是大地震要来,或黎明将到时充塞在天地之间的一瞬间的寂静。

生死,肉体,灵魂,眼泪,悲叹,这些问题与感觉,在此地似乎太渺小了,在鲁迅的死的彼岸,还照耀着一道更伟大,更猛烈的寂光。

没有伟大的人物出现的民族,是世界上最可怜的生物之群;有了伟大的人物,而不知拥护,爱戴,崇仰的国家,是没有希望的奴隶之邦。因鲁迅的一死,使人们自觉出了民族的尚可以有为,也因鲁迅之一死,使人家看出了中国还是奴隶性很浓厚的半绝望的国家。

鲁迅的灵柩,在夜阴里被埋入浅土中去了;西天角却出现了一片微红的新月。

1936年10月24日在上海

光慈的晚年

记得是1925年的春天,我在上海才第一次和光赤相见。在以前也许是看见他过了,但他给我的印象一定不深,所以终于想不起来。那时候他刚从俄国回来,穿得一身很好的洋服,说得一口抑扬很清晰的普通话;身材高大,相貌也并不恶,戴在那里的一副细边近视眼镜,却使他那一种绅士的态度,发挥得更有神气。当时我们所谈的,那是些关于苏俄作家的作品,以及苏俄的文化设施等事情。因为创造社出版部,正在草创经营的开始,所以我们很想多拉几位新的朋友进来,来加添一点力量。

光赤的态度谈吐,大约是受了西欧的文学家的影响的;说起话来,总有绝大的抱负,不逊的语气;而当时的他却还没有写成过一篇正式的东西;因此,创造社出版都的几位新进作家,在那时候着实有些鄙视他的倾向。正在这个时候,广州中山大学,以厚重的薪金和诚恳的礼貌,来聘我们去文科教书了。

临行的时候,我们本来有邀他同去的意思,但一则因为广州的情形不明,二则因为要和我们一道去的人数过多,所以只留了一个后约,我们便和他在上海分了手。

到了革命中心地的广州,前后约莫住了一年有半,上海的创造社出版部竟被弄得一塌糊涂了；于是在广州的几位同人，就公决教我牺牲了个人的地位和利益，重回到上海来整理出版部的事务。那时候的中山大学校长，是现在正在提倡念经礼佛的戴季陶先生，我因为要辞去中山大学的职务，曾和戴校长及朱副校长骝先，费去了不少的唇舌，这些事情和光赤无关，所以此地可以不说；总之1927年后，我就到了上海了，自那一年后，就同光赤有了日夕见面的机会。

那时候的创造社出版部，是在闸北三德里的一间两开间的房子里面，光赤也住在近边的租界里；有时候他常来吃饭，有时候我也常和他出去吃咖啡。出版部里的许多新进作家，对他的态度，还是同前两年一样，而光赤的一册诗集和一册《少年漂泊者》，却已在亚东出版了。在1927年的前后，革命文学普罗文学，还没有现在那么的流行，因而光赤的作风，大为一般人所不满。他出了那两册书后，文坛上竟一点儿影响也没有，和我谈起，他老是满肚皮的不平。我于一方面安慰激励他外，一方面便促他用尽苦心，写几篇有力量的小说出来，以证他自己的实力，不久之后，他就在我编的《创造月刊》第一期上发表了《鸭绿江上》，这一篇可以说是他后期的诸作品的先驱。

革命军到上海之后国共分家，思想起了热烈的冲突，从实际革命工作里被放逐出来的一班"左倾"青年，都转向文化运动的一方面来了；在1928、1929年以后，普罗文学就执了中国文坛的牛耳，光赤的读者崇拜者，也在这两年里突然增加了起来。

在1927年里我替他介绍给北新的一册诗集《战鼓》，一直捱到了1929年方才出版；同时他的那部《冲出云围的月亮》，在出版的当年，就重版到了六次。

正在这一个热闹的时候，左翼文坛里却发生了一种极不幸的内讧，就是文坛 Hegemony 的争夺战争。光赤领导了一班不满意于创造社并鲁迅的青年，另树了一帜，组成了太阳社的团体，在和创造社与鲁迅争斗理论。我既与创造社脱离了关系，也就不再做什么文章了，因此和光赤他们便也无形中失去了见面谈心的良会。

在这当中,白色恐怖弥漫了全国,甚至于光赤的这个名字,都觉得有点危险,所以他把名字改了,改成了光慈。蒋光慈的小说,接连又出了五六种之多,销路的迅速,依旧和1929年末期一样,其后我虽则不大有和他见面的机会,但在旅行中,在乡村里所听到的关于他的消息,也着实不少。我听见说,他上日本去旅行了;我听见说,他和吴似鸿女士结婚了;我听见说,他的小说译成俄文了。听到了这许许多多的好消息后,我正在为故人欣喜,欣喜他的文学的成功,但不幸在1931年的春天,忽而又在上海的街头,遇着了清瘦得不堪,说话时老在喘着气的他。

他告诉我说,近来病得很厉害,几本好销的书,又被政府禁止了,弄得生活都很艰难。他又说,近来对于一切,都感到了失望,觉得做人真没趣得很。我们在一家北四川路的咖啡馆里,坐着谈着,竟谈尽了一个下午。因为他说及了生活的艰难,所以我就为他介绍了中华书局的翻译工作。当时中华书局正通过了一个建议,仿英国 Bohn's Library 例,想将世界各国的标准文学作品,无论已译未译的,都请靠得住的译者,直接从原文来翻译一道。

从这一回见面之后,我因为常在江浙内地里闲居,不大在上海住落,而他的病,似乎也一直缠绵不断地绕住了他,所以一别经年,以后终究没有再和他谈一次的日子了。

在这一年的夏秋之交,我偶从杭州经过,听说他在西湖广化寺养病,但当我听到了这消息之后,马上向广化寺去寻他,则寺里的人,都说他没有来过,大家也不晓得他是住在哪一个寺里的。入秋之后,我不知又在哪一处乡下住了一个月的光景,回到上海不久,在一天秋雨潇潇的晚上,有人来说蒋光慈已经去世了。

吴似鸿女士,我从前是不大认识的,后来听到了光慈的讣告,很想去看她一回,致几句唁辞;可是依那传信的人说来,则女士当光慈病革之前,已和他发生了意见,临终时是不在他的病床之侧的。直到九一八事变发生之后,在总商会演宣传反帝抗日的话剧的时候,我才遇到了吴女士。当时因为人多不便谈话,所以只匆匆说了几句处置光慈所藏的遗书

（俄文书籍）的事情之外，另外也没有深谈。其后在田汉先生处，屡次和吴女士相见，我才从吴女士的口里，听到了些光慈晚年的性癖。

据吴女士谈，光慈的为人，却和他的思想相反，是很守旧的。他的理想中的女性，是一个具有良妻贤母的资格，能料理家务，终日不出，日日夜夜可以在闺房里伴他著书的女性。"这，"吴女士说，"这，我却办不到。因此，在他的晚年，每有和我意见相左的地方。"我于认识了吴女士之后，又听到了她的这一段意见，平心静气地一想，觉得吴女士的行为，也的确是不得已的事情。所以当光慈作古的前后，我所听到的许多责备吴女士的说话，到此才晓得是吴女士的冤罪。

又听一位当光慈病殁时，陪侍在侧的青年之所说，则光慈之死，所受的精神上的打击，要比身体上的打击，更足以致他的命。光慈晚年每引以为最大恨事的，就是一般从事于文艺工作的同时代者，都不能对他有相当的尊敬。对于他的许多著作，大家非但不表示尊敬，并且时常还有鄙薄的情势，所以在他病倒了的一年之中，衷心郁郁，老没有一日开畅的日子。此外则党和他的分裂，也是一件使他遗恨无穷的大事，到了病笃的时候，偶一谈及，他还在短叹长吁，诉说大家的不了解他。

说到了这一层，我自己的确也不得不感到许多歉疚；因为对光慈的作品，不表示尊敬者，我也是其中的一个。我总觉得光慈的作品，还不是真正的普罗文学，他的那种空想的无产阶级的描写，是不能使一般要求写实的新文学的读者满意的。这事情，我在他初期写小说时，就和他争论过好几次；后来看到了他的作品的广受欢迎，也就不再和他谈论这些了；现在想到了他那抱憾终生，忧郁致死的晚年的情景，心里头真也觉得十分的难过。九原如可作，我倒很愿意对死者之灵，撤回我当时对他所发的许多不客气的批评，但这也不过是我聊以自慰的空想而已。

总而言之，光慈虽不是一个真正的普罗作家，但以他的热情，以他的技巧，以他的那一种抱负来写作的东西，则将来一定是可以大成的无疑。无论如何，他的早死，究竟是中国文坛上的一个损失。

敬悼许地山先生

我和许地山先生的交谊并不深,所以想述说一点两人间的往来,材料却是很少。不过许先生的为人,他的治学精神,以及抗战事起后,他的为国家民族尽瘁服役的诸种劳绩,我是无时无地不在佩服的。

我第一次和他见面,是创造社初在上海出刊物的时候,记得是一个秋天的薄暮。

那时候他新从北京(那时还未改北平)南下,似乎是刚在燕大毕业之后。他的一篇小说《命命鸟》,已在《小说月报》上发表了,大家对他都奉呈了最满意的好评。他是寄寓在闸北宝山路,商务印书馆编辑所近旁的郑振铎先生的家里的。

当时,郭沫若、成仿吾两位,和我是住在哈同路,我们和小说月报社在文学的主张上,虽则不合,有时也曾作过笔战,可是我们对他们的交谊,却仍旧是很好的。所以当工作的暇日,我们也时常往来,作些闲谈。

在这一个短短的时期里,我与许先生有了好几次的会晤;但他在那一个时候,还不脱一种孩稚的顽皮气,老是讲不上几句话后,就去找小孩子抛皮球,踢毽子去了。我对他当时的这一种小孩子脾气,觉得很是奇怪;可是后来听老舍他们谈起了他,才知道这一种天真的性格,他就一直保持着不曾改过。

这已经是约近二十年以前的事情了。其后,他去美国,去英国,去印度。回来后,他在燕大,我在北大教书。偶尔在集会上,也时时有了几次见面的机会,不过终于因两校地点的远隔,我和他记不起有什么特殊的同游或会谈的事情。

况且,自民国十四年以后,我就离开了北京,到武昌大学去教书了;虽则在其间也时时回到北京去小住,可是留京的时间总是很短,故而终于也没有和他更接近一步的机会。

其后的十余年,我的生活,因种种环境的关系,陷入了一个绝不规则的历程,和这些旧日的朋友简直是断绝了往来。所以一直到接许先生的讣告为止,我却想不起是在什么地方,和他握过最后的一次手。因为这一次过香港而来星洲时,明明是知道他在港大教书,但因为船期促迫,想去一访而终未果。于是,我就永久失去了和他作深谈的机会了。

对于他的身世,他的学殖,他的为国家尽力之处,论述的人,已经是很多了,我在此地不想再说。我想特别一提的,是对于他的创作天才的敬佩。他的初期的作品,富于浪漫主义的色彩,是大家所熟知的,但到了最近,他的作风,竟一变而为苍劲坚实的写实主义,却很少有人说起。

他的一篇抗战以后所写的小说,叫做《铁鱼的鳃》,实在是这一倾向的代表作品,我在《华侨周报》的初几期上,特地为他转载的原因,就是想对我们散处在南岛的诸位写作者,示以一种模范的意思。像这样坚实细致的小说,不但是在中国的小说界不可多得,就是求之于1940年的英美短篇小说界,也很少有可以和他比并的作品。但可惜他在这一方面的天才,竟为他其他方面的学术所掩蔽,人家知道的不多,而他自己也很少有这一方面的作品。要说到因他之死,而中国文化界所蒙受的损失是很大的话,我想从短少了一位创作天才的一点来说,这损失将更是不容易填补。

自己今年的年龄,也并不算老,但是回忆起来,对于追悼作故的友人的事情,似乎也觉得太多了。辈分老一点的,如曾孟朴、鲁迅、蔡孑民、马君武诸先生,稍长于我的,如蒋百里、张季鸾诸先生,同年辈的如徐志摩、滕若渠、蒋光慈的诸位,计算起来,在这十几年的中间,哭过的友人,实在真也不了。我往往在私自奇怪,近代中国的文人,何以一般总享不到八十以上的高龄?而外国的文人,如英国的哈代、俄国的托尔斯泰、法国的弗朗斯等,享寿都是在八十岁以上,这或者是和社会对文人的待遇有关的吧?我想在这一次追悼许地山先生的大会当中,提出一个口号来,要求一般社会,对文人的待遇,应该提高一点。因为死后的千言万语,总不及生前的一杯咖啡来得实际。

末了,我想把我的一副挽联,抄在底下:

嗟月旦停评,伯牛有疾如斯,灵雨空山,君自涅槃登彼岸。

问人间何世,胡马窥江未去,明珠漏网,我为家国惜遗才。

谈 天 说 地

>>> 郁达夫 伤感行旅 >>>　伤感行旅 >>>　伤感行旅

青　烟

　　寂静的夏夜的空气里闲坐着的我，脑中不知有多少愁思，在这里汹涌。看看这同绿水似的由蓝纱罩里透出来的电灯光。听听窗外从静安寺路上传过来的同倦了似的汽车鸣声，我觉得自家又回到了青年忧郁病时代去的样子，我的比女人还不值钱的眼泪，又映在我的颊上了。

　　抬头起来，我便能见得那催人老去的日历，时间一天一天的过去了，但是我的事业，我的境遇，我的将来，啊啊，吃尽了千辛万苦，自家以为已有些物事被我把握住了，但是放开紧紧捏住的拳头来一看，我手里只有一溜青烟！

　　世俗所说的"成功"，于我原似浮云。无聊的时候偶尔写下来的几篇概念式的小说，虽则受人攻击，我心里倒也没有什么难过，物质上的困迫，只教我自家能咬紧牙齿，忍耐一下，也没有些微关系，但是自从我生出之后，直到如今二十余年的中间，我自家播的种，栽的花，哪里有一枝是鲜艳的？哪里一枝曾经结过果来？啊啊，若说人的生活可以涂抹了改作的时候，我的第二次的生涯，决不愿意把它弄得同过去的二十年间的生活一样的！我从小若学作木匠，到今日至少也已有一二间房屋造成了。无聊的时候，跑到这所我所手造的房屋边上去看看,我的寂寥,一定能够轻减。我从小若学作裁缝,不消说现在定能把轻罗绣缎剪开来缝成好好的衫子了。无聊的时候,把我自家剪裁,自家缝纫的纤丽的衫裙,打开来一看,我的郁闷,也定能消杀下去。但是无一艺之长的我,从前还自家骗自家,老把古今中外文人所作成的杰作拿出来自慰,现在梦醒之后,看了这些名家的作品,只是愧耐,所以目下连饮鸩也不能止我的渴了,叫我还有什么法子来填补这胸中的空虚呢?

有几个在有钱的人翼下寄生着的新闻记者说:

"你们的忧郁,全是做作,全是无病呻吟,是丑态!"

我只求能够真真的如他们所说,使我的忧郁是假作的,那么就是被他们骂得再厉害一点,或者竟把我所有的几本旧书和几块不知从何处来的每日买面包的钱,给了他们,也是愿意的。

有几个为前面那样的新闻记者作奴仆的人说:

"你们在发牢骚,你们因为没有人来使用你们,在发牢骚!"

我只求我所发的是牢骚,那么我就是连现在正打算点火吸的这枝Felucca,给了他们都可以,因为发牢骚的人,总有一点自负,但是现在觉得自家的精神肉体,委靡得同风的影子一样的我,还有一点什么可以自负呢?

有几个比较了解我性格的朋友说:

"你们所感得的是 Toska,是现在中国人人都感得的。"

但是我若有这样的 Myriad mind,我早成了 Shakespeare 了。

我的弟兄说:

"唉,可怜的你,正生在这个时候,正生在中国闹得这样的时候,难怪你每天只是郁郁的;跑上北又弄不好,跑上南又弄不好,你的忧郁是应该的,你早生十年也好,迟生十年也好……"

我无论在什么时候——就假使我正抱了一个肥白的裸体妇女,在酣饮的时候罢——听到这一句话,就会痛哭起来,但是你若再问一声:"你的忧郁的根源是在此了么?"我定要张大了泪眼,对你摇几摇头说:"不是,不是。"国家亡了有什么?亡国诗人 Sienkiewicz,不是轰轰烈烈的做了一世人么?流寓在租界上的我的同胞不是个个都很安闲的么?国家亡了有什么?外国人来管理我们,不是更好么?陆剑南的"王师北定中原日,家祭无忘告乃翁"的两句好诗,不是因国亡了才做得出来的么?少年的血气干萎无遗的目下的我,那里还有同从前那么的爱国热忱,我已经不是 Chauvinist 了。

窗外汽车声音渐渐的稀少下去了,苍茫六合的中间我只听见我的笔尖在纸上划字的声音。探头到窗外去一看,我只看见一弯黝黑的夏夜天空,淡映着几颗残星。我搁下了笔,在我这同火柴箱一样的房间里走了几步,只觉得一味凄凉寂寞的感觉,浸透了我的全身,我也不知道这忧郁究竟是从什么地方来的。

虽是刚过了端午节,但像这样暑热的深夜里,睡也睡不着的。我还是把电灯灭黑了,看窗外的景色罢!

窗外的空间只有错杂的屋脊和尖顶,受了几处瓦斯灯的远光,绝似电影的楼台,把它们的轮廓尽在微茫的夜气里。四处都寂静了,我却听见微风吹动窗叶的声音,好像是大自然在那里幽幽叹气的样子。

远处又有汽车的喇叭声响了,这大约是西洋资本家的男女,从淫乐的裸体跳舞场回家去的凯歌罢。啊啊,年纪要轻,颜容要美,更要有钱。

我从窗口回到了座位里,把电灯拈开对镜子看了几分钟,觉得这清瘦的容貌,终究不是食肉之相。在这样无可奈何的时候,还是吸吸烟,倒可以把自家的思想统一起来,我擦了一枝火柴,把一枝 Felucca 点上了。深深的吸了一口。我仍复把这口烟完全吐上了电灯的绿纱罩子。绿纱罩的周围,同夏天的深山雨后似的,起了一层淡紫的云雾。呆呆地对这层云雾凝视着,我的身子好像是缩小了投乘在这淡紫的云雾中间。这层轻淡的云雾,一飘一扬的荡了开去,我的身体便化而为二,一个缩小的身子在这层雾里飘荡,一个原身仍坐在电灯的绿光下远远的守望着那青烟里的我。

A phantom,已经是薄暮的时候了。

天空的周围，承受着落日的余晖，四边有一圈银红的彩带，向天心一步步变成了明蓝的颜色，八分满的明月，悠悠淡淡地挂在东半边的空中。几刻钟过去了，本来是淡白的月亮放起光来。月光下流着一条曲折的大江，江的两岸有郁茂的树林，空旷的沙渚。夹在树林沙渚中间，各自离开一里二里，更有几处疏疏密密的村落。村落的外边环抱着一群层叠的青山。当江流曲处，山冈亦折作弓形，白水的弓弦和青山的弓背中间，聚居了几百家人家，便是F县县治所在之地。与透明的清水相似的月光，平均的洒遍了这县城，江流，青山，树林，和离县城一二里路的村落。黄昏的影子，各处都可以看得出来了。平时非常寂静的这F县城里，今晚上却带着些跃动的生气，家家的灯火点得比平时格外的辉煌，街上来往的行人也比平时格外的嘈杂，今晚的月亮，几乎要被小巧的人工比得羞涩起来了。这一天是旧历的五月初十，正是F县城里每年演戏行元帅会的日子。

一个年纪大约四十左右的清瘦的男子，当这黄昏时候，拖了一双走倦了的足慢慢的进了F县城的东门，踏着自家的影子，一步一步的夹在长街上行人中间向西的走来，他的青黄的脸上露着一副惶恐的形容，额上眼下已经有几条皱纹了。嘴边上乱生在那里的一丛芜杂的短胡，和身上穿着的一件龌龊的半旧竹布大衫，证明他是一个落魄的人。他的背脊屈向前面，一双同死鱼似的眼睛，尽在向前面和左旁右旁偷看。好像是怕人认识他的样子，也好像是在那里寻知己的人的样子。他今天早晨从H省城动身，一直走了九十里路，这时候才走到他廿年不见的故乡F城里。

他慢慢的走到了南城街的中心，停住了足向左右看了一看，就从一条被月光照得灰白的巷里走了进去。街上虽则热闹，但这条狭巷里仍是冷冷清清。向南转了一个弯，走到一家大墙门的前头，他迟疑了一会，便走过去了。走过了两三步，他又回了转来。向门里偷眼一看，他看见正厅中间桌上有一盏洋灯点在那里。明亮的洋灯光射到上首壁上，照出一张钟馗图和几副蜡笺的字对来。此外厅上空空寂寂，没有人影。他在门口走来走去的走了几遍,眼睛里放出了两道晶润的黑光,好像是要哭哭不出来的样子。最后他走转来过这墙门口的时候,里面却走出了一个与他年纪相仿的女人来。因为她走在他与洋灯的中间,所以他只看见她的蓬蓬的头发,映在洋灯的光线里。他急忙走过了三五步,就站住了。那女人走出了墙门,走上和他相反的方向去。他仍复走转来,追到了那女人的背后。那女人听见了他的脚步声忽儿把头朝了转来。他在灰白的月光里对她一看就好像触了电似的呆住了。那女人朝转来对他微微看了一眼,仍复向前的走去。他就赶上一步,轻轻的问那女人说:

"嫂嫂这一家是姓于的人家么?"

那女人听了这句问语,就停住了脚,回答他说:

"嗳!从前是姓于的,现在卖给了陆家了。"

在月光下他虽辨不清她穿的衣服如何,但她脸上的表情是很憔悴,她的话声是很凄楚的,他的问语又轻了一段,带起颤声来了。

"那么于家搬上哪里去了呢?"

"大爷在北京,二爷在天津。"

"他们的老太太呢?"

"婆婆去年故了。"

"你是于家的嫂嫂么?"

"嗳!我是三房里的。"

"那么于家就是你一个人住在这里么?"

"我的男人,出去了二十多年,不知道在什么地方,所以我也不能上北京去,也不能上天津去,现在在这里帮陆家烧饭。"

"噢噢!"

"你问于家干什么?"

"噢噢!谢谢……"

他最后的一句话讲得很幽,并且还没有讲完,就往后跑了。那女人在月光里呆看了一会他的背影,眼见得他的影子一步一步的小了下去,同时又远远的听见了一声他的暗泣的声音,她的脸上也滚了两行眼泪出来。

月亮将要下山去了。

江边上除了几声懒懒的犬吠声外,没有半点生物的动静,隔江岸上,有几家人家,和几处树林,静静的躺在同霜华似的月光里。树林外更有一抹青山,如梦如烟的浮在那里。此时 F 城的南门江边上,人家已经睡尽了。江边一带的房屋,都披了残月,倒影在流动的江波里,虽是首夏的晚上,但到了这深夜,江上也有些微寒意。

停了一会有一群从戏场里回来的人,破了静寂,走过这南门的江上。一个人朝着江面说:

"好冷吓,我的毛发都竦竖起来了,不要有溺死鬼在这里讨替身哩!"

第二个人说:

"溺死鬼不要来寻着我,我家里还有老婆儿子要养的哩!"

第三第四个人都哈哈的笑了起来,这一群人过去了之后,江边上仍复归还到一刻前的寂静状态去了。

月亮已经下山了,江边上的夜气,忽而变成了灰色。天上的星宿,一颗颗放起光来,反映在江心里。这时候南门的江边上又闪出了一个瘦长的人影,慢慢的在离水不过一二尺的水际徘徊。因为这人影的行动很慢,所以它的出现,并不能破坏江边上的静寂的空气。但是几分钟后这人影忽而投入了江心,江波激动了,江边上的沉寂也被破了。江上的星光摇动了一下,好像似天空掉下来的样子。江波一圈一圈的阔大开来,映在江波里的星光也随而一摇一摇的动了几动。人身入水的声音和江上静夜里生出来的反响与江波的圆圈消灭的时候,灰色的江上仍复有死灭的寂静支配着去天明的时候,正还远哩!

Epilogue

我呆呆的对着了电灯的绿光,一枝一枝把我今晚刚买的这一包烟卷差不多吸完了。远远的鸡鸣声和不知从何处来的汽笛声,断断续续的传到我的耳膜上来,我的脑筋就联想到天明上去。

可不是么?你看!那窗外的屋瓦,不是一行一行的看得清楚了么?

啊啊,这明蓝的天色!

是黎明期了!

啊呀,但是我又在窗下听见了许多洗便桶的声音。这是一种象征,这是一种象征。我们中国的所谓黎明者,便是秽浊的手势戏的开场呀!

1923 年

立秋之夜

黝黑的天空里,明星如棋子似的散布在那里。比较狂猛的大风,在高处呜呜地响。马路上行人不多,但也不断。汽车过处,或天风落下来,阿斯法儿脱的路上,时时转起一阵黄沙。是穿着单衣觉得不热的时候。马路两旁永夜不熄的电灯,比前半夜减了光辉,各家店门已关上了。

两人尽默默地在马路上走。后面一个穿着一套半旧的夏布洋服,前面的穿着不流行的白纺绸长衫。他们两个原是朋友,穿洋服的是在访一个同乡的归途,穿长衫的是从一个将赴美国的同志那里回来,二人系在马路上偶然遇着的。二人都是失业者。

"你上哪里去?"

走了一段,穿洋服的问穿长衫的说。

穿长衫的没有回话,默默地走了一段,头也不朝转来,反问穿洋服的说:

"你上哪里去?"

穿洋服的也不回答,默默地尽沿了电车线路在那里走。二人正走到一处电车停留处,后面一乘回车库去的末次电车来了。穿长衫的立下来停了一停,等后面的穿洋服的。穿洋服的慢慢走到穿长衫的身边的时候,停下的电车又开出去了。

"你为什么不坐了这电车回去?"

穿长衫的问穿洋服的说。穿洋服的不答,却脚也不停慢慢地向前走了,穿长衫的就在后面跟着。

二人走到一处三岔路口了。穿洋服的立下来停了一停。穿长衫的走近了穿洋服的身边,脚也不停下来,仍复慢慢地前进。穿洋服的一边跟着,一边问说:

"你为什么不进这岔路回去?"

二人默默地前去,他们的影子渐渐儿离三岔路口远了下去,小了下去;过了一忽,他们的影子就完全被夜气吞没了。三岔路口,落了天风,转起了一阵黄沙。比较狂猛的风,呜呜地在高处响着。一乘汽车来了,三岔路口又转起了一阵黄沙。这是立秋的晚上。

1923 年

一 封 信

M君,F君:

　　到北京后,已经有两个月了。我记得从天津的旅馆里发出那封通信之后,还没有和你们通过一封信;临行时答应你们做的稿子,不消说是没有做过一篇。什么"对不起吓","原谅我吓"的那些空文,我在此地不愿意和你们说,实际上即使说了也是没有丝毫裨益的。这两个月中间的时间,对于我是如何的悠长?日夜只呆坐着的我的脑里,起了一种怎么样的波涛?我对于过去,对于将来,抱了怎么样的一个念望?这些事情,大约是你们所不知道的罢;你们若知道了,我想你们一定要跑上北京来赶我回去,或者宽纵一点,至少也许要派一个人或打一个电报,来催我仍复回到你们日夜在谋脱离而又脱离不了的樊笼里去。我的情感,意识,欲望和其他的一切,现在是完全停止了呀,M!我的生的执念和死的追求现在也完全消失了呀!F!啊啊,以我现在的心理状态讲来,就是这一封信也是多写的,我……我还要希望什么?啊啊,我还要希望什么呢?上北京来本来是一条死路,北京空气的如何腐劣,都城人士的如何险恶,我本来是知道的。不过当时同死水似的一天一天腐烂下去的我,老住在上海,任我的精神肉体,同时崩溃,也不是道理,所以两个月前我下了决心,决定离开了本来不应该分散而实际上不分散也没有方法的你们,而独自一个跑到这风雪弥漫的死都中来。当时决定起行的时候,我心里本来也没有什么远大的希望,但是在无望之中,漠然的我总觉有一个"转换转换空气,振作振作精神"的念头。啊啊,我当时若连这一个念头也不起,现在的心境,或者也许能平静安逸,不致有这样的苦闷的!欺人的"无望之望"哟,我诅咒你,我诅咒你!……拿起笔来,顺了我苦闷的心状,写了这么半天,我也不知道说了些什么。像这样的写下去,我也不知道怎么才能把我胸中压住的一块铅铁吐露得出来。啊啊,M,F,我还是不写了罢,我还是不写的好……不过……不过这样的沉默过去,我怕今晚上就要发狂,睡是横竖睡不着了,难道竟这样呆呆的坐到天明么?这绵绵的长夜,又如何减缩得来呢?M,F!我的头昏痛得很,我仍复写下去吧,写得纠缠不清的时候,请你们以自己的经验来补我笔的不足。

"到北京之后,竟完全一刻清新的时间也没有过,从下车之日起,一直到现在此刻止,竟完全是同半空间的雨滴一样,只是沈沈落下。"这一句话,也是假的。若求证据,我到京之第二日,剃了数月来未曾梳理的长发短胡,换了一件新制的夹衣,捧了讲义,欣欣然上学校去和我教的那班学生相见,便是一个明证。并且在这样消沈中的我,有时候也拿起纸笔来想写些什么东西。前几天我还有一段不曾做了的断片,被 M 报拿了去补纪念刊的余白哩,……所以说我近来"竟完全同半空间的雨滴一样,只是沉沉落下。"也是假的,但是像这样的瞬间的发作,最多不过几个钟头。这几个钟头过后,剩下来的就是无穷限的无聊和无穷限的苦闷。并且像这样的瞬间的发作,至多一个月也不过一次,以后我觉得好像要变成一年一次几年一次的样子,那是一定的,那是一定的呀!

那么除了这样的几个钟头的瞬间发作之外,剩下来的无穷的苦闷的本体,究竟是什么呢?M!F!请你们不要笑我吧!实际上我自家也说不出所以然来。我不晓得为什么我会这样的苦闷,这样的无聊!

难道是失业的结果么?……现在我名义上总算已经得了一个职业,若要拼命干去,这几点钟学校的讲义也尽够我日夜的工作了。但是我一拿到讲义稿,或看到第二天不得不去上课的时间表的时候,胸里忽而会咽上一口气来,正如酒醉的人,打转饱嗝来的样子。我的职业,觉得完全没有一点吸收我心意的魔力。对此我怎么也感不出趣味来,讲到职业的问题,我觉得倒不如从前失业时候的自在了。

难道是失恋的结果么?……噢噢,再不要提起这一个怕人的名词。我自见天日以来,从来没有晓得过什么叫做恋爱。命运的使者,把我从母体里分割出来以后,就交给了道路之神,使我东流西荡,一直漂泊到了今朝,其间虽也曾遇着几个异性的两足走兽,但她们和我的中间,本只是一种金钱的契约,没有所谓"恋",也没有所谓"爱"的。本来是无一物的我,有什么失不失,得不得呢?你们若问起我的女人和小孩如何,那么我老实对你们说吧,我的亲爱她的和她的心情,也不过和我亲爱你们的心情一样,这一种亲爱,究竟可不可以说是恋爱,暂且不管它,总之我想念我女人和小孩的情绪,只有同月明之夜在白雪晶莹的地上,当一只孤雁飞过时落下来的影子那么浓厚。我想这胸中的苦闷,和日夜纠缠着我的无聊,大约定是一种遗传的疾病。但这一种遗传,不晓得是始于何时,也不知将伊于何底,更不知它是否限于我们中国的民族的?

我近来对于几年前那样热爱过的艺术,也抱起疑念来了。呀,M,F!我觉得艺术中间,不使人怀着恶感,对之能直接得到一种快乐的,只有几张伟大的绘画,和几段奔放的音乐,除此之外,如诗,文,小说,戏尉,和其他的一切艺术作品,都觉得肉麻得很。你看哥德的诗多肉麻啊,什么"紫罗兰吓,玫瑰吓,十五六的少女吓",那些东西究竟有什么用处呢?垂死的时候,能把它们拿来作药饵么?美莱迭斯的小说,也是如此的啊,并不存在的人物事实,他偏要说得原原本本,把威尼斯的夕照和伦敦市的夜景,一场一场的安插到里头去,枉费了造纸者和排字者的许多辛苦,创造者的她自家所得的结果,也不过一个永久的死灭罢了,那些空中的楼阁,究竟建设在什么地方呢?像微虫似的我辈,讲起来更可羞了。我近来对北京的朋友,新订了一个规约,请他们见面时绝对不要讲关于文学上的话,对于我自家的几篇无聊的作品,更请求他们不要提起。因为一提起来,我自家更羞惭得窜身无地,我的苦闷,也更要增加。但是到我这里来的青年朋友,多半是以文学为生命的人。我们虽则初见面时有那种规约,到后来三言两语,终不得不讲到文学上去。这样的讲一场之后,我的苦闷,一定不得不增加一倍。

为消减这一种内心苦闷的缘故,我却想了种种奇特的方法出来。有时候我送朋友出门之后,马上就跑到房里来把我所最爱的东西,故意毁成灰烬,使我心里不得不起一种惋惜悔恼的幽情,因为这种幽情起来之后,我的苦闷,暂时可以忘了。到北京之后的第二个礼拜天的晚上,正当我这种苦闷情怀头次起来的时候,我把颜面伏在桌子上动也不动的坐了一点多钟。后来我偶尔把头抬起,向桌子上摆着的一面蛋形镜子一照,只见镜子里映出了一个瘦黄奇丑的面形,和倒覆在额上的许多三寸余长,乱蓬蓬的黑发来。我顺手拿起那面镜子向地上一掷,拍的响了一声,镜子竟化成了许多粉末。看看一粒一粒地上散溅着的玻璃的残骸,我方想起了这镜子和我的历史。因为这镜子是我结婚之后,我女人送给我的两件纪念品中的最后的一件。她和这镜子同时给我的一个钻石指环,被我在外国念书的时候质在当铺里,早已满期流卖了。目下只剩了这一面意大利制的四圈有象牙螺钿镶着的镜子,我于东西流转之际,每与我所最爱的书籍收拾在一起,随身带着的这镜子,现在竟化成一颗颗的细粒和碎片,溅散在地上。我呆呆的看了一忽,心里忽起了一种惋惜之情,几刻钟前,那样难过的苦闷,一时竟忘掉了。自从这一回后,我每于感到苦闷的时候,辄用这一种饮鸩止渴的手段来图一时的解放,所以我的几本爱读的书籍和几件爱穿的洋服,被我烧了的烧了,剪破的剪破,现在行箧里,几乎没有半点值钱的物事了。

有钱的时候,我的解闷的方法又是不同。但我到北京之后,从没有五块以上的金钱和我同过一夜,所以用这方法的时候,比较的不多。前月中旬,天津的二哥哥,寄了五块钱来给我,我因为这五块钱若拿去用的时候,终经不起一次的消费,所以老是不用,藏在身边。过了几天,我的遗传的疾病又发作了,苦闷了半天,我才把这五元钱想了出来。慢慢的上一家卖香烟的店里尽这五元钱买了一大包最贱的香烟,我回家来一时的把这一大包香烟塞在白炉子里燃烧起来。我那时候独坐在恶毒的烟雾里,觉得头脑有些昏乱,且同时眼睛里,也流出了许多眼泪,当时内心的苦闷,因为受了这肉体上的激刺,竟大大的轻减了。

一般人所认为排忧解闷的手段,一时我也曾用过的手段,如醇酒妇人之类,对于现在的我,竟完全失了它们的效力。我想到了一年半年之后若现在正在应用的这些方法,也和从前的醇酒妇人一样,变成无效的时候,心里又不得不更加上一层烦恼。啊啊,我若是一个妇人,我真想放大了喉咙,高声痛哭一场!

前几个月在上海做的那一篇春夜的幻影,你们还记得么?我现在回想起来,觉得近来于无聊之极,写出来的几篇感想不像感想小说不像小说的东西里,还是这篇夏夜的幻想有些意义。不过当时的苦闷,没有现在那么强烈,所以还能用些心思在修辞结构上面。我现在才知道了,真真苦闷的时候,连叹苦的文字也做不出来的。

夜已经深了。口外的火车,远远绕越西城的车轮声,渐渐的传了过来。我想这时候你们总应该睡了罢?若还没有睡,啊啊,若还没有睡,而我们还住在一起,恐怕又要上酒馆去打门了呢!我一想起当时的豪气,反而只能发生出一种羡慕之心,当时的那种悲愤,完全没有了。人生到了这一个境地,还有什么希望?还有什么希望呢?

1924 年 1 月

小春天气

一

  与笔砚疏远以后,好像是经过了不少时日的样子。我近来对于时间的观念,一点儿也没有了。总之案头堆着的从南边来的两三封问我何以老不写信的家信,可以作我久疏笔砚的明证。所以从头计算起来,大约从我发表的最后的一篇整个儿的文字到现在,总已有一年以上,而自我的右手五指,抛离纸笔以来,至少也得有两三个月的光景。以天地之悠悠,而来较量这一年或三个月的时间,大约总不过似骆驼身上的半截毫毛;但是由先天不足,后天亏损——这是我们中国医生常说的话,我这样的用在这里,请大家不要笑话我——的我说来,渺焉一身,寄住在这北风凉冷的皇城人海中间,受尽了种种欺凌侮辱,竟能安然无事的经过这么长的一段时间,却是一种摩西以后的最大奇迹。

  回想起来这一年的岁月,实在是悠长的很呀!绵绵钟鼓初长的秋夜,我当众人睡尽的中宵,一个人在六尺方的卧房里踏来踏去,想想我的女人,想想我的朋友,想想我的暗淡的前途,曾经熏烧了多少支的短长烟卷?睡不着的时候,我一个人拿了蜡烛,幽脚幽手的跑上厨房去烧些风鸡糟鸭来下酒的事情,也不止三次五次。而由现在回顾当时,那时候初到北京后的这种不安焦躁的神情,却只似儿时的一场噩梦,相去好像已经有十几年的样子,你说这一年的岁月对我是长也不长?

这分外的觉得岁月悠长的事情,不仅是意识上的问题,实际上这一年来我的肉体精神两方面,都印上了这人家以为很短而在我却是很长的时间的烙印。去年十月在黄浦江头送我上船的几位可怜的朋友,若在今年此刻,和我相遇于途中,大约他们看见了我,总只是轻轻的送我一瞥,必定会仍复不改常态地向前走去。(虽则我的心里在私心默祷,使我遇见了他们,不要也不认识他们!)

这一年的中间,我的衰老的气象,实在是太急速的侵袭到了,急速的,真真是很急速的。"白发三千丈"一流的夸张的比喻,我们暂且不去用它,就减之又减的打一个折扣来说罢,我在这一年中间,至少也的的确确的长了十岁年纪。牙齿也掉了,记忆力也消退了,对镜子剃削胡髭的早晨,每天都要很惊异地往后看一看,以为镜子里反映出来的,是别一个站在我后面的没有到四十岁的半老人。腰间的皮带,尽是一个窟窿一个窟窿的往里缩,后来现成的孔儿不够,却不得不重用钻子来新开,现在已经开到第二个了。最使我伤心的是当人家欺凌我侮辱我的时节,往日很容易起来的那一种愤激之情,现在怎么也鼓励不起来。非但如此,当我觉得受了最大的侮辱的时候,不晓从何处来的一种滑稽的感想,老要使我作会心的微笑。不消说年轻时候的种种妄想,早已消磨得干干净净,现在我连自家的女人小孩的生存,和家中老母的健否等问题都想不起来;有时候上街去雇得着车,坐在车上,只想车夫走往向阳的地方去——因为我现在忽而怕起冷来了——慢一点儿走,好使我饱看些街上来往的行人,和组成现代的大同世界的形形色色。看倦了,走倦了,跑回家来,只想弄一点美味的东西吃吃,并且一边吃,一边还要想出如何能够使这些美味的东西吃下去不会饱胀的方法来,因为我的牙齿不好,消化不良,美味的东西,老怕不能一天到晚不间断的吃过去。

二

现在我们这里所享有的,是一年中间最好不过的10月。江北江南,正是小春的时候。况且世界又是大同,东洋车,牛车,马车上,一闪一闪的在微风里飘荡的,都是些除五色旗外的世界各国的旗子,天色苍苍,又高又远,不但我们大家酣歌笑舞的声音,达不到天听,就是我们的哀号狂泣,也和耶和华的耳朵,隔着蓬山几千万叠。生逢这样的太平盛世,依理我也应该向长安的落日,遥进一杯祝颂南山的寿酒,但不晓怎么的,我自昨天以来,明镜似的心里,又忽而起了一层翳障。

仰起头来看看青天,空气澄清得怖人;各处散射在那里的阳光,又好像要对我说一句什么可怕的话,但是因为爱我怜我的缘故,不敢马上说出来的样子。脚底下铺着扫不尽的落叶,忽而索落索落的响了一声,待我低下头来,向发出声音来的地方望去,又看不出什么动静来了,这大约是我们庭后的那一棵槐树,又摆脱了一叶负担了罢。正是年前十点钟的光景,家里的人都出去了,我因为孤零丁一个人在屋里坐不住,所以才踱到院子里来的,然而在院子里站了一忽,也觉得没有什么意思,昨晚来的那一点小小的郁忧仍复笼罩在我的心上。

当半年前,每天只是忧郁的连续的时候,倒反而有一种余裕来享乐这一种忧郁,现在连快乐也享受不了的我的脆弱的身心,忽而沾染了这一层虽则是很淡很淡,但也好像是很深的隐忧,只觉得坐立都是不安。没有方法,我就把香烟连续地吸了好几枝。

是神明的摄理呢,还是我的星命的佳会?正在这无可奈何的时候,门铃儿响了。小朋友G君,背了水彩书具架进来说:

"达夫,我想去郊外写生,你也同我去郊外走走吧!"

G君年纪不满二十,是一位很活泼的青年画家,因为我也很喜欢看画,所以他老上我这里来和我讲些关于作画的事情。据他说,"今天天气太好,坐在家里,太对大自然不起,还是出去走走的好"。我换了衣服,一边和他走出门来,一边告诉门房"中饭不来吃,叫大家不要等我"的时候,心里所感得的喜悦,怎么也形容不出来。

三

本来是没有一定目的地的我们,到了路上,自然而然地走向西去,出了平则门。阳光不问城里城外,一例的很丰富的洒在那里。城门附近的小摊儿上,在那里摊开花生米的小贩,大约是因为他穿着的那件宽大的夹袄的原因罢,觉得也反映着一味秋气。茶馆里的茶客,和路上来往的行人,在这样如煦的太阳光里,面上总脱不了一副贫陋的颜色;我看看这些人的样子,心里又有点不舒服起来,所以就叫G君避开城外的大街沿城折往北去。夏天常来的这城下长堤上,今天来往的大车特别的少。道旁的杨柳,颜色也变了,影子也疏了。城河里的浅水,依旧映着晴空,反射着日光,实际上和夏天并没有什么区别,但我觉得总有一种寂寥的感觉,浮在水面。抬头看看对岸,远近一排半凋的林木,纵横交错的列在空中。大地的颜色,也不似夏日的苍葱,地上的浅草都已枯尽,带起浅黄色来了。法国教堂的屋顶,也好像失了势力似的,在半凋的树林中孤立在那里。与夏天一样的,只有一排西山连瓦的峰峦。大约是今天空气格外澄鲜的缘故罢,这排明褐色的屏障,觉得是近得多了,的确比平时近得多了。此外弥漫在空际的,只有明蓝澄洁的空气,悠久广大的天空和饱满的阳光,和暖的阳光。隔岸堤上,忽而走出了两个着灰色制服的兵来。他们拖了两个斜短的影子,默默地在向南的行走。我见了他们,想起了前几天平则门外的抢劫的事情,所以就对G君说:

"我看这里太辽阔,取不下景来,我们还是进城去吧!上小馆子去吃了午饭再说。"

G君踏来踏去的看了一会,对我笑着说:"近来不晓怎的,有一种莫名其妙的神秘的灵感,常常闪现在我的脑里。今天是不成了,没有带颜料和油画的家伙来。"他说着用手向远处教堂一指,同时又接着说:"几时我想画画教堂里的宗教画看。""那好得很啊!"猫猫虎虎的这样回答了一句,我就转换方向,慢慢的走回到城里来了。落后了几步,他又背着画具,慢慢的跟我走来。

四

喝了两斤黄酒,吃得满满的一腹。我和 G 君坐洋车上,被拉往陶然亭去的时候,太阳已经打斜了。本来是有点醉意,又被午后的阳光一烘,我坐在车上,眼睛觉得渐渐的朦胧了起来。洋车走尽了粉房琉璃街,过了几处高低不平的新开地,走入南下洼旷野的时候,我向右边一望,只见几列鳞鳞的屋瓦,半隐半现的在两边一带的疏林里跳跃。天色依旧是苍苍无底,旷野里的杂粮也已割尽,四面望去,只是洪水似的午后的阳光,和远远躺在阳光里的矮小的坛殿城池。我张了一张睡眼,向周围望了一圈,忽笑向 G 君说:

"秋气满天地,胡为君远行,这两句唐诗真有意思,要是今天是你去法国的日子,我在这里饯你的行,那么再比这两句诗适当的句子怕是没有了,哈哈……"

只喝了半小杯酒,脸上已涨得潮红的 G 君也笑着对我说:

"唐诗不是这样的两句,你记错了吧!"

两人在车上笑说着,洋车已经走入了陶然亭近旁的芦花丛里,一片灰白的毫芒,无风也自己在那里作浪。西边天际有几点青山隐隐,好像在那里笑着对我们点头。下车的时候,我觉得支持不住了,就对 G 君说:

"我想上陶然亭去睡一觉,你在这里画吧!现在总不过两点多钟,我睡醒了再来找你。"

五

　　陶然亭的听差来摇我醒来的时候，西窗上已经射满了红色的残阳。我洗了洗手脸，喝了二碗清茶，从东面的台阶上下来，看见陶然亭的黑影，已经越过了东边的道路，遮满了一大块道路东面的芦花水地。往北走去，只见前后左右，尽是茫茫一片的白色芦花。西北抱冰堂一角，扩张着阴影，西侧面的高处，满挂了夕阳的最后的余光，在那里催促农民的息作。穿过了香冢鹦鹉冢的土堆的东面，在一条浅水和墓地的中间，我远远认出了G君的侧面朝着斜阳的影子。从芦花铺满的野路上将走近G君背后的时候，我忽而气也吐不出来，向西边的瞪目呆住了。这样伟大的，这样迷人的落日的远景，我却从来没有看见过。太阳离山，大约不过盈尺的光景，点点的遥山，淡得比初春的嫩草，还要虚无缥缈。监狱里的一架高亭，突出在许多有谐调的树林的枝干高头。芦根的浅水，满浮着芦花的绒穗，也不像积绒，也不像银河。芦萍开处，忽映出一道细狭而金赤的阳光，高冲牛斗。同是在这反光里飞坠的几簇芦绒，半边是红，半边是白。我向西呆看了几分钟，又回头向东北三面环眺了几分钟，忽而把什么都忘掉了，连我自家的身体都忘掉了。

　　上前走了几步，在灰暗中我看见G君的两手，正在忙动，我叫了一声，G君头也不朝转来，很急促的对我说：

　　"你来，你来，来看我的杰作！"

　　我走近前去一看，他画架上，悬在那里，正在上色的，并不是夕阳，也不是芦花，画的中间，向右斜曲的，却是一条颜色很沈滞的大道。道旁是一处阴森的墓地，墓地的背后，有许多灰黑凋残的古木，横叉在空间。枯木林中，半弯下弦的残月，刚升起来，冷冷的月光，模糊隐约地照出了一只停在墓地树枝上的猫头鹰的半身。颜色虽则还没有上全,然而一道逼人的冷气,却从这幅未完的画面直向观者的脸上喷来,我簇紧了眉峰,对这画面静看了几分钟,抬起头来正想说话的时候,觉得太阳已经完全下山了,四面的薄暮的光景也比一刻前促迫了。尤其是使我惊恐的,是我抬起头来的时候,在我们的西北的墓地里,也有一个很淡很淡的黑影,动了一动。我默默地停了一会,惊心定后,再朝转头来看东边天上的时候,却见了一痕初五六的新月悬挂在空中。又停了一会,把惊恐之心,按捺了下去,我才慢慢地对 G 君说:

"这一张小画,的确是你的杰作,未完的杰作。太晚了,快快起来,我们走罢!我觉得冷得很。"我话没有讲完,又对他那张画看了一眼,打了一个冷痉,忽而觉得毛发都竦竖了起来;同时自昨天来在我胸中盘踞着的那种莫名其妙的忧郁,又笼罩上我的心来了。

G 君含了满足的微笑,尽在那里闭了一只眼睛——这是他的脾气——细看他那未完的杰作。我催了他好几次,他才起来收拾画具。我们二人慢慢地走回家来的时候,他也好像倦了,不愿意讲话,我也为那种忧郁所侵袭,不想开口。两人默默地走到灯火荧荧的民房很多的地方,G 君方开口问我说:

"这一张画的题目,我想叫《残秋的日暮》,你说好不好?"

"画上的表现,岂不是半夜的景象么?何以叫日暮呢?"

他听我这句话,又含了神秘的微笑说:

"这就是今天早晨我和你谈的神秘的灵感哟!我画的画,老喜欢依画画时候的情感节季来命题,画面和画题合不合,我是不管的。"

"那么,《残秋的日暮》也觉得太衰飒了,况且现在已经入了 10 月,10 月小阳春,哪里是什么残秋呢?"

"那么我这张画就叫做《小春》吧!"

这时候我们已经走进了一条热闹的横街,两人各雇眷洋车,分手回来的时候,上弦的新月,也已经起来得很高了。我一个人摇来摇去地被拉回家来,路上经过了许多无人来往的乌黑的僻巷。僻巷的空地道上,纵横倒在那里的,只是些房屋和电杆的黑影。从灯火辉煌的大街忽而转入这样僻静的地方的时候,谁也会发生一种奇怪的感觉出来,我在这初月微明的天盖下面苍茫四顾,也忽而好像是遇见了什么似的,心里的那一种莫名其妙的忧郁,更深起来了。

1924 年

寂寞的春朝

　　大约是年龄大了一点的缘故吧？近来简直不想行动，只爱在南窗下坐着晒晒太阳，看看旧籍，吃点容易消化的点心。

　　今年春暖，不到废历的正月，梅花早已开谢，盆里的水仙花，也已经香到了十分之八了。因为自家想避静，连元旦应该去拜年的几家亲戚人家都懒得去。饭后瞌睡一醒，自然只好翻翻书架，检出几本正当一点的书来阅读。顺手一抽，却抽着了一部退补斋刻的陈龙川的文集。一册一册的翻阅下去，觉得中国的现状，同南宋当时，实在还是一样。外患的迭来，朝廷的蒙昧，百姓的无智，志士的悲哽，在这中华民国的二十四年，和孝宗的乾道淳熙，的确也没有什么绝大的差别，从前有人吊岳飞说："怜他绝代英雄将，争不迟生付孝宗！"但是陈同甫的《中兴五论》，上孝宗皇帝的《三书》，毕竟又有点什么影响？

　　读读古书，比比现代，在我原是消磨春昼的最上法门。但是且读且想，想到了后来，自家对自家，也觉得起了反感。在这样好的春日，又当这样有为的壮年，我难道也只能同陈龙川一样，作点悲歌慷慨的空文，就算了结了么？但是一上书不报，再上，一三上书也不报的时候，究竟一条独木，也支不起大厦来的。为免去精神的浪费，为避掉亲友的来扰,我还是拖着双脚,走上城隍山去看热闹去。

　　自从迁到杭州来后,这城隍山真对我发生了绝大的威力。心中不快的时候,闲散无聊的时候,大家热闹的时候,风雨晦冥的时候,我的唯一的逃避之所就是这一堆看去也并不高大的石山。去年旧历的元旦,我是上此地来过的;今年虽则年岁很荒,国事更坏,但山上的香烟热闹,绿女红男,还是同去年一样。对花溅泪,怕要惹得旁人说煞风景,不得已我只好于背着手走下山来的途中,哼它两句旧诗:

　　　　大地春风十万家,偏安原不损繁花。
　　　　输降表已传关外,册帝文应出海涯。
　　　　北阙三书终失策,暮年一第亦微瑕。
　　　　千秋论定陈同甫,气壮词雄节较差。

　　走到了寓所,连题目都想好了,是《乙亥元日,读陈龙川集,有感时事》。

北国的微音

北国的寒宵，实在是沉闷得很，尤其是像我这样的不眠症者，更觉得春夜之长。似水的流年，过去真快，自从海船上别后，匆匆又换了年头。以岁月计算，虽则不过隔了五个足月，然而回想起来，我同你们在上海的历史，好像是隔世的生涯，去今已有几百年的样子。河畔冰开，江南草长，虫鱼鸟兽，各有阳春发动之心，而自称为动物中之灵长，自信为人类中的有思想者的我，依旧是奄奄待毙，没有方法消度今天，更没有雄心欢迎来日。几日前头，有一位日本的新闻记者，来访我的贫居。他问我："为什么要消沉到这个地步？"我问他："你何以不消沉，要从东城跑许多路特来访我？"他说："是为了职务。"我又问他："你的职务，是对谁的？"他说："我的职务，是对国家，对社会的。"我说："那么你就应该知道我的消沉也是对国家，对社会的。现在世上的国家是什么？社会是什么？尤其是我们中国？"他的来访的目的，本来是为问我对于日本对华文化事业的意见如何，中国将来的教育方针如何的——他之所以来访者，一则因为我在某校里教书，二则因为我在日本住过十多年，或者对于某种事项，略有心得的缘故——后来听了我这一段诡辩，他也把职务丢开，谈了许多无关紧要的闲话走了。他走之后，我一个人衔了纸烟想想,觉得人类社会,毕竟是庸人自扰。什么国富兵强,什么和平共荣,都是一班野兽,于饱食之余,在暖梦里织出来的回文锦字。像我这样的生性,在我这样的境遇下的闲人,更有什么可想,什么可做呢?写到这里我又想起T君批评我的话来了,他说:"某书的作者,嘲世骂俗,却落得一个牢骚派的美名。"实在我想T君的话,一点儿也不错。人若把我们的那些浅薄无聊的"徒然草",合在一处,加上一个牢骚派的名目,思欲抹杀而厌鄙之,倒反便宜了我们。因为我们的那些东西,本来是同身上的积垢,口中的吐气一样,不期然而然的发生表现出来的,哪里配称作牢骚,更哪里配称作"派"呢?我读到《歧路》,沫若,觉得你对于自家的艺术的虚视——这虚视两字,我也不知道妥当不妥当!或者用怀疑两字!比较确切吧——也和我一样。不错不错,我这封信,是从友人宴会席上回来,读了《歧路》之后,拿起笔来写的。我写这一封信的动机,原是想和你们谈谈我对于《歧路》的感想的呀!

　　沫若!我觉得人生一切都是虚幻,真真实在的,只有你说的"凄切的孤单",倒是我们人类从生到死味觉得到的唯一的一道实味。就是京沪报章上,为了金钱或者想建筑自家的名誉的缘故,在那里含了敌意,作文章攻击你的人,我仔细替他们一想,觉得他们也在感着这凄切的孤独。唯其感到孤独,所以他们只好作些文章来卖一点金钱,或者竟牺牲了你来博一点小小的名誉;毕竟他们还是人,还是我们的同类,这"孤单"的感觉,终究是逃不了的,所以他们的文章里最含恶意,攻击你最甚的处所,便是他们的孤独感表现最切的地方。名利的争夺,欲牺牲他人而建立自己的恶心——简单点说,就说生存竞争吧——依我看来,都是由这"孤单"的感觉催发出来的。人生的实际,既不外乎这"孤单"的感觉,那么表现人生的艺术,当然也不外乎此,因此我近来对于艺术的意见和评价,都和从前不同了。我觉得艺术并没有十分可以推崇的地方,她和人生的一切,也没有什么特异有区别的地方。努力于艺术,献身于艺术,也不须有特别的表现。牢牢捉住了这"孤单"的感觉,细细地玩味,由他写成诗歌小说也好,制成音乐美术品也好,或者竟不写在纸上,不画在布上壁上,不雕在白石上,不奏在乐器上,什么也不表现出来,只教他能够细细的玩味这"孤单"的感觉,便是绝好最美的"创造"。

仿吾!这一段无聊的废话,你看对不对?我在写这封信之先,刚从一位朋友处的宴会回来,席上遇见了许多在日本和你同科的自然科学家。他们都已经成了富者,现在是资本家了。我夹在这些衣狐裘者的老同学中间,当然觉得十分的孤独,然而看看他们挟了皮箧,奔走不宁的行动,好像他们也有些在觉得人生的孤寂的样子。我前边不是说过了么?唯其感到孤寂,所以要席不遑暖的去追求名利。然而究竟我不是他们,所以我这主观的推测,也许是错了的。

我现在因为抱有这一种感想,所以什么东西也写不下来,什么东西也不愿意拿来阅读。有时候要想玩味这"凄切的孤单",在日斜的午后,老跑出城外去独步。这里城外多是黄沙的田野,有几处也有清溪断壁,绝似日本郊外未开辟之先的代代木新宿等处。不过这里一堆一堆的黄土小冢,和有钱的人家的白杨松树的坟茔很多,感视少微与日本不同一点。今晚在宴会的席上,在许多鸿儒谈笑的中间,我胸中的感觉,同在这样的白杨衰草的坟地里漫步时一样。不过有一点我觉得比从前进步了。从前我和境遇比我美满的朋友——实际上除你们几个人之外,哪一个境遇比我不美满?——相处,老要起一种感伤,有时竟会滴下泪来。现在非但眼泪不会滴下来,并且也能如他们一样的举起箸来取菜,提起杯来喝酒。不过从前的那一种喜欢谈话的冲动,现在没有了。他们入座,我也就坐,他们吃菜,我也吃菜。劝我喝酒,我就喝,干杯就干杯。席散了,我就回来。雇车雇不着,就慢慢的在黄昏的街道上走。同席者的汽车马车,从我身边过去的时候,他们从车中和我点头,我也回点一头。他们不点头,我也让他们的车子过去,横竖是在后头跟走几步,他们的车子就可以老远的上我前头去的,所以无避入岔路上去的必要。还有一点和从前不同的地方,就是我默默的坐在那里,他们来要求我猜拳的时候,我总笑笑,摇摇头,举起杯来喝一杯酒,教他们去要求坐在我下面的一个人猜。近来喝酒也喝不大醉,醉了也不过默默的走回家来坐坐,吸吸烟,起点茶喝喝。

今晚的宴会,散得很早,我回家来吸吸烟喝喝茶,觉得还睡不着,所以又拿出了周报的《歧路》来看。沫若!大卫生的诗,实在是做得不坏,不过你的几行诗,我也很喜欢念。你的小孩的那个两脚没有的洋囡,我说还是包包好,寄到日本去吧!回头他们去买一个新的时候,怕又要破费几角钱哩。

昨天一个朋友来说他读到《歧路》,真的眼泪出了。我劝他小心些,这句话不要说出来教人家听见,恐怕有人要说他的眼泪不值钱。他说近来他也感染了一种感伤病,不晓怎么的感情好像回返到小孩子时代去了。说到这里他忽而眼圈又红了起来叫了我一声说:"达夫!我……我可惜没有钱……"我也对他呆看了半晌,后来他一句话也不说,立起身来就走,我也默默的送他出门去了。(这样的朋友,上我这里来的很多。他们近来知道了我的脾气,来的时候,艺术也不谈了,我的几篇无聊的作品和周报季刊的事情也不提起了。有几次我们真有主客两人相对,默默而过半点钟的时候。像这样的 Pause 的中间,我觉得我的精神上最感得满足。因为有客人在前头,我一时可以不被那一种独坐时常想出来的无聊的空虚思想所侵蚀,而一边这来客又不在言语,我的听取对话和预备回答的那些麻烦注意可以省去。)不过,沫若!我说你那一篇《歧路》写得很可惜,你若不写出来,你至少可以在那一种浓厚的孤独感里浸润好几天。现在写出了之后,我怕你的那一种"凄切的孤单"之感,要减少了吧?

仿吾,我说你还是保守着独身主义,不要想结婚的好!恐怕你若结了婚,一时要失掉你的这孤独之感。而这孤独之感,依我说来,便是艺术的酵素,或者竟可以说是艺术本身。所以你若结了婚,怕一时要与艺术违离。讲到这里我怕你要反问我:"那么你们呢?你和沫若呢?"是的,我和沫若是一时与艺术离异过的,不过现在我们已经恢复了原来的孤独罢了。

嗳!嗳!不知不觉,已经写到午前3点钟了。

仿吾!沫若!要想写的话,是写不完的,我迟早还是弄几个车钱到上海来一次吧！大约我在北京打算只住到6月,暑假以后,我怎么也要设法回浙江去实行我的乡居的宿愿。若在最近的时期中弄不到车钱,不能到上海来,那么我们等6月里再见吧！

1924年3月7日午前3时

给一位文学青年的公开状

今天的风沙实在太大了,中午吃饭之后,我因为还要去教书,所以没有许多工夫,和你谈天。我坐在车上,一路的向北走去,沙石飞进了我的眼睛。一直到午后4点钟止,我的眼睛四周的红圈,还没有褪尽。恐怕同学们见了要笑我,所以于上课堂之先,我从高窗口在日光大风里把一双眼睛曝晒了许多时。我今天上你那公寓里来看了你那一副样子,觉得什么话也说不出来。现在我想趁着这大家已经睡寂了的几点钟工夫,把我要说的话,写一点在纸上。

平素不认识的可怜的朋友,或是写信来,或是亲自上我这里来的,很多很多。我因为想报答两位也是我素不认识而对于我却有十二分的同情过的朋友的厚恩起见,总尽我的力量帮助他们。可是我的力量太薄弱了,可怜的朋友太多了,所以结果近来弄得我自家连一条棉裤也没有。这几天来天气变得很冷,我老想买一件外套,但终于没有买成。尤其是使我羞恼的,因为恰逢此刻,我和同学们所读的书里,正有一篇俄国郭哥儿著的嘲弄像我们一类人的小说《外套》。现在我的经济状态,比从前并没有什么宽裕,从数目上讲起来,反而比从前要少——因为现在我不能向家里去要钱化,每月的教书钱,额面上虽则有五十三加六十四合一百十七块,但实际上拿得到的只有三十三四块——而我的嗜好日深，每月光是烟酒的账，也要开销二十多块。我曾经立过几次对天的深誓，想把这一笔靡费戒省下来，但愈是没有钱的时候，愈想喝酒吸烟。向你讲这一番苦话，并不是因为怕你要问我借钱，先事预防，我不过欲以我的身体来做一个证据，证明目下的中国社会的不合理，以大学校毕业的资格来糊口的你那种见解的错误罢了。

引诱你到北京来的，是一个国立大学毕业的头衔，你告诉我说，你的心里，总想在国立大学弄到毕业，毕业以后至少生计问题总可以解决。现在学校都已考完，你一个国立大学也进不去，接济你的资斧的人，又因他自家的地位摇动，无钱寄你，你去投奔你同县而且带有亲属的大慈善家H，H又不纳，穷极无路，只好写封信给一个和你素不相识而你也明明知道是和你一样穷的我，在这时候这样的状态之下，你还要口口声声的说什么"大学教育"，"念书"，我真佩服你的坚忍不拔的雄心。不过佩服虽可佩服，但是你的思想的简单愚直，也却是一样的可惊可异。现在你已经是变成了中性——半去势的文人了，有许多事情，譬如说高尚一点的，去当土匪，卑微一点的，去拉洋车等事情，你已经是干不了的了，难道你还嫌不足，还要想穿几年长袍，做几篇白话诗，短篇小说，达到你的全去势的目的么？大学毕业，以后就可以有饭吃，你这一种定理，是那一本书上翻来的？

像你这样一个白脸长身，一无依靠的文学青年，即使将面包和泪吃，勤勤恳恳的在大学窗下住它五六年，难道你拿毕业文凭的那一天，天上就忽而会下起珍珠白米的雨来的么？

现在不要说中国全国，就是在北京的一区里头，你且去站在十字街头，看见穿长袍黑马褂或哔叽旧洋服的人，你且试对他们行一个礼，问他们一个人要一个名片来看看，我恐怕你不上半天，就可以积起一大堆的什么学士，什么博士来，你若再行一个礼，问一问他们的职业，我恐怕他们都要红红脸说"兄弟是在这里找事情的"。他们是什么？他们都是大学毕业生吓。你能和他们一样的有钱读书么？你能和他们一样的有钱买长袍黑马褂哔叽洋服么？即使你也和他们一样的有了读书买衣服的钱，你能保得住你毕业的时候，事情会来找你么？

大学毕业生坐汽车，吸大烟，一攫千金的人原是有的。然而他们都是为新上台的大老经手减价卖职的人，都是大刀枪在后面援助的人，都是有几个什么长在他们父兄身上的人，再粗一点说，他们至少也都是爬乌龟钻狗洞的人，你要有他们那么的后援，或他们那么的乌龟本领，狗本领，那么你就是大学不毕业，何尝不可以吃饭？

我说了这半天，不过想把你的求学读书，大学毕业的迷梦打破而已。现在为你计，最上的上策，是去找一点事情干干。然而土匪你是当不了的，洋车你也拉不了的，报馆的校对，图书馆的拿书者，家庭教师，看护男，门房，旅馆火车菜馆的伙计，因为没有人可以介绍，你也是当不了的，——我当然是没有能力替你介绍，——所以最上的上策，于你是不成功的了。其次你就去革命去罢，去制造炸弹去罢！但是革命是不是同割枯草一样，用了你那裁纸的小刀，就可以革得成的呢？炸弹是不是可以用了你头发上的灰垢和半年不换的袜底里的腐泥来调和的呢？这些事情，你去问上帝去罢！我也不知道。

比较上可以做得到，并且也不失为中策的，我看还是弄几个旅费，回到湖南你的故土，去找出四五年你不曾见过的老母和你的小妹妹来，第一天相持对哭一天，第二天因为哭了伤心，可以在床上你的草窠里睡去一天，既可以休养，又可以省几粒米下来熬稀粥。第三天以后，你和你的母亲妹妹，若没有衣服穿，不妨三人紧紧的挤在一处，体热互助的结果，同冬天雪夜的群羊一样，倒可以使你的老母不至冻伤，若没有米吃，你在日中天暖一点的时候，不妨把年老的母亲交付给你妹妹的身体烘着，你自己可以上村前村后去掘一点草根树根来煮汤吃。草根树根里也有淀粉，我的祖母未死的时候，常把洪杨乱日，她老人家尝过的这滋味说给我听，我所以知道。现在我既没有余钱，可以赠你，就把这秘方相传，作个我们两位穷汉，在京华尘土里相遇的纪念罢！若说草根树根，也被你们的督军省长师长议员知事掘完，你无论走往何处再也找不出一块一截来的时候,那么你且咽着自家的口水,同唱戏似的把北京的豪富人家的蔬菜,有色有香的说给你的老母亲小妹妹听听,至少在未死前的一刻半刻钟中间,你们三个昏乱的脑子里,总可以大事铺张的享乐一回。

但是我听你说,你的故乡连年兵燹,房屋田产都已毁尽,老母弱妹也不知是生是死,五年来音信不通,并且现在回湖南的火车不开,就是有路费也回去不得,何况没有路费呢?

上策不行,次上中策也不行,现在我为你实在是没有什么法子好想了。不得已我就把两个下策来对你讲罢!

第一,现在听说天桥又在招兵,并且听说取得极宽,上自五十岁的老人起,下至十六七岁的少年止,一律都收,你若应募之后,马上开赴前敌,打死在租界以外的中国地界,虽然不能说是为国效忠,也可以算得是为招你的那个同胞效了命,岂不是比饿死冻死在你那公寓的斗室里,好得多么?况且万一不开往前敌,或虽开往前敌而不打死的时候,只教你能保持你现在的这种纯洁的精神,只教你能有如现在想进大学读书一样的精神来宣传你的理想,难保你所属的一师一旅,不为你所感化。这是下策的第一个。

第二,这才是真真的下策了!你现在不是只愁没有地方住没有地方吃饭而又苦于没有勇气自杀么?你的没有能力做土匪,没有能力拉洋车,是我今天早晨在你公寓里第一眼看见你的时候,已经晓得的。但是有一件事情,我想你还能胜任的,要干的时候一定是干得到的。这是什么事情呢?啊啊,我真不愿意说出来——我并不是怕人家对我提起诉讼,说我在嗾使你做贼,啊呀,不愿意说倒说出来了,做贼,做贼,不错,我所说的这件事情就是叫你去偷窃呀!

无论什么人的无论什么东西,只教你偷得着,尽管偷罢!偷到了,不被发觉,那么就可以把这你偷自他,他抢自第三人的,在现在的社会里称为赃物,在将来进步了的社会里,当然是要分归你有的东西,拿到当铺——我虽然不能为你介绍职业,但是像这样的当铺却可以为你介绍几家——里去换钱用。万一发觉了呢?也没有什么。第一你坐坐监牢,房钱总可以不付了。第二监狱里的饭,虽然没有今天中午我请你的那家馆子里的那么好,但是饭钱是可以不付的。第三或者什么什么司令,以军法从事,把你枭首示众的时候,那么你的无勇气的自杀,总算是他来代你执行了,也是你的一件快心的事情,因为这样的活在世上,实在是没有什么意思。

我写到这里,觉得没有话再可以和你说了,最后我且来告诉你一种实习的方法罢!

你若要实行上举的第二下策,最好是从亲近的熟人方面做起。譬如你那位同乡的亲戚老 H 家里,你可以先去试一试看。因为他的那些堆积在那里的富财,不过是方法手段不同罢了,实际上也是和你一样的偷来抢来的。再若你慑于他的慈和的笑里的尖刀,不敢去向他先试,那么不妨上我这里来作个破题儿试试。我晚上卧房的门常是不关,进出很便。不过有一件缺点,就是我这里没有什么值钱的物事。但是我有几本旧书,却很可以卖几个钱。你若来时,最好是预先通知我一下,我好多服一剂催眠药,早些睡下,因为近来身体不好,晚上老要失眠,怕与你的行动不便。还有一句话——你若来时,心肠应该要练得硬一点,不要因为是我的书的原因,致使你没有偷成,就放声大哭起来——

1924 年 11 月 13 日午前 2 时

灯蛾埋葬之夜

神经衰弱症,大约是因无聊的闲日子过了太多而起的。

对于"生"的厌倦,确是促生这时髦病的一个病根;或者反过来说,如同发烧过后的人在嘴里所感味到的一种空淡,对人生的这一种空淡之感,就是神经衰弱的一种征候,也是一样。

总之,入夏以来,这症状似乎一天比一天加重;迁居之后,这病症当然也和我一道地搬了家。

虽然是说不上什么转地疗养,但新搬的这一间小屋,真也有一点田园的野趣。节季是交秋了,往后的这小屋的附近,这文明和蛮荒接界的区间,该是最有声色的时候了。声是秋声,色当然也是秋色。

先让我来说所以要搬到这里来的原委。

不晓在什么时候,被印上了"该隐的印号"之后,平时进出的社会里绝迹不敢去了。当然社会是有许多层的,但那"印号"的解释,似乎也有许多样。

最重要的解释,第一自然是叛逆,在做官是"一切"的国里,这"印号"的政治解释,本尽可以包括了其他种种。但是也不尽然,最喜欢含糊的人类,有必要的时候,也最喜欢分清。

于是第二个解释来了,似乎是关于"时代"的,曰"落伍"。天南北的两极,只叫用得着,也不妨同时并用,这便是现代人的智慧。

来往于两极之间,新旧人同样的可以举用的,是第三个解释,就是所谓"悖德"。

但是向额上摩摸一下,这"该隐的印号",原也摩摸不出来,更不必说这种种的解释。或者行窃的人自己在心虚,自以为是犯了大罪,因而起这一种叫做被迫的 Complex,也说不定。天下泰平,本来是无事的,神经衰弱病者可总免不了自扰。所以断绝交游,抛撇亲串,和地狱底里的精灵一样,不敢现身露迹,只在一阵阴风里独来独往的这种行径,依小德谟克利多斯 Robert Burton 的分析,或者也许是忧郁病的最正确的症候。

因为背上负着的是这么一个十字架,所以一年之内,只学着行云,只学着流水,搬来搬去的尽在搬动。暮春三月底,偶尔在火车窗里,看见了些浅水平桥,垂杨古树,和几群飞不尽的乌鸦,忽而想起的,是这一个也不是城市,也不是乡村的界线地方。租定这间小屋,将几本丛残的旧籍迁移过来的,怕是在五月的初头。而现在却早又是初秋了。时间的飞逝,实在是快得很,真快得很。

小屋的前面左右,除一条斜穿东西的大道之外,全是斑驳的空地。一垄一垄的褐色土垄上,种着些秋茄豇豆之类,现在是一棵一棵的棉花也在半吐白蕊的时节了。而最好看的,要推向上包紧,颜色是白里带青,外面有一层毛茸似的白雾,菜茎柄上,也时时呈着紫色的一种外国人叫做 Lettuce 的大叶卷心菜;大约是因为地近上海的缘故罢,纯粹的中国田园也被外国人的嗜好所侵入了。这一种菜,我来的时候,原是很多的,现在却逐渐逐渐的少了下去。在这些空地中间,如突然想起似的,卑卑立着,散点在那里的,是一间两间的农夫的小屋,形状奇古的几株老柳榆槐,和看了令人不快的许多不落葬的棺材。此外同沟渠似的小河也有,以棺材旧板作成的桥梁也有;忽然一块小方地的中间,种着些颜色鲜艳的草花之类的卖花者的园地也有;简说一句,这里附近的地面,大约可以以江浙平地区中的田园百科大辞典来命名;而在这百科大辞典中,异乎寻常,以一张厚纸,来用淡墨铜版画印成的,要算在我们屋后矗立着的那块本来是由外国人经营的庞大的墓地。

这墓地的历史,我也不大明白,但以从门口起一直排着,直到中心的礼拜堂屋后为止的那两排齐云的洋梧桐树看来,少算算大约也总已有了六十几岁的年纪。

听土著的农人说来,这仿佛是上海开港以来,外国最先经营的墓地,现在是已经无人来过问了,而在三四十年前头,却也是洋冬至外国清明及礼拜日的沪上洋人的散步之所哩。因为此地离上海,火车不过三四十分钟,来往是极便的。

小屋的租金,每月八元。以这地段说起来,似乎略嫌贵些,但因这样的闲房出租的并不多,而屋前屋后,隙地也有几弓,可以由租户去莳花种菜,所以比较起来,也觉得是在理的价格。尤其是包围在屋的四周的寂静,同在坟墓里似的寂静,是在洋场近处,无论出多少钱也难买到的。

初搬过来的时候,只同久病初愈的患者一样,日日但伸展了四肢,躺在藤椅子上,书也懒得读,报也不愿看,除腹中饥饿的时候,稍微吸取一点简单的食物而外,破这平平的一日间的单调的,是向晚去田塍野路上行试的一回漫步。在这将落未落的残阳夕照之中,在那些青枝落叶的野菜畦边,一个人背手走着,枯寂的脑里,有时却会汹涌起许多前后不接的断想来。头上的天色老是青青的,身边的暮色也老是沉沉的。

但在这些前后没有脉络的断想的中间,有时候也忽然大小脑会完全停止工作。呆呆地立在野田里,同一根枯树似的呆呆直立在那里之后,会什么思想,什么感觉都忘掉,身子也不能动了,血液也仿佛凝住不流似的,全身就如成了"所多马"城里的盐柱;不消说脑子是完全变作了无波纹无血管的一张扁平的白纸。

漫步回来,有时候也进一点晚餐,有时候简直茶也不喝一口,就爬进床去躺着。室内的设备简陋到了万分,电灯电扇等文明的器具是没有的。月明之夜,睡到夜半醒来的时候,床前的小泥窗口,若晒进了月亮的青练的光儿,那这一夜的睡眠,就不能继续下去了。

不单是有月亮的晚上,就是平常的睡眠,也极容易惊醒。眼睛微微的开着,鼾声是没有的,虽则睡在那里,但感觉却又不完全失去,暗室里的一声一响,虫鼠等的脚步声,以及屋外树上的夜鸟鸣声,都一一会闯进耳朵里来。若在日里陷入于这一种假睡的时候,则一边睡着,一边周围的行动事物,都会很明细的触进入意识的中间。若周围保住了绝对的安静,什么声响,什么行动都没有的时候,那在假寐的一刻中,十几年间的事情,就会很明细的,很快的,在一瞬间展开来。至于乱梦,那是更多了,多得连叙也叙述不清。

我自己也知道是染了神经衰弱症了。这原是七八年来到了夏季必发的老病。

于是就更想静养,更想懒散过去。

今年的夏季,实在并没有什么大热的天气,尤其是在我这一个离群的野寓里。

有一天晚上,天气特别的闷,晚餐后上床去躺了一忽,蓦觉得睡不着,就又起来,打开了窗户,和她两人坐在天井里候凉。

两人本来是没有什么话好谈,所以只是昂着头在看天上的飞云,和云堆里时时露现出来的一颗两颗的星宿。

一边慢摇着蒲扇,一边这样的默坐在那里,不晓得坐了多久了,室里桌上的一枝洋烛,忽而灭了它的芯光。

而人既不愿意动弹,也不愿意看见什么,所以灯光的有无,也毫没有关系,仍旧是默默的坐在黑暗里摇动扇子。

又坐了好久好久,天末似起了凉风,窗帘也动了,天上的云层,飞舞得特别的快。

打算去睡了,就问了一声:

"现在不晓得是什么时候了?"

她立了起来,慢慢走进了室内,走入里边房里去拿火柴去了。

停了一会,我在黑暗里看见了一丝火光和映在这火光周围的一团黑影,及黑影底下的半面她的苍白的脸。

第一枝火柴灭了,第二枝也灭了,直到了第三枝才点旺了洋烛。

洋烛点旺之后,她急急的走了出来,手里却拿着了那个大表,轻轻地说:

"不晓是什么时候了,表上还只有6点多钟呢?"

接过表来,拿近耳边去一听,什么声响也没有。我连这表是在几日前头开过的记忆也想不起来了。

"表停了!"

轻轻地回答了一声,我也消失了睡意,想再在凉风里坐它一刻。但她又继续着说:

"灯盘上有一只很美的灯蛾死在那里。"

跑进去一看,果然有一只身子淡红,翅翼绿色,比蝴蝶小一点,但全身却肥硕得很的灯蛾横躺在那里。右翅上有一处焦影,触须是烧断了。默看了一分钟,用手指轻轻拨了它几拨,我双目仍旧盯视住这扑灯蛾的美丽的尸身,嘴里却不能自禁地说:

"可怜得很!我们把它去向天井里埋葬了罢!"

点了灯笼,用银针向黑泥松处掘了一个圆穴,把这美丽的尸身埋葬完时,天风加紧了起来,似乎要下大雨的样子。

拴上门户,上床躺下之后,一阵风来,接着如乱石似的雨点,便打上了屋檐。

一面听着雨声,一面我自语似的对她说:

"霞!明天是该凉快了,我想到上海去看病去。"

1928年8月

故　事

听说外国人的称中国作"支那",是因为大秦的威力的远播。Chin拼起来是秦字的声音,而拉丁字的地名等末尾,老是加一个A字,所以秦字就一转而作了"支那"。这考据的的确不的确,暂且不去管它。但因为想到了秦字,所以想将秦朝的一宗故事来说给大家听听。

秦国本来是专讲究武器,年年不断地招募新兵,看百姓不值一钱,只将百姓的辛苦劳力全部压榨出来,只用到打仗杀人等事情上去的一个国家。

恶人强横霸道,在这世上是只会兴盛起来的。所以秦国因它的武器,因它的兵力,因它的种种残酷的诡计,就成了中国一统的大国了。代表这强横霸道的大国的,是一个秦始皇。他非但想把同时代的异己者,杀得干干净净,他并且对于后世千年万年的不附己的人类,也同时想杀得个寸草不留。所以他于统一中国之后,就把全中国的读书人收集了拢来,一刀一个,不问理由,不问皂白,只是同割草似的杀过去。因为有人告诉他说,读书人是最不好指使,最容易起不平,最能把那些如牛似马的农人呀,工人呀等挑拨起来的一种动物。这告诉他以这些事情的,当然也是个把读书人,他们的所以要献这计的原因,就因为想讨讨秦始皇的好,一面也可以将同行者杀尽,而自己等能够得到专卖的利益。献计者的周到,真可以说是无微不至。他们教秦始皇杀尽了千千万万的读书动物之外,还要把凡是这些读书动物所做所刻所写的东西,都拿来烧成了灰。因为这些东西不烧了,百姓是依旧会感到不平,感到不公,要蹊跷起来的。这些东西若不烧了,后来的子子孙孙,依旧会摇头摆尾的变成读书的动物的。

　　费了这种种苦心,做了这种种把戏之后,秦始皇满足了,以为以后的牛马似的百姓是再也不会聪明起来,而这天下就可以长长久久的由他及他的子孙享受过去了。教秦始皇做这些事情的读书人也满足了,以为以后的中国,说起读书人就只有他们一家,百姓中间,就只有他们几个是最聪明的人了。

　　秦始皇和这几个读书人就放大了胆,要干什么就干什么,要百姓出多少钱就出多少钱,要杀几个人取乐取乐就杀几个人。百姓果然不敢响了,在路上走路的时候,也不敢互相看一眼。家家户户每家有几个人就老早去预备好几口棺材放在那里。因为几时被皇帝来杀是决不定的,所以他们个个都生也还没有生着,就在那里预备死了;而实际上像他们那样的活着,也还是死了的好,还不如死了倒舒服些。

　　但是秦始皇和他的几个专卖的读书人似乎也是人,不是别的东西,因为想千年万年活过去的他们,也只上了一回一个茅山道士的当,终于做不成神仙,终于一个一个的死掉了。他们死了以后,国内的许多许多还没有被他们杀了的百姓——自然是杀不尽的,因为无论如何,百姓总是绝对多数,杀了一半,总还有一半剩落,再杀一半的一半,也总还有一半的一半剩落,杀到最后,这剩落的总还是大多数者——就想动起手来。于是就有一个比秦始皇更厉害,杀人杀得更多的人出来了。他四方八面杀了一阵之后,实在觉得杀也杀不尽这许多的。所以就想了一个计策出来,好省他许多力气。他教百姓若完完全全能够听他的话的时候,他就可以不杀他们。所以他就在大家的面前,牵过一只鹿来,教大家说,这是马。若有人敢说一声不是的,当然是一刀。可是他虽则看见大家都在说这是马,这是马,这不是鹿,而由他的聪明的眼睛看将起来,觉得大家的赞声都是空虚而在那里发抖的。所以他大声的怒叫着说,你们不承认么?你们敢反对么?你们能够证明这不是马么?听了他这怒叫,大家是吓得魂灵儿也没有的了,又哪一个敢出来证明呢?

可是在大家的中间,自然是有又聪明又能干的也是专卖的读书人的子孙混着的;这几个专卖的读书人,就乘此机会,出来活动了。第一他们就先对大家说:"这是马,这不是鹿,我可以证明。"说着他们就去牵几只马出来,指给大家看,一边重新高喊着说:"这才是鹿哩!这才是鹿哩!你们谁能够否认我这证明,而出来证明这不是鹿的么?"当然是没有人敢出来证明的。然而光是空玩玩这套把戏,他们还是不满足的,所以他们还要硬指出几个人出来,说是这几个人否认了他们的证明。

时间一年一年的过去了,秦始皇也一个一个的换过了。专卖的读书人,尤其是一代一代的聪明起来了。于是,结果,被杀的百姓也就一次一次的增加了。

现在是什么朝代,我不晓得,我只晓得上面所述的仿佛是秦朝的,仿佛也是秦朝以后一直一直传下来直传到了现在的故事。

记风雨茅庐

自家想有一所房子的心愿,已经起了好几年了;明明知道创造欲是好,所有欲是坏的事情,但一轮到了自己的头上,总觉得衣食住行四件大事之中的最低限度的享受,是不可以不保住的。我衣并不要锦绣,食也自甘于藜藿,可是住的房子,代步的车子,或者至少也必须一双袜子与鞋子的限度,总得有了才能说话。况且从前曾有一位朋友劝过我说,一个人既生下了地,一块地却不可以没有,活着可以住住立立,或者睡睡坐坐,死了便可以挖一个洞,将己身来埋葬;当然这还是没有火葬,没有公墓以前的时代的话。

自搬到杭州来住后,于不意之中,承友人之情,居然弄到了一块地,从此葬的问题总算解决了;但是住呢,占据的还是别人家的房子。去年春季,写了一篇短短的应景而不希望有什么结果的文章,说自己只想有一所小小的住宅;可是发表了不久,就来了一个回响。一位做建筑事业的朋友先来说"你若要造房子,我们可以完全效劳";一位有一点钱的朋友也说"若通融得少一点,或者还可以想法"。四面一凑,于是起造一个风雨茅庐的计划即便成熟到了百分之八十,不知我者谓我有了钱,深知我者谓我冒了险,但是有钱也吧,冒险也吧,入秋以后,总之把这笑话勉强弄成了事实,在现在的寓所之旁,也竟丁丁笃笃地动起了工,造起了房子。这也许是我的 Folly,这也许是朋友们对于我的过信,不过从今以后,那些破旧的书籍,以及行军床,旧马子之类,却总可以不再去周游列国,学夫子的栖栖一代了,在这些地方,所有欲原也有它的好处。

　　本来是空手做的大事,希望当然不能过高;起初我只打算以茅草来代瓦,以涂泥来作壁,起它五间不大不小的平房,聊以过过自己有一所住宅的瘾的;但偶尔在亲戚家一谈,却谈出来了事情。他说:"你要造房屋,也得拣一个日,看一看方向;古代的《周易》,现代的天文地理,却实在是有至理存在那里的呢!"言下他还接连举出了好几个很有征验的实例出来给我听,而在座的其他三四位朋友,并且还同时做了填具脚踏手印的见证人。更奇怪的,是他们所说的这一位具有通天入地眼的奇迹创造者,也是同我们一样,读过哀皮西提,演过代数几何,受过现代高等教育的学校毕业生。经这位亲戚的一介绍,经我的一相信,当初的计划,就变了卦,茅庐变成了瓦屋,五开间的一排营房似的平居,拆作了三开间两开间的两座小蜗庐。中间又起了一座墙,墙上更挖了一个洞;住屋的两旁,也添了许多间的无名的小房间。这么一来,房屋原多了不少,可同时债台也已经筑得比我的风围墙还高了几尺。这一座高台基石的奠基者郭相经先生,并且还在劝我说:"东南角的龙手太空,要好,还得造一间南向的门楼,楼上面再做上一层水泥的平台才行"。他的这一句话,又恰巧打中我的下意识里的一个痛处;在这只空角上,我实在也在打算盖起一座塔样的楼来,楼名是十五六前就想好的,叫做"夕阳楼"。现在这一座塔楼,虽则还没有盖起,可是只打算避避风雨的茅庐一所,却也涂上了朱漆,嵌上了水泥,有点像外国乡镇里的五六等贫民住宅的样子了;自己虽则不懂阳宅的地理,但在光线不甚明亮的清早或薄暮看起来,倒也觉得郭先生的设计,并没有弄什么玄虚,和科学的方法,仍旧还是对的。所以一定要在光线不甚明亮的时候看的原因,就因为我的胆子毕竟还小,不敢空口说大话要包工用了最好的材料来造我这一座贫民住宅的缘故。这倒还不在话下,有点儿觉得麻烦的,却是预先想好的那个风雨茅庐的风雅名字与实际的不符,皱眉想了几天,又觉得中国的山人并不入山,儿子的小犬也不是狗的玩意儿,原早已有人在干了,我这样小小的再说一个并不害人的谎,总也不至于有死罪。况且西湖上的那间巍巍乎有点像先施、永安的堆栈似的高大洋楼之以××草舍作名称,也不曾听见说有人去干涉过。多一事不如少一事,九九归原,还是照最初的样子,把我的这间贫民住宅,仍旧叫做了避风雨的茅庐。横额一块,却是因马君武先生这次来杭之便,硬要他伸了疯痛的右手,替我写上的。

移家琐记

一

"流水不腐",这是中国人的俗话,"Stagnant Pond",这是外国人形容固定的颓毁状态的一个名词。在一处羁住久了,精神上习惯上,自然会生出许多霉烂的斑点来。更何况洋场米贵,狭巷人多,以我这一个穷汉,夹杂在三百六十万上海市民的中间,非但汽车,洋房,跳舞,美酒等文明的洪福享受不到,就连跋一口新鲜空气,也得走十几里路。移家的心愿,早就有了;这一回却因朋友之介,偶尔在杭城东隅租着一所适当的闲房,筹谋计算,也张罗拢了二三百块洋钱,于是这很不容易成就的戈戈私愿,竟也猫猫虎虎地实现了。小人无大志,蜗角亦乾坤,触蛮鼎定,先让我来谢天谢地。

搬来的那一天,是春雨霏微的星期二的早上,为计时日的正确,只好把一段日记抄在下面:

> 1933年4月25日(阴历四月初一),星期二。晨,5点起床,窗外下着蒙蒙的时雨,料理行装等件,赶赴北站,衣帽尽湿。携女人儿子及一仆妇登车,在不断的雨丝中,向西进发。野景正妍,除白桃花,菜花,棋盘花外,田野里只一片嫩绿,浅淡

尚带鹅黄,此番因自上海移居杭州,故行李较多,视孟东野稍为富有,沿途上落,被无产同胞的搬运夫,敲刮去了不少。午后一点到杭州城站,雨势正盛,在车上蒸干之衣帽,又涔涔湿矣。

　　新居在浙江图书馆侧面的一堆土山旁边,虽只东倒西斜的三间旧屋,但比起上海的一楼一底的弄堂洋房来,究竟宽敞得多了,所以一到寓居,就开始做室内装饰的工作。沙发是没有的,镜屏是没有的,红木器具,壁画纱灯,一概没有。几张板桌,一架旧书,在上海时,塞来塞去,只觉得没地方塞的这些破铜烂铁,一到了杭州,向三间连通的矮厅上一摆,看起来竟空空洞洞,像煞是沧海中间的几颗粟米了。最后装上壁去的,却是上海八云装饰设计公司送我的一块石膏圆面。塑制者是江山徐葆蓝氏,面上刻出的是圣经里马利马格大伦的故事。看来看去,在我这间黝黯矮阔的大厅摆设之中,觉得有一点生气的,就只是这一块同深山白雪似的小小的石膏。

二

　　向晚雨歇,电灯来了。灯光灰暗不明,问先搬来此地住的王母以"何不用个亮一点的灯球"?方才知道朝市而今虽不是秦,但杭州一隅,也决不是世外的桃源,这样要捐,那样要税,居民的负担,简直比世界那一国的首都,都加重了;即以电灯一项来说,每一个字,在最近也无法地加上了好几成的特捐。"烽火满天殍满地,儒生何处可逃秦?"这是几年前做过的叠秦韵的两句山歌,我听了这些话后,嘴上虽则不念出来,但心里却也私地转想了好几次。腹诽若要加刑,则我这一篇琐记,又是自己招认的供状了,罪过罪过。

　　三更人静,门外的巷里忽传来了些笃笃笃笃的敲小竹梆的哀音。问是什么?说是卖馄饨圆子的小贩营生。往年这些担头很少,现在却冷街僻巷,都有人来卖到天明了,百业的凋敝,城市的萧条,这总也是民不聊生的一点点的实证罢?

新居落寞,第一晚睡在床上,翻来覆去,总睡不着觉。夜半挑灯,就只好拿出一本新出版的《两地书》来细读。有一位批评家说,作者的私记,我们没有阅读的义务。当时我对这话,倒也佩服得五体投地,所以书店来要我出书简集的时候,我就坚决地谢绝了,并且还想将一本为无钱过活之故而拿去出卖的日记都教他们毁版,以为这些东西,是只好于死后,让他人来替我印行的;但这次将鲁迅先生和密斯许的书简集来一读,则非但对那位批评家的信念完全失掉,并且还在这一部两人的私记里,看出了许多许多平时不容易看到的社会黑暗面来。至如鲁迅先生的诙谐愤俗的气概,许女士的诚实庄严的风度,还是在长书短简里自然流露的余音,由我们熟悉他们的人看来,当然更是味中有味,言外有情,可以不必提起,我想就是绝对不认识他们的人,读了这书至少也可以得到几多的教训,私记私记,义务云乎哉?

从半夜读到天明,将这《两地书》读完之后,已经觉得愈兴奋了,6点敲过,就率性走到楼下去洗了一洗手脸,换了一身衣服,踏出大门,打算去把这杭城东隅的侵晨朝景,看它一个明白。

三

夜来的雨,是完全止住了,可是外貌像马加弹姆式的沙石马路上,还满涨着淤泥,天上也还浮罩着一层明灰的云幕。路上行人稀少,老远老远,只看得见一部慢慢在向前拖走的人力车的后形。从狭巷里转出东街,两旁的店家,也只开了一半,连挑了菜在沿街赶早市的农民,都像是没有灌气的橡皮玩具。四周一看,萧条复萧条,衰落又衰落,中国的农村,果然是破产了,但没有实业生产机关,没有和平保障的象杭州一样的小都市,又何尝不在破产的威胁上战栗着待毙呢？中国目下的情形,大抵总是农村及小都市的有产者,集中到大都会去。在大都会的帝国主义保护之下变成殖民地的新资本家,或变成军阀官僚的附属品的少数者,总算是找着了出路。他们的货财,会愈积而愈多,同时为他们所牺牲的同胞,当然也要加速度的倍加起来。结果就变成这样的一个公式：农村中的有产者集中小都市,小都市的有产者集中大都会,等到资产化尽,而生财无道的时候,则这些素有恒产的候鸟就又得倒转来从大都会而小都市而仍返农村去作贫民。辗转循环,丝毫不爽,这情形已经继续了二三十年了,再过五年十年之后的社会状态,自然可以不卜而知了啦,社会的症结究在那里？唯一的出路究在那里？难道大家还不明白么？空喊着抗日抗日,又有什么用处？

一个人在大街上踱着想着,我的脚步却于不知不觉的中间,开了倒车,几个弯儿一绕,竟又将我自己的身体,搬到了大学近旁的一条路上来了。向前面看过去,又是一堆土山。山下是平平的泥路和浅浅的池塘。这附近一带,我儿时原也来过的。二十几年前头,我有一位亲戚曾在报国寺里当过军官,更有一位哥哥,曾在陆军小学堂里当过学生。既然已经回到了寓居的附近,那就爬上山去看它一看吧,好在一晚没有睡觉,头脑还有点儿糊涂,登高望望四境,也未始不是一帖清凉的妙药。

天气也渐渐开朗起来了,东南半角,居然已经露出了几点青天和一丝白日。土山虽则不高,但眺望倒也不坏。湖上的群山,环绕在西北的一带,再北是空间,更北是湖州境内的发样的青山了。东面迢迢,看得见的,是临平山,皋亭山,黄鹤山之类的连峰叠嶂。再偏东北行,大约是唐栖上的超山山影,看去虽则不远,但走走怕也有半日好走哩。在土山上环视了一周,由远及近,用大量观察法来一算,我才明白了这附近的地理。原来我那新寓,是在军装局的北方,而三面的土山,系遥接着城墙,围绕在军装局的匡外的。怪不得今天破晓的时候,还听见了一阵喇叭的吹唱,怪不得走出新寓的时候,还看见了一名荷枪直立的守卫士兵。

"好得很！好得很！……"我心里在想，"前有图书，后有武库，文武之道，备于此矣！"我心里虽在这样的自作有趣，但一种没落的感觉，一种不能再在大都会里插足的哀思，竟渐渐地渐渐地溶浸了我的全身。

1933 年 5 月

杂谈七月

阴历的七月天,实在是一年中最好的时候,所谓"已凉天气未寒时"也,因而民间对于七月的传说,故事之类,也特别的多。诗人善感,对于秋风的惨淡,会发生感慨,原是当然。至于一般无敏锐感受性的平民,对于七月,也会得这样讴歌颂扬的原因,想来总不外乎农忙已过,天气清凉,自己可以安稳来享受自己的劳动结果的缘故;虽然在水旱成灾,丰收也成灾,农村破产的现代中国,农民对于秋的感觉如何,许还是一个问题。

七月里的民间传说最有诗味的,当然是七夕的牛郎织女的事情。小泉八云有一册银河故事,所记的,是日本乡间,于七夕晚上,悬五色诗笺于竹竿,掷付清溪,使水流去的雅人雅事,中间还译了好几首日本的古歌在那里。

其次是七月十五的盂兰盆会;这典故的出处,大约是起因于盂兰盆经的目莲救母的故事的,不过后来愈弄愈巧,便有刻木割竹,饴蜡剪彩,模花叶之形状等妙技了。日本乡间,在七月十五的晚上,并且有男女野舞,直舞到天明的习俗,名曰盆踊。鄙人在日光,盐原等处,曾有几次躬逢其盛,觉得那一种农民的原始的跳舞,与月下的乡村男女酬歌戏谑的情调,实在是有些写不出来的愉快的地方。这些日本的七月里的遗俗,不知道是不是我们隋唐时代的国产,这一点,倒很想向考据家们请教一番。

　　因目莲救母的故事而来的点缀,还有七月三十日的放河灯与插地藏香等闹事。从前寄寓在北平什刹海的北岸,每到秋天,走过积水潭的净业庵头,就要想起王次回的"秋夜河灯净业庵"那一首绝句。听说绍兴有大规模的目莲戏班和目莲戏本,不知道这目莲戏在绍兴,是不是也是农民在七月里的业余余兴?

1933 年 8 月

杭州的八月

　　杭州的废历八月,也是一个极热闹的月份。自七月半起,就有桂花栗子上市了,一入八月,栗子更多,而满觉陇南高峰翁家山一带的桂花,更开得来香气醉人。八月之名桂月,要身入到满觉陇去过一次后,才领会得到这名字的相称。

　　除了这八月里的桂花,和中国一般的八月半的中秋佳节之外,在杭州还有一个八月十八的钱塘江的潮汛。

　　钱塘的秋潮,老早就有名了,传说就以为是吴王夫差杀伍子胥沈之于江,子胥不平,鬼在作怪之故。《论衡》里有一段文章,驳斥这事,说得很有理由:"儒书言,'吴王夫差杀伍子胥,煮之于镬,盛于囊,投之于江,子胥恚恨,临水为涛,溺杀人。'夫言吴王杀伍子胥,投之于江,实也,言其恨恚,临水为涛者,虚也。且卫菹子路,而汉烹彭越,子胥勇猛,不过子路彭越,然二子不能发怒于鼎镬之中,子胥亦然,自先入鼎镬,后乃入江,在镬之时其神岂怯而勇于江水哉?何其怒气前后不相副也?"可是《论衡》的理由虽则充足,但传说的力量,究竟十分伟大,至今不但是钱塘江头,就是庐州城内汜河岸边,以及江苏福建等滨海傍湖之处,仍旧还看得见塑着白马素车的伍大夫庙。

钱塘江的潮，在古代一定比现时还要来得大。这从高僧传唐灵隐寺释宝达，诵咒咒之，江潮方不至激射潮上诸山的一点，以及南宋高宗看潮，只在江干候潮门外搭高台的一点看来，就可以明白。现在则非要东去海宁，或五堡八堡，才看得见银海潮头一线来了。这事情从阮元的《揅经室集·浙江图考》里，也可以看得到一些理由，而江身沙涨，总之是潮不远上的一个最大原因。

还有梁开平四年，钱武肃王为筑捍海塘，而命强弩数百射涛头，也只在候潮通江门外。至今海宁江边一带的铁牛镇铸，显然是师武肃王的遗意，后人造作的东西。（我记得铁牛铸成的年份，是在清顺治年间，牛身上印在那里的文字，还隐约辨得出来。）

沧桑的变革，实在利害得很，可是杭州的住民，直到现在，在靠这一次秋潮而发点小财，做些买卖的，为数却还不少哩！

1933年9月

故都的秋

秋天,无论在什么地方的秋天,总是好的;可是啊,北国的秋,却特别地来得清,来得静,来得悲凉。我的不远千里,要从杭州赶上青岛,更要从青岛赶上北平来的理由,也不过想饱尝一尝这"秋",这故都的秋味。

江南,秋当然也是有的;但草木凋得慢,空气来得润,天的颜色显得淡,并且又时常多雨而少风,一个人夹在苏州上海杭州,或厦门香港广州的市民中间,混混沌沌地过去,只能感到一点点清凉,秋的味,秋的色,秋的意境与姿态,总看不饱,尝不透,赏玩不到十足。秋并不是名花,也并不是美酒,那一种半开,半醉的状态,在领略秋的过程上,是不合适的。

不逢北国之秋,已将近十余年了。在南方每年到了秋天,总要想起陶然亭的芦花,钓鱼台的柳影,西山的虫唱,玉泉的夜月,潭柘寺的钟声。在北平即使不出门去罢,就是在皇城人海之中,租人家一椽破屋来住着,早晨起来,泡一碗浓茶,向院子一坐,你也能看得到很高很高的碧绿的天色,听得到青天下驯鸽的飞声。从槐树叶底,朝东细数着一丝一丝漏下来的日光,或在破壁腰中,静对着象喇叭似的牵牛花(朝荣)的蓝朵,自然而然地也能够感觉到十分的秋意。说到了牵牛花,我以为以蓝色或白色者为佳,紫黑色次之,淡红色最下。最好,还要在牵牛花底,教长着几根疏疏落落的尖细且长的秋草,使作陪衬。

北国的槐树,也是一种能使人联想起秋来的点缀。像花而又不是花的那一种落蕊,早晨起来,会铺得满地。脚踏上去,声音也没有,气味也没有,只能感出一点点极微细极柔软的触觉。扫街的在树影下一阵扫后,灰土上留下来的一条条扫帚的丝纹,看起来既觉得细腻,又觉得清闲,潜意识下并且还觉得有点儿落寞,古人所说的梧桐一叶而天下知秋的遥想,大约也就在这些深沈的地方。

秋蝉的衰弱的残声,更是北国的特产;因为北平处处全长着树,屋子又低,所以无论在什么地方,都听得见它们的啼唱。在南方是非要上郊外或山上去才听得到的。这秋蝉的嘶叫,在北平可和蟋蟀耗子一样,简直像是家家户户都养在家里的家虫。

还有秋雨哩,北方的秋雨,也似乎比南方的下得奇,下得有味,下得更像样。

在灰沈沈的天底下,忽而来一阵凉风,便息列索落地下起雨来了。一层雨过,云渐渐地卷向了西去,天又青了,太阳又露出脸来了;著着很厚的青布单衣或夹袄的都市闲人,咬着烟管,在雨后的斜桥影里,上桥头树底下去一立,遇见熟人,便会用了缓慢悠闲的声调,微叹着互答着的说:

"唉,天可真凉了——"(这了字念得很高,拖得很长。)

"可不是么?一层秋雨一层凉了!"

北方人念阵字,总老像是层字,平平仄仄起来,这念错的歧韵,倒来得正好。

北方的果树,到秋来,也是一种奇景。第一是枣子树;屋角,墙头,茅房边上,灶房门口,它都会一株株地长大起来。像橄榄又像鸽蛋似的这枣子颗儿,在小椭圆形的细叶中间,显出淡绿微黄的颜色的时候,正是秋的全盛时期;等枣树叶落,枣子红完,西北风就要起来了,北方便是尘沙灰土的世界，只有这枣子、柿子、葡萄，成熟到八九分的七八月之交，是北国的清秋的佳日，是一年之中最好也没有的 Golden Days。

　　有些批评家说，中国的文人学士，尤其是诗人，都带着很浓厚的颓废色彩，所以中国的诗文里，颂赞秋的文字特别的多。但外国的诗人，又何尝不然？我虽则外国诗文念得不多，也不想开出账来，作一篇秋的诗歌散文钞，但你若去一翻英德法意等诗人的集子，或各国的诗文的 Anthology 来，总能够看到许多关于秋的歌颂与悲啼。各著名的大诗人的长篇田园诗或四季诗里，也总以关于秋的部分，写得最出色而最有味。足见有感觉的动物，有情趣的人类，对于秋，总是一样的能特别引起深沈，幽远，严厉，萧索的感触来的。不单是诗人，就是被关闭在牢狱里的囚犯，到了秋天，我想也一定会感到一种不能自已的深情；秋之于人，何尝有国别，更何尝有人种阶级的区别呢？不过在中国，文字里有一个"秋士"的成语，读本里又有着很普遍的欧阳子的《秋声》与苏东坡的《赤壁赋》等，就觉得中国的文人，与秋的关系特别深了。可是这秋的深味，尤其是中国的秋的深味，非要在北方，才感受得到底。

　　南国之秋，当然是也有它的特异的地方的，比如廿四桥的明月，钱塘江的秋潮，普陀山的凉雾，荔枝湾的残荷等等，可是色彩不浓，回味不永。比起北国的秋来，正像是黄酒之与白干，稀饭之与馍馍，鲈鱼之与大蟹，黄犬之与骆驼。

　　秋天，这北国的秋天，若留得住的话，我愿把寿命的三分之二折去，换得一个三分之一的零头。

1934 年 8 月，在北平

玉 皇 山

杭州西湖的周围,第一多若是蚊子的话,那第二多当然可以说是寺院里的和尚尼姑等世外之人了。若五台、普陀各佛地灵场,本来为出家人所独占的共和国,情形自然又当别论;可是你若上湖滨去散一回步,注意着试数它一数,大约平均隔五分钟总可以见到一位缁衣秃顶的佛门子弟,漫然阔步在许多摩登士女的中间;这,说是湖山的点缀,当然也可以。

杭州的和尚尼姑,虽则多到了如此,但道士可并不见得比别处更加令人触目,换句话说,就是数目并不比别处特别的多。建炎南渡,推崇道教,甚至官位之中,也有宫观提举的一目;而上皇,太后,宫妃,藩主等退隐之所,大抵都是道观,一脉相沿,按理而讲,杭州是应该成为道教的中心区域的,但事实上却又不然。《西湖游览志》里所说的那些城内外的胜迹道院,现在大都只变了一个地名,院且不存,更哪里来的道士?

西湖边上,住道士的大寺观,为一般人所知道而且有时也去去的,北山只有一个黄龙洞,南山当然要推玉皇山了。

玉皇山屹立在西湖与钱塘江之间,地势和南北高峰堪称鼎足;登高一望,西北看得尽西湖的烟波云影,与夫围绕在湖上的一带山峰;西南是之江,叶叶风帆,有招之即来,挥之便去之势;向东展望海门,一点巽峰,两派潮路,气象更加雄伟;至于隔岸的越山,江边的巨塔,因为是居高临下的关系,俯视下去,倒觉得卑卑不足道了。像这样的一座玉皇山,而又近在城南尺五之间,阖城的人,全湖的眼,天天在看它,照常识来判断,当然应该成为湖上第一个名区的,可是香火却终于没有灵隐三竺那么的兴旺,我在私下,实在有点儿为它抱不平。

细想想,玉皇山的所以不能和灵隐三竺一样的兴盛,理由自然是有的,就是因为它的高,它的孤峰独立,不和其他的低峦浅阜联结在一道。特立独行之士,孤高傲物之辈,大抵不为世谅,终不免饮恨而终的事例,就可以以这玉皇山的冷落来做证明。

唯其太高,唯其太孤独了,所以玉皇山上自古迄今,终于只有一个冷落的道观;既没有名人雅士的题咏名篇,也没有豪绅富室的捐输施舍,致弄得千余年来,这一座襟长江而带西湖的玉柱高峰,志书也没有一部。光绪年间,听说曾经有一位监院的道士——不知是否月中子——托人编撰过一册薄薄的《玉皇山志》的,但它的目的,只在搜集公文案牍而已,记兴革,述山川的文字是没有的,与其称它作志,倒还如说它是契据的好。

我闲时上山去,于登眺之余,每想让出几个月的工夫来,为这一座山,为这一座山上的寺观,抄集些象志书材料的东西;可是蓄志多年,看书也看得不少,但所得的结果,也仅仅二三则而已。这山唐时为玉柱峰,建有玉龙道院;宋时为玉龙山,或单称龙山,以与东面的凤凰山相对,使符郭璞"龙飞凤舞到钱塘"之句;入明无为宗师,创建福星观,供奉玉皇上帝,始有玉皇山的这一个名字。清康熙年间,两浙总督李敏达公,信堪舆之说,以为离龙回首,所以城中火患频仍,就在山头开了日月两池,山腰造了七只铁缸,以像北斗七星之像,合之紫阳山上的坎卦石和北城的水星阁,作了一个大大的镇火灾的迷阵,于是玉皇山上的七星缸也就著名了。洪杨时毁后,又由杨昌濬总督重修了一次,现在的道观,却是最近的监院紫东李道士的中兴工业,听说已经花去了十余万金钱,还没有完工哩。这是玉皇山寺观兴废的大略,系道士向我述说的历史;而田汝成的

《游览志》里之所记,却又有点不同,他说:"龙山一名卧龙山,又名龙华山,与上下石龙相接。山北有鸿雁池,其东为白塔岭。上有天真禅寺,梁龙德中钱王建寺,今唯一庵存焉。山腰为登云台,又名拜郊台,盖钱王僭郊天地之所也。宋籍田在山麓天龙寺下,中阜规圆,环以沟塍,作八卦状,俗称九宫八卦田,至今不紊。山旁有宋郊坛。"

关于玉皇山的历史,大约尽于此了,至于八卦田外的九连塘(或作九莲塘),以及慈云(东面)丁婆(西面)两岭的建筑物古迹等,当然要另外去考;而俗传东面山头的百花公主点将台和海宁陈阁老的祖坟在八卦田下等神话,却又是无稽之谈了。

玉皇山的坏处,实在也就是它的好处。因为平常不大有人去。因为山高难以攀登,所以你若想去一游,不会遇到成千成万的下级游人,如吴山的五狼八豹之类。并且紫来洞新开,东面由长桥而去的一条登山大道新辟,你只教有兴致,有走三里山路的脚力,上去花它一整天的工夫,看看长江,看看湖面,便可以把一切的世俗烦恼,一例都消得干干净净。我平时爱上吴山,可以借登高的远望而消胸中的块垒,可是块垒大了,几杯薄酒和小小的吴山,还消它不得的时候,就只好上玉皇山去。去年秋天,记得曾和增嘏他们去过一次,大家都惊叹为杭州的新发现;今年也复去过两回,每次总能够发现一点新的好处,所以我说,玉皇山在杭州,倒像是我的一部秘藏之书;东坡食蚝,还有私意,我在这里倒真吐露了我的肺腑衷情。

北平的四季

对于一个已经化为异物的故人,追怀起来,总要先想到他或她的好处;随后再慢慢的想想,则觉得当时所感到的一切坏处,也会变作很可寻味的一些纪念,在回忆里开花。关于一个曾经住过的旧地,觉得此生再也不会第二次去长住了,身处入了远离的一角,向这方向的云天遥望一下,回想起来的,自然也同样地只是它的好处。

中国的大都会,我前半生住过的地方,原也不在少数;可是当一个人静下来回想起从前,上海的闹热,南京的辽阔,广州的乌烟瘴气,汉口武昌的杂乱无章,甚至于青岛的清幽,福州的秀丽,以及杭州的沉着,总归都还比不上北京——我住在那里的时候,当然还是北京——的典丽堂皇,幽闲清妙。

先说人的分子吧,在当时的北京——民国十一二年前后——上自军财阀政客名优起,中经学者名人,文士美女教育家,下而至于负贩拉车铺小摊的人,都可以谈谈,都有一艺之长,而无憎人之貌;就是由荐头店荐来的老妈子,除上炕者是当然以外,也总是衣冠楚楚,看起来不觉得会令人讨嫌。

其次说到北京物质的供给哩,又是山珍海错,洋广杂货,以及萝卜白菜等本地产品,无一不备,无一不好的地方。所以在北京住上两三年的人,每一遇到要走的时候,总只感到北京的空气太沉闷,灰沙太暗淡,生活太无变化;一鞭走出,出前门便觉胸舒,过芦沟方知天晓,仿佛一出都门,就上了新生活开始的坦道似的;但是一年半载,在北京以外的各地——除了在自己幼年的故乡以外——去一住,谁也会得重想起北京,再希望回去,隐隐地对北京害起剧烈的怀乡病来。这一种经验,原是住过北京的人,个个都有,而在我自己,却感觉格外的浓,格外的切。最大的原因或许是为了我那长子之骨,现在也还埋在郊外广谊园的坟山,而几位极要好的知己,又是在那里同时毙命的受难者的一群。

北平的人事品物,原是无一不可爱的,就是大家觉得最要不得的北平的天候,和地理联合上一起,在我也觉得是中国各大都会中所寻不出几处来的好地。为叙述的便利起见,想分成四季来约略地说说。

北平自入旧历的十月之后,就是灰沙满地,寒风刺骨的节季了,所以北平的冬天,是一般人所最怕过的日子。但是要想认识一个地方的特异之处,我以为顶好是当这特异处表现得最圆满的时候去领略;故而夏天去热带,寒天去北极,是我一向所持的哲理。北平的冬天,冷虽则比南方要冷得多,但是北方生活的伟大幽闲,也只有在冬季,使人感受得最彻底。

先说房屋的防寒装置吧,北方的住屋,并不同南方的摩登都市一样,用的是钢骨水泥,冷热气管;一般的北方人家,总只是矮矮的一所四合房,四面是很厚的泥墙;上面花厅内都有一张暖炕,一所回廊;廊子上是一带明窗,窗眼里糊着薄纸,薄纸内又装上风门,另外就没有什么了。在这样简陋的房屋之内,你只教把炉子一生,电灯一点,棉门帘一挂上,在屋里住着,却一辈子总是暖炖炖像是春三四月里的样子。尤其会得使你感觉到屋内的温软堪恋的,是屋外窗外面乌乌在叫啸的西北风。天色老是灰沉沉的,路上面也老是灰的围障,而从风尘灰土中下车,一踏进屋里,就觉得一团春气,包围在你的左右四周,使你马上就忘记了屋外的一切寒冬的苦楚。若是喜欢吃吃酒,烧烧羊肉锅的人,那冬天的北方生活,就更加不能够割舍;酒已经是御寒的妙药了,再加上以大蒜与羊肉酱油合煮的香味,简直可以使一室之内,涨满了白蒙蒙的水蒸温气。玻璃窗内,前半夜,会流下一条条的清汗,后半夜就变成了花色奇异的冰纹。

到了下雪的时候哩,景象当然又要一变。早晨从厚棉被里张开眼来,一室的清光,会使你的眼睛眩晕。在阳光照耀之下,雪也一粒一粒的放起光来了,蛰伏得很久的小鸟,在这时候会飞出来觅食振翎,谈天说地,吱吱的叫个不休。数日来的灰暗天空,愁云一扫,忽然变得澄清见底,翳障全无;于是年轻的北方住民,就可以营屋外的生活了,溜冰,做雪人,赶冰车雪车,就在这一种日子里最有劲儿。

我曾于这一种大雪时晴的傍晚,和几位朋友,跨上跛驴,出西直门上骆驼庄去过过一夜。北平郊外的一片大雪地,无数枯树林,以及西山隐隐现现的不少白峰头,和时时吹来的几阵雪样的西北风,所给予人的印象,实在是深刻,伟大,神秘到了不可以言语来形容。直到了十余年后的现在,我一想起当时的情景,还会得打一个寒颤而吐一口清气,如同在钓鱼台溪旁立着的一瞬间一样。

北国的冬宵,更是一个特别适合于看书,写信,追思过去,与作闲谈说废话的绝妙时间。记得当时我们弟兄三人,都住在北京,每到了冬天的晚上,总不远千里地走拢来聚在一道,会谈少年时候在故乡所遇见的事事物物。小孩们上床去了,佣人们也都去睡觉了,我们弟兄三个,还会得再加一次煤再加一次煤地长谈下去。有几宵因为屋外面风紧天寒之故,到了后半深夜的一二点的时候,便不约而同地会说出索性坐坐到天亮的话来。像这一种可宝贵的记忆,像这一种最深沉的情调,本来也就是一生中不能够多享受几次的昙花佳境,可是若不是在北平的冬天的夜里,那趣味也一定不会得像如此的悠长。

总而言之,北平的冬季,是想赏识赏识北方异味者之唯一的机会;这一季里的好处,这一季里的琐事杂忆,若要详细地写起来,总也有一部《帝京景物略》那么大的书好做;我只记下了一点点自身的经历,就觉得过长了,下面只能再来略写一点春和夏以及秋季的感怀梦境,聊作我的对这日就沦亡的故国的哀歌。

春与秋,本来是在什么地方都属可爱的时节,但在北平,却与别地方也有点儿两样。北国的春,来得较迟,所以时间也比较得短。西北风停后,积雪渐渐地消了,赶牲口的车夫身上,看不见那件光板老羊皮的大袄的时候,你就得预备着游春的服饰与金钱;因为春来也无信,春去也无踪,眼睛一眨,在北平市内,春光就会得同飞马似的溜过。屋内的炉子,刚拆去不久,说不定你就马上得去叫盖凉棚的才行。

而北方春天的最值得记忆的痕迹,是城厢内外的那一层新绿,同洪水似的新绿。北京城,本来就是一个只见树木不见屋顶的绿色的都会,一踏出九城的门户,四面的黄土坡上,更是杂树丛生的森林地了;在日光里颤抖着嫩绿的波浪,油光光,亮晶晶,若是神经系统不十分健全的人,骤然间身入到这一个淡绿色的海洋涛浪里去一看,包管你要张不开眼,立不住脚,而昏厥过去。

北平市内外的新绿,琼岛春阴,西山挹翠诸景里的新绿,真是一幅何等奇伟的外光派的妙画!但是这画的框子,或者简直说这画的画布,现在却已经完全掌握在一只满长着黑毛的巨魔的手里了!北望中原,究竟要到哪一日才能够重见得到天日呢?

从地势纬度上讲来,北方的夏天,当然要比南方的夏天来得凉爽。在北平城里过夏,实在是并没有上北戴河或西山避暑的必要。一天到晚,最热的时候,只有中午到午后三四点钟的几个钟头,晚上太阳一下山,总没有一处不是凉阴阴要穿单衫才能过去的;半夜以后,更是非盖薄棉被不可了。而北平的天然冰的便宜耐久,又是夏天住过北平的人所忘不了的一件恩惠。

我在北平,曾经过过三个夏天;象什刹海,菱角沟,二闸等暑天游耍的地方,当然是都到过的;但是在三伏的当中,不问是白天或是晚上,你只教有一张藤榻,搬到院子里的葡萄架下或藤花荫处去躺着,吃吃冰茶雪藕,听听盲人的鼓词与树上的蝉鸣,也可以一点儿也感不到炎热与熏蒸。而夏天最热的时候,在北平顶多总不过九十四五度,这一种大热的天气,全夏顶多顶多又不过十日的样子。

在北平，春夏秋的三季，是连成一片；一年之中，仿佛只有一段寒冷的时期，和一段比较得温暖的时期相对立。由春到夏，是短短的一瞬间，自夏到秋，也只觉得是过了一次午睡，就有点儿凉冷起来了。因此，北方的秋季也特别的觉得长，而秋天的回味，也更觉得比别处来得浓厚。前两年，因去北戴河回来，我曾在北平过过一个秋，在那时候，已经写过一篇《故都的秋》，对这北平的秋季颂赞过了一遍了，所以在这里不想再来重复；可是北平近郊的秋色，实在也正像是一册百读不厌的奇书，使你愈翻愈会感到兴趣。

秋高气爽，风日晴和的早晨，你且骑着一匹驴子，上西山八大处或玉泉山碧云寺去走走看；山上的红柿，远处的烟树人家，郊野里的芦苇黍稷，以及在驴背上驮着生果进城来卖的农户佃家，包管你看一个月也不会看厌。春秋两季，本来是到处好的，但是北方的秋空，看起来似乎更高一点，北方的空气，吸起来似乎更干燥健全一点。而那一种草木摇落，金风肃杀之感，在北方似乎也更觉得要严肃，凄凉，沉静得多。你若不信，你且去西山脚下，农民的家里或古寺的殿前，自阴历八月至十月下旬，去住它三个月看看。古人的"悲哉秋之为气"以及"胡笳互动，牧马悲鸣"的那一种哀感，在南方是不大感觉得到的，但在北平，尤其是在郊外，你真会得感至极而涕零，思千里兮命驾。所以我说，北平的秋，才是真正的秋；南方的秋天，不过是英国话里所说的 Indian Summer 或叫做小春天气而已。

统观北平的四季，每季每节，都有它的特别的好处；冬天是室内饮食奄息的时期，秋天是郊外走马调鹰的日子，春天好看新绿，夏天饱受清凉。至于各节各季，正当移换中的一段时间哩，又是别一种情趣，是一种两不相连，而又两都相合的中间风味，如雍和宫的打鬼，净业庵的放灯，丰台的看芍药，万牲园的寻梅花之类。

五六百年来文化所聚萃的北平，一年四季无一月不好的北平，我在遥忆，我也在深祝，祝她的平安进展，永久地为我们黄帝子孙所保有的旧都城！

雨

周作人先生名其书斋曰苦雨,恰正与东坡的喜雨亭名相反。其实,北方的雨,却都可喜,因其难得之故。像今年那么的水灾,也并不是雨多的必然结果;我们应该责备治河的人,不事先预防,只晓得糊涂搪塞,虚糜国帑,一旦有事,就互相推诿,但救目前。人生万事,总得有个变换,方觉有趣;生之于死,喜之于悲,都是如此,推及天时,又何尝不然?无雨那能见晴之可爱,没有夜也将看不出昼之光明。

我生长江南,按理是应该不喜欢雨的;但春日暝蒙,花枝枯竭的时候,得几点微雨,又是一件多么可爱的事情!"小楼一夜听春雨","杏花春雨江南","天街细雨润如酥",从前的诗人,早就先我说过了。夏天的雨,可以杀暑,可以润禾,它的价值的大,更可以不必再说。而秋雨的霏微凄冷,又是别一种境地,昔人所谓"雨到深秋易作霖,萧萧难会此时心"的诗句,就在说秋雨的耐人寻味。至于秋女士的"秋雨秋风愁煞人"的一声长叹,乃别有怀抱者的托词,人自愁耳,何关雨事。三冬的寒雨,爱的人恐怕不多。但"江关雁声来渺渺,灯昏宫漏听沈沈"的妙处,若非身历其境者决领悟不到。记得曾宾谷曾以《诗品》中语名诗,叫做《赏雨茅屋斋诗集》。他的诗境如何，我不晓得，但"赏雨茅屋"这四个字，真是多么的有趣！尤其是到了冬初秋晚，正当"苍山寒气深，高林霜叶稀"的时节。

              1935年10月

江南的冬景

凡在北国过过冬天的人,总都道围炉煮茗,或吃涮羊肉,剥花生米,饮白干的滋味。而有地炉,暖炕等设备的人家,不管他门外面是雪深几尺,或风大若雷,而躲在屋里过活的两三个月的生活,却是一年之中最有劲的一段蛰居异境;老年人不必说,就是顶喜欢活动的小孩子们,总也是个个在怀恋的,因为当这中间,有的萝卜,雅儿梨等水果的闲食,还有大年夜,正月初一元宵等热闹的节期。

但在江南,可又不同;冬至过后,大江以南的树叶,也不至于脱尽。寒风——西北风——间或吹来,至多也不过冷了一日两日。到得灰云扫尽,落叶满街,晨霜白得象黑女脸上的脂粉似的清早,太阳一上屋檐,鸟雀便又在吱叫,泥地里便又放出水蒸气来,老翁小孩就又可以上门前的隙地里去坐着曝背谈天,营屋外的生涯了;这一种江南的冬景,岂不也可爱得很么?

我生长江南,儿时所受的江南冬日的印象,铭刻特深;虽则渐入中年,又爱上了晚秋,以为秋天正是读读书,写写字的人的最惠节季,但对于江南的冬景,总觉得是可以抵得过北方夏夜的一种特殊情调,说得摩登些,便是一种明朗的情调。

我也曾到过闽粤,在那里过冬天,和暖原极和暖,有时候到了阴历的年边,说不定还不得不拿出纱衫来着;走过野人的篱落,更还看得见许多杂七杂八的秋花!一番阵雨雷鸣过后,凉冷一点,至多也只好换上一件夹衣,在闽粤之间,皮袍棉袄是绝对用不着的;这一种极南的气候异状,并不是我所说的江南的冬景,只能叫它作南国的长春,是春或秋的延长。

江南的地质丰腴而润泽,所以含得住热气,养得住植物;因而长江一带,芦花可以到冬至而不败,红叶也有时候会保持得三个月以上的生命。象钱塘江两岸的乌桕树,则红叶落后,还有雪白的桕子着在枝头,一点一丛,用照相机照将出来,可以乱梅花之真。草色顶多成了赭色,根边总带点绿意,非但野火烧不尽,就是寒风也吹不倒的。若遇到风和日暖的午后,你一个人肯上冬郊去走走,则青天碧落之下,你不但感不到岁时的肃杀,并且还可以饱觉着一种莫名其妙的含蓄在那里的生气;"若是冬天来了,春天也总马上会来"的诗人的名句,只有在江南的山野里,最容易体会得出。

说起了寒郊的散步,实在是江南的冬日,所给予江南居住者的一种特异的恩惠;在北方的冰天雪地里生长的人,是终他的一生,也决不会有享受这一种清福的机会的。我不知道德国的冬天,比起我们江浙来如何,但从许多作家的喜欢以 Spaziergang 一字来做他们的创造题目的一点看来,大约是德国南部地方,四季的变迁,总也和我们的江南差别不多。譬如说 19 世纪的那位乡土诗人洛在格(Peter Rosegger 1843—1918)罢,他用这一个"散步"做题目的文章尤其写得多,而所写的情形,却又是大半可以拿到中国江浙的山区地方来适用的。

江南河港交流,且又地滨大海,湖沼特多,故空气里时含水分;到得冬天,不时也会下着微雨,而这微雨寒村里的冬霖景象,又是一种说不出的悠闲境界。你试想想,秋收过后,河流边三五家人家会聚在一道的一个小村子里,门对长桥,窗临远阜,这中间又多是树枝槎丫的杂木树林;在这一幅冬日农村的图上,再洒上一层细得同粉也似的白雨,加上一层淡得几不成墨的背景,你说还够不够悠闲?若再要点景致进去,则门前可以泊一只乌篷小船,茅屋里可以添几个喧哗的酒客,天垂暮了,还可以加一味红黄,在茅屋窗中画上一圈暗示着灯光的月晕。人到了这一个境界,自然会得胸襟洒脱起来,终至于得失俱亡,死生不同了;我们总该还记得唐朝那位诗人作的"暮雨潇潇江上村"的一首绝句罢?诗人到此,连对绿林豪客都客气起来了,这不是江南冬景的迷人又是什么?

一提到雨,也就必然的要想到雪:"晚来天欲雪,能饮一杯无?"自然是江南日暮的雪景。"寒沙梅影路,微雪酒香村",则雪月梅的冬宵三友,会合在一道,在调戏酒姑娘了。"柴门村犬吠,风雪夜归人",是江南雪夜,更深人静后的景况。"前树深雪里,昨夜一枝开"又到了第二天的早晨,和狗一样喜欢弄雪的村童来报告村景了。诗人的诗句,也许不尽是在江南所写,而做这几句诗的诗人,也许不尽是江南人,但假了这几句诗来描写江南的雪景,岂不直截了当,比我这一枝愚劣的笔所写的散文更美丽得多?

有几年,在江南,在江南也许会没有雨没有雪的过一个冬,到了春间阴历的正月底或二月初再冷一冷下一点春雪的;去年(1934)的冬天是如此,今年的冬天恐怕也不得不然,以节气推算起来,大约大冷的日子,将在 1936 年的 2 月尽头,最多也总不过是七八天的样子。像这样的冬天,乡下人叫做旱冬,对于麦的收成或者好些,但是人口却要受到损伤;旱得久了,白喉,流行性感冒等疾病自然容易上身,可是想恣意享受江南的冬景的人,在这一种冬天,倒只会得到快活一点,因为晴和的日子多了,上郊外去闲步逍遥的机会自然也多;日本人叫做 Hiking,德国人叫做 Spaziergang 狂者,所最欢迎的也就是这样的冬天。

窗外的天气晴朗得像晚秋一样;晴空的高爽,日光的洋溢,引诱得使你在房间里坐不住,空言不如实践,这一种无聊的杂文,我也不再想写下去了,还是拿起手杖,搁下纸笔,上湖上散散步罢!

1935 年 12 月 1 日

杭　州

杭州的出名,一大半是为了西湖。而人工的建设,都会的形成,初则是由于唐末五代,武肃王钱镠(西历10世纪初期)的割据东南。"隋朝特创立此郡城,仅三十六里九十步;后武肃钱王,发民丁与十三寨军卒,增筑罗城,周围七十里许。"(吴自牧《梦梁录》卷七)再则是由于南宋建炎三年(1129),高宗的临安驻跸,奠定国都。至若唐白乐天与宋苏东坡的筑堤导水,原也有功于杭郡人民,可是仅仅一位醉酒吟诗携妓的郡守的力量,无论如何,也是不能和帝王匹敌的。

据说,杭州的杭字,是因"禹末年,巡会稽至此,舍航登陆,乃名杭,始见于文字。"(柴虎臣著《杭州沿革大事考》)因之,我们可以猜想,禹以前,杭州总还是一个泽国。而这一个四千余年前的泽国,后来为越为吴,也为吴越的战场,为东汉的浙江,为三国吴的富春,为晋的吴郡,为隋唐的杭州,两为偏安国都,迭为省治,现在并且成了东南五省交通的孔道,歌舞喧天,别庄满地,简直又要恢复南宋当时的首都旧观了。

我的来住杭州,本不是想上西湖来寻梦,更不是想弯强弩来射潮;不过妻杭人也,雅擅杭音,父祖富春产也,歌哭于斯,叶落归根,人穷返里,故乡鱼米较廉,借债亦易——今年可不敢说——屋租尤其便宜,铩羽归来,正好在此地偷安苟活,坐以待亡。搬来住后,岁月匆匆,一眨眼间,也已经住了一年有半了。朋友中间晓得我的杭州住址者,于春秋佳日,旅游西湖之余,往往肯命高轩来枉顾。我也因独处穷乡,孤寂得可怜,有朋自远方来,自然喜欢和他们谈谈旧事,说说杭州。这么一来,不几何时,大家似乎已经把我看成了杭州的管钥,山水的东家;《中学生》杂志编者的特地写信来要我写点关于杭州的文章,大约原因总也在于此。

关于杭州一般的兴废沿革,有《浙江通志》、《杭州府志》、《仁钱县志》诸大部的书在;关于杭州的掌故,湖山的史迹等等,也早有了光绪年间钱塘丁甲、丁丙两氏编刻的《武林掌故丛编》、《西湖集览》,与新旧《西湖志》、《湖山便览》以及诸大书局大文豪的西湖游记或西湖游览指南诸书,可作参考;所以在这里,对这些,我不想再来饶舌,以虚费纸面和读者的光阴。第一,我觉得值得一写,而对于读者,或者也不至于全然没趣的,是杭州人的性格;所以,我打算先从"杭州人"讲起。

第一个杭州人,究竟是哪里来的?这杭州人种的起源问题,怕同先有鸡蛋呢还是先有鸡一样,就是叫达尔文从阴司里复活转来,也很不容易解决。好在这些并非是我们的主题,故而假定当杭州这一块陆土出水不久,就有些野蛮的,好渔猎的人来住了,这些蛮人,我们就姑且当他们是杭州人的祖宗。吴越国人,一向是好战、坚忍、刻苦、猜忌,而富于巧智的。自从用了美人计,征服了姑苏以来,兵事上虽则占了胜利,但民俗上却吃了大亏;喜斗、坚忍、刻苦之风,渐渐地消灭了。倒是猜忌,使计诸官能,逐步发达了起来。其后经楚威王、秦始皇、汉高帝等的挞伐,杭州人就永远处入了被征服者的地位,隶属在北方人的胯下。三国纷纷,孙家父子崛起。国号曰吴,杭州人总算又吐了一口气,这一口气,隐忍过隋唐两世,至钱武肃王而吐尽;不久南宋迁都,固有的杭州人的骨里,混入了汴京都的人士的文弱血球,于是现在的杭州人的性格,就此决定了。

意志的薄弱,议论的纷纭;外强中干,喜撑场面;小事机警,大事糊涂;以文雅自夸,以清高自命;只解欢娱,不知振作等等,就是现在的杭州人的特性；这些，虽然是中国一般人的通病，但是看来看去，我总觉得以杭州人为尤甚。所以由外乡人说来，每以为杭州人是最狡猾的人，狡猾得比上海滩上的滑人还要厉害。但其实呢，杭州人只晓得占一点眼前的小利小名，暗中在吃大亏，可是不顾到的。等到大亏吃了，杭州人还要自以为是，自命为直，无以名之，名之曰"杭铁头"以自慰自欺。生性本是勤而且俭的杭州人，反以为勤俭是倒霉的事情，是贫困的暴露，是与面子有关的，所以父母教子弟的第一个原则，就是教他们游惰过日，摆大少爷的架子。等空壳大少爷的架子学成，父母年老，财产荡尽的时候，这些大少爷们在白天，还要上西湖去逛逛，弄件把长衫来穿穿，饿着肚皮而高使着牙签；到了晚上上黑暗的地方去跪着讨饭，或者扒点东西，倒满不在乎，因为在黑暗里人家看不见，与面子还是无关，而大少爷的架子却不可不摆。至于做匪做强盗呢，却不会，决不会，杭州人并不是没有这个胆量，但杀头的时候要反绑着手去游街示众，与面子有关；最勇敢的杭州人，亦不过做做小窃而已。

唯其是如此，所以现在的杭州人，就永远是保有着被征服的资格的人；风雅倒很风雅，浅薄的知识也未始没有，小名小利，一着也不肯放松，最厉害的尤其是一张嘴巴。外来的征服者，征服了杭州人后，过不上三代，就也成了杭州人了，于是剃头者人亦剃其头，几十年后，仍复要被新的征服者来征服。照例类推，一年一年的下去。现在残存在杭州的固有杭州老百姓，计算起来，怕已经不上十个指头了。

人家说这是因为杭州的山水太秀丽了的缘故。西湖就像是一位"二八佳人体似酥"的狐狸精，所以杭州决出不出好子弟来。这话哩，当然也含有着几分真哩。可是日本的山水，秀丽处远在杭州之上；瑞士我不晓得，意大利的风景画片我们总也时常看见的吧，何以外国人都可以不受着地理的限制，独有杭州人会陷入这一个绝境去的呢？想来想去，我想总还是教育的不好。杭州的家庭教育，社会教育，'学校教育，总非要彻底的改革一下不可。

其次是该讲杭州的风俗了。岁时习俗，显露在外表的年中行事，大致是与江南各省相通的；不过在杭州象婚丧喜庆等事，更加要铺张一点而已。关于这一方面，同治年间有一位钱塘的范月桥氏，曾做过一册《杭俗遗风》，写得比较详细，不过现在的杭州风俗，细看起来，还是同南宋吴自牧在《梦粱录》里所说的差仿不多，因为杭州人根本不是由那个时候传下来，在那个时候改组过的人。都会文化的影响，实在真大不过。

一年四季，杭州人所忙的，除了生死两件大事之外，差不多全是为了空的仪式；就是婚丧生死，一大半也重在仪式。丧事人家可以出钱去雇人来哭。喜事人家也有专门说好话的人雇在那里借讨彩头。祭天地，祀祖宗，拜鬼神等等，无非是为了一个架子；甚至于四时的游逛，都列在仪式之内，到了时候，若不去一定的地方走一遭，仿佛是犯了什么大罪，生怕被人家看不起似的。所以明朝的高濂，做了一部《四时幽赏录》，把杭州人在四季中所应做的闲事，详细列叙了出来。现在我只教把这四时幽赏的简目，略抄一下，大家就可以晓得吴自牧所说的"临安风俗，四时奢侈，赏观殆无虚日"的话的不错了。

（一）春时幽赏：孤山月下看梅花，八卦田看菜花，虎跑泉度新茶，西溪楼啖煨笋，保俶塔看晓山，苏堤看桃花，等等。

（二）夏时幽赏：苏堤看新绿，三生石谈月，飞来洞避暑，湖心亭采莼，等等。

（三）秋时幽赏：满家巷赏桂花，胜果寺望月，水乐洞雨后听泉，六和塔夜玩风潮，等等。

（四）冬时幽赏：三茅山顶望江天雪霁，西溪道中玩雪，雪后镇海楼观晚炊，除夕登吴山看松盆，等等。

将杭州人的坏处，约略在上面说了之后，我却终觉不得不对杭州的山水，再来一两句简单的批评。西湖的山水，若当盆景来看，好处也未始没有，就是在它的比盆景稍大一点的地方。若要在西湖近处看山的话，那你非要上留下向西向南再走二三十里路不行。从余杭的小和山走到了午潮山顶，你向四面一看，就有点可以看出浙西山脉的大势来了。天晴的时候，西北你能够看得见天目，南面脚下的横流一线，东下海门，就是钱塘江的出口,龛赭二山,小得来像天文镜里的游星。若嫌时间太费,脚力不继的话,那至少你也该坐车下江干,过范村,上五云山头去看看隔岸的越山,与钱塘江上游的不断的峰峦。况且五云山足,西下是云栖,竹木清幽;地方实在还可以。从五云山向北若沿郎当岭而下天竺,在岭脊你就可以看到西岭下梅家坞的别有天地,与东岭下西湖全面的镜样的湖光。

若要再近一点,来玩西湖,我觉得南山终胜于北山,凤凰山胜果寺的荒凉远大,比起灵隐、葛岭来,终觉回味要浓厚一点。

还有北面秦亭山法华山下的西溪一带呢,如花坞秋雪庵,茭芦庵等处,散疏雅逸之致,原是有的,可是不懂得南画,不懂得王维、韦应物的诗意的人,即使去看了,也是毫无所得的。

离西湖十余里,在拱宸桥的东首,地当杭州的东北,也有一簇山脉汇聚在那里。俗称"半山"的皋亭山,不过因近城市而最出名,讲到景致,则断不及稍东的黄鹤峰,与偏北的超山。况且超山下的居民,以植果木为业,旧历二月初,正月底边的大明堂外(吴昌硕的坟旁)的梅花,真是一个奇观,俗称"香雪海"的这个名字,觉得一点儿也不错。

此外还有关于杭州的饮食起居的话,我不是做西湖旅行指南的人,在此地只好不说了。

城里的吴山

不管是到过或没有到过杭州的人,只须是受过几年中学教育的,你倘若问他:"杭州城里有什么大自然的好景?"他总会毫不思索地回复你一声"西湖"!其实西湖却是在从前的杭州城外的,以其在杭城之西而得名。真正在杭州城里的大观,第一要推吴山(俗名城隍山),可是现在来杭州的游客,大半总不加以注意;就是住在杭州的本地人,也一年之中去不得几次,这才是奇事。我这一回来称颂吴山,若说得僭一点,也可以说是"我的杭州城的发见",以效 My Discovery of London 之颦;不过吴山在辛亥革命以前,久已经是杭州唯一的游赏之地,现在的发见,原也只是重翻旧账而已。

吴山,春秋时为吴南界,以别于越,故曰吴山。或曰,以伍子胥故,讹伍为吴,故《郡志》亦称胥山,在镇海楼(即鼓楼)之右。盖天目为杭州诸山之宗,翔舞而东,结局于凤凰山;其支山左折,迤为吴山;派分西北,为宝月为峨眉,为竹园;稍南为石佛,为七宝,为金地,为瑞石,为宝莲,为清平,总曰吴山。

这是田叔禾《西湖游览志》卷十二记南山城内胜迹中之关于吴山的记载。二十余年前,杭州人说是出游,总以这吴山为目的;脚力不继的人,也要出吴山的脚下,上涌金门外三雅园等地方去喝茶;自辛亥革命以来,旗营全毁,城墙拆了,游人就集中在湖滨,不再有上城隍山去消磨半日光阴的事情了。

吴山的好处,第一在它的近,第二在它的并不高,元时平章答剌罕脱欢所甃的那数百级的石级,走走并不费力。可是一到顶上,掉头四顾,却可以看得见沧海的日出,钱塘江江上的帆行,西兴的烟树,城里的人家;西湖只像一面圆镜,到城隍山上去俯瞰下来,却不见得有趣,不见得娇美了。还有一件吴山特有的好处,是这山上的怪石的特多;你若从东面上山,一直的向南向西,沿岭脊走去,在路上有十几处可以看到这些神工鬼斧的奇岩怪石。假山叠不到这样的巧,真山也决没有这样的秀,而襟江带湖、碧天四匝、僧庐道院、画阁雕栏、茂林修竹、尘市炊烟等景物,还是不足道的余事。

还有一层,觉得现在的吴山,对于我,比从前更觉得有味的,是游人的稀少。大约上吴山去的,总以春秋二节的烧香客为限;一般的游人,尤其是老住在杭州的我所认识的许多朋友,平时决不会去的。乡下的烧香客,在香市里虽则拥挤不堪,可是因为我和他们并不相识,所以虽处在稠人广众之中,我还可以尽情地享受我的孤独。

自迁到杭州来后,这城隍山的一角,仿佛是变了我的野外的情人;凡遇到胸怀悒郁,工作倦颓,或风雨晦暝,气候不正的时候,只消上山去走它半天,喝一碗茶两杯酒,坐两三个钟头,就可以恢复元气,爽飒地回来,好像是洗了一个澡。去年元日,曾去登过,今年元日,也照例的去;此外凡遇节期,以及稍稍闲空的当儿,就是心里没有什么烦闷,也会独自一个踱上山去,癫坐它半天。

前次语堂来杭,我陪他走了半天城隍山后,他也看出了这山的好处来了。我们还谈到了集资买地,来造它一个俱乐部的事情。大约吴山卜筑,事亦非难,只教有五千元钱,以一千元买地,四千元造屋,就可以成功了;不过可惜的,是几处地点最好的地方,都已经被有钱有势、不懂山水的人侵占了去,我们若来,只能在南山之下,买几方地,筑数椽屋;处境不高,眺望也不能开畅,与山居的原意,小有不合而已。

不久之前，更有几位研究中国文学的外人来游，我也照例的陪他们游过吴山之后，他们问我说："金人所说的立马吴山第一峰，是什么意思?"他们以为吴山总是杭州最高的山，所以金人会有这样的诗语。我一时解答不出，就只指示了他们以一排南宋故宫的遗址。大约自凤山门以西，沿凤凰山而北的一段，一定是南宋的大内，穿过万松岭，可以直达湖滨的。他们才豁然大悟地说："原来是如此，立马吴山，就可以看得到宫城的全部，金人的用意也可算深了。"这一个对于第一峰三字的解释，不知究竟正确不正确。但南宋故宫的遗址，却的确可以由城隍山或紫阳山的极顶，看得一望无遗的。

记闽中的风雅

到了福州,一眨眼间,已经快两个月了。环境换了一换,耳之所闻,目之所见,果然都是新奇的事物,因而想写点什么的心思,也日日在头脑里转。可是上自十几年不见的旧友起,下至不曾见过面的此间的大学生中学生止,来和我谈谈,问我以印象感想的朋友,一天到晚,总有一二十起。应接尚且不暇,自然更没有坐下来执笔的工夫。可是半夜里,在侵晨早起的一点两点钟中间,忙里偷闲,也曾为《宇宙风》、《论语》等杂志写过好几次短稿。我常以为写印象记宜于速,要趁它的新鲜味还不曾失去辉中间;但写介绍、批评、分析的文字,宜于迟,愈观察得透愈有把握。而现在的我的经验哩,却正介在两者之间,所以落笔觉得更加困难了一点。在这里只能在皮相的观察上,加以一味本身的行动,写些似记事又似介绍之类的文字,倒还不觉得费力,所以先从福建的文化谈起。

福建的文化,萌芽于唐,极盛于宋,以后五六百年,就一直的传下来,没有断过。宋史浩帅闽中,铺了仙霞岭的石级,以便行人;于是闽浙的交通便利了,文化也随之而输入。朱熹的父亲朱松,自安徽婺源来闽北作政和县尉,所以朱子就生在松溪。朱松殁,朱子就父执白水刘致中勉之,籍溪胡原仲宪,屏山刘彦冲翚,及延平李文靖愿中等学,后来又在崇安,建阳,以及闽中闽南处讲学多年,因而理学中的闽派,历元明清三代而不衰。前清一代,闽中科甲之盛,敌得过江苏,远超出浙江。所以到了民国廿五年的现代,一般咬文嚼字,之乎者也的风气,也比任何地方还更盛行。风雅文献的远者,上自唐朝林邵州遗集,欧阳詹四门集起,中更西昆,沧浪,后材,至谢皋羽而号极盛;元明作者继起,致诗中有闽派之帜,郑少谷、曹石仓辈,更是一代的作手;清朝象林茂之,黄莘田,朱梅崖,伊墨卿,张亨甫,林颖叔辈,都是驰骋中原,闻名全国的诗人,直到现在,除汉奸郑孝胥不算中国人外,还有一位巍然独存的遗老陈石遗先生。所以到了福建之后,觉得最触目的,是这一派福州风雅的流风余韵。晚上无事,上长街去走走,会看见一批穿短衣衫裤的人,围住了一张四方的灯,仰起了头在那里打灯谜。在报上,在纸店的柜上,更老看见有某某社征诗的规约及命题的广告。而征诗的种类,最普遍的却是嵌字格的十四字诗钟。譬如"微夹""凤顶",就是一个题目,应征者若呈"夹辅可怜工伴食,微臣何敢怨投闲"(系古人成句)的一联,大约就可以入选了。开卷之日,许大众来听,以福州音唱,榜上仍有状元、榜眼、探花等名目。摇头摆尾,风雅绝伦,实在是一种太平的盛事。福州也有一家小报名《华报》,《华报》同人都是有正当职业的人,盖系行有余力,因以弄文的意思,和上海的有些黄色小报,专以敲竹杠为目的,有点两样,曾有一次和《华报》同人痛饮了一场之后,命我题诗,我也假冒风雅,呈上了二十八字:

  闽中风雅赖扶持,气节应为弱者师,
  万一国亡家破后,对花洒泪岂成诗!

  这打油诗,虽只等于轻轻的一屁,但在我的心里,却诚诚恳恳地在希望他们能以风雅来维持气节,使郑所南,黄漳浦的一脉正气,得重放一次最后的光芒。

饮食男女在福州

福州的食品,向来就很为外省人所赏识;前十余年在北平,说起私家的厨子,我们总同声一致的赞成刘崧生先生和林宗孟先生家里的蔬菜的可口。当时宣武门外的忠信堂正在流行,而这忠信堂的主人,就系旧日刘家的厨子,曾经做过清室的御厨房的。上海的小有天以及现在早已歇业了的消闲别墅,在粤菜还没有征服上海之先,也曾盛行过一时。面食里的伊府面,听说还是汀州伊墨卿太守的创作;太守住扬州日久,与袁子才也时相往来,可惜他没有像随园老人那么的好事,留下一本食谱来,教给我们以烹调之法;否则,这一个福建萨伐郎(Savarin)的荣誉,也早就可以驰名海外了。

福建菜的所以会这样著名,而实际上却也实在是丰盛不过的原因,第一,当然是由于天然物产的富足。福建全省,东南并海,西北多山,所以山珍海味,一例的都贱如泥沙。听说沿海的居民,不必忧虑饥饿,大海潮回,只消上海滨去走走,就可以拾一篮海货来充作食品。又加以地气温暖,土质腴厚,森林蔬菜,随处都可以培植,随时都可以采撷。一年四季,笋类菜类,常是不断;野菜的味道,吃起来又比别处的来得鲜甜。福建既有了这样丰富的天产,再加上以在外省各地游宦营商者的数目的众多,作料采从本地,烹制学自外方,五味调和,百珍并列,于是乎闽菜之名,就宣传在饕餮家的口上了。清初周亮工著的《闽小纪》两卷,记述食品处独多,按理原也是应该的。

　　福州海味,在春三二月间,最流行而最肥美的,要算来自长乐的蚌肉,与海滨一带多有的蛎房。《闽小纪》里所说的西施舌,不知是否指蚌肉而言;色白而腴,味脆且鲜,以鸡汤煮得适宜,长圆的蚌肉,实在是色香味俱佳的神品。听说从前有一位海军当局者,老母病剧,颇思乡味;远在千里外,欲得一蚌肉,以解死前一刻的渴慕,部长纯孝,就以飞机运蚌肉至都。从这一件轶事看来,也可想见这蚌肉的风味了;我这一回赶上福州,正及蚌肉上市的时候,所以红烧白煮,吃尽了几百个蚌,总算也是此生的豪举,特笔记此,聊志口福。

　　蛎房并不是福州独有的特产,但福建的蛎房,却比江浙沿海一带所产的,特别的肥嫩清洁。正二三月间,沿路的摊头店里,到处都堆满着这淡蓝色的水包肉;价钱的廉,味道的鲜,比到东坡在岭南所贪食的蚝,当然只会得超过。可惜苏公不曾到闽海去谪居,否则,阳羡之田,可以不买,苏氏子孙,或将永寓在三山二塔之下,也说不定。福州人叫蛎房作"地衣",略带"挨"字的尾声,写起字来,我想只有"蚳"字,可以当得。

　　在清初的时候,江瑶柱似乎还没有现在那么的通行,所以周亮工再三的称道,誉为逸品。在目下的福州,江瑶柱却并没有人提起了,鱼翅席上,缺少不得的,倒是一种类似宁波横脚蟹的蚂蟹,福州人叫做"新恩",《闽小纪》里所说的虎蚂,大约就是此物。据福州人说,蚂肉最滋补,也最容易消化,所以产妇病人以及体弱的人,往往爱吃。但由对蟹类素无好感的我看来,却仍赞成周亮工之言,终觉得质粗味劣,远不及蚌与蛎房或香螺的来得干脆。

　　福州海味的种类,除上述的三种以外,原也很多很多;但是别地方也有,我们平常在上海也常常吃得到的东西,记下来也没有什么价值,所以不说。至于与海错相对的山珍哩,却更是可以干制,可以输出的东西,益发的没有记述的必要了,所以在这里只想说一说叫做肉燕的那一种奇异的包皮。

初到福州,打从大街小巷里走过,看见好些店家,都有一仓大砧头摆在店中;一两位壮强的男子,拿了木锥,只在对着砧上的一大块猪肉,一下一下的死劲地敲。把猪肉这样的乱敲乱打,究竟算什么回事？我每次看见,总觉得奇怪;后来向福州的朋友一打听,才知道这就是制肉燕的原料了。所谓肉燕者,就是将猪肉打得粉烂,和入面粉,然后再制成皮子,如包馄饨的外皮一样,用以来包制菜蔬的东西。听说这物事在福建,也只是福州独有的特产。

福州食品的味道,大抵重糖;有几家真正福州馆子里烧出来的鸡鸭四件,简直是同蜜饯的罐头一样,不杂入一粒盐花。因此福州人的牙齿,十人九坏。有一次去看三赛乐的闽剧,看见台上演戏的人,个个都是满口金黄;回头更向左右的观众一看,妇女子的嘴里也大半镶着全副的金色牙齿。于是天黄黄,地黄黄,弄得我这一向就痛恨金牙齿的偏执狂者,几乎想放声大哭,以为福州人故意在和我捣乱。

将这些脱嫌糖重的食味除起,若论到酒,则福州的那一种土黄酒,也还勉强可以喝得。周亮工所记的玉带春、梨花白、蓝家酒、碧霞酒、莲须白、河清、双夹、西施红、状元红等,我都不曾喝过,所以不敢品评。只有会城各处在卖的鸡老(酪)酒,颜色却和绍酒一样的红似琥珀,味道略苦,喝多了觉得头痛。听说这是以一生鸡,悬之酒中,等鸡肉鸡骨都化了后,然后开坛饮用的酒,自然也是越陈越好。福州酒店外面,都写酒库两字,发卖叫发扛,也是新奇得很的名称。以红糟酿的甜酒,味道有点像上海的甜白酒,不过颜色桃红,当是西施红等名目出处的由来。莆田的荔枝酒,颜色深红带黑,味甘甜如西班牙的宝德红葡萄,虽则名贵,但我却终不喜欢。福州一般宴客,喝的总还是绍兴花雕,价钱极贵,斤量又不足,而酒味也淡似沪杭各地,我觉得建庄终究不及京庄。

福州的水果花木,终年不断;橙柑、福橘、佛手、荔枝、龙眼、甘蔗、香蕉,以及茉莉、兰花、橄榄等等,都是全国闻名的品物;好事者且各有谱牒之著,我在这里,自然可以不说。

闽茶半出武夷,就是不是武夷之产,也往往借这名山为号召。铁罗汉,铁观音的两种,为茶中柳下惠,非红非绿,略带赭色;酒醉之后,喝它三杯两盏,头脑倒真能清醒一下。其他若龙团玉乳,大约名目总也不少,我不恋茶娇,终是俗客,深恐品评失当,贻笑大方,在这里只好轻轻放过。

从《闽小纪》中的记载看来,番薯似乎还是福建人开始从南洋运来的代食品;其后因种植的便利,食味的甘美,就流传到内地去了;这植物传播到中国来的时代,只在三百年前,是明末清初的时候,因亮工所记如此,不晓得究竟是否确实。不过福建的米麦,向来就说不足,现在也须仰给予外省或台湾,但田稻倒又可以一年两植。而福州正式的酒席,大抵总不吃饭散场,因为菜太丰盛了,吃到后来,总已个个饱满,用不着再以饭颗来充腹之故。

饮食处的有名处所,城内为树春园、南轩、河上酒家、可然亭等。味和小吃,亦佳且廉;仓前的鸭面,南门兜的素菜与牛肉馆,鼓楼西的水饺子铺,都是各有长处的小吃处;久吃了自然不对,偶尔去一试,倒也别有风味。城外在南台的西菜馆,有嘉宾、西宴台、法大·西来,以及前临闽江,内设戏台的广聚楼等。洪山桥畔的义心楼,以吃形同比目鱼的贴沙鱼著名;仓前山的快乐林,以吃小盘西洋菜见称,这些当然又是菜馆中的别调。至如我所寄寓的青年会食堂,地方精洁宽广,中西菜也可以吃吃,只是不同耶稣的飨宴十二门徒一样,不许顾客醉饮葡萄酒浆,所以正式请客,大感不便。

此外则福建特有的温泉浴场,如汤门外的百合、福龙泉,飞机场的乐天泉等,也备有饮馔供客;浴客往往在这些浴场里可以鬼混一天,不必出外去买酒买食,却也便利。从前听说更可以在个人池内男女同浴,则饮食男女,就不必分求,一举竟可以两得了。

要说福州的女子,先得说一说福建的人种。大约福建土著的最初老百姓,为南洋近边的海岛人种;所以面貌习俗,与日本的九州一带,有点相像。其后汉族南下,与这些土人杂婚,就成了无诸种族,系在春秋战国,吴越争霸之后。到得唐朝,大兵入境;相传当时曾杀尽了福建的男子,只留下女人,以配光身的兵士;故而直至现在,福州人还呼丈夫为"唐哺人",哺者系日暮袭来的意思,同时女人的"诸娘仔"之名,也出来了。还有现在东门外北门外的许多工女农妇,头上仍带着三把银刀似的簪为发饰,俗称他们作三把刀,据说犹是当时的遗制。因为她们的父亲丈夫儿子,都被外来的征服者杀了;她们誓死不肯从敌,故而时时带着三把刀在身边,预备复仇。只今台湾的福建籍妓女,听说也是一样;亡国到了现在,也已经有好多年了,而她们却仍不肯与日本的嫖客同宿。若有人破此旧习,而与日本嫖客同宿一宵者,同人中就视作禽兽,耻不与伍,这又是多么悲壮的一幕惨剧!谁说犹唱后庭花处,商女都不知家国的兴亡哩!试看汉奸到处卖国,而妓女乃不肯辱身,其间相去,又岂止泾渭的不同?这一种古代的人种,与唐人杂婚之后,一部分不完全唐化,仍保留着他们固有的生活习惯,宗教仪式的,就是现在仍旧退居在北门外万山深处的畲民。此外的一族,以水上为家,明清以后,一向被视为贱民,不时受汉人的蹂躏的,相传其祖先系蒙古人。自元亡后,遂贬为疍户,俗呼科蹄。科蹄实为曲蹄之别音,因他们常常曲膝盘会在船舱之内,两脚弯曲,故有此称。串通倭寇,骚扰沿海一带的居民,古时在泉州叫做泉郎的,就是这一种人种的旁支。

因为福州人种的血统,有这种种的沿革,所以福建人的面貌,和一般中原的汉族,有点两样。大致广颡深眼,鼻子与颧骨高突,两颊深陷成窝,下额部也稍稍尖凸向前。这一种面相,生在男人的身上,倒也并不觉得特别;但一生在女人的身上,高突部为嫩白的皮肉所调和,看起来却个个都是线条刻划分明,像是希腊古代的雕塑人形了。福州女子的另一特点,是在她们的皮色的细白。生长在深闺中的宦家小姐,不见天日,白腻原也应该;最奇怪的,却是那些住在城外的工农佣妇,也一例地有着那种嫩白微红,像刚施过脂粉似的皮肤。大约日夕灌溉的温泉浴是一种关系,吃的闽江江水,总也是一种关系。

我们从前没有居住过福建,心目中总只以为福建人种,是一种蛮族。后来到了那里,和他们的文化一接触,才晓得他们虽则开化得较迟,但进步得却很快;又因为东南是海港的关系,中西文化的交流,也比中原僻地为频繁,所以闽南的有些都市,简直繁华摩登得可以同上海来争甲乙。及至观察稍深,一移目到了福州的女性,更觉得她们的美的水准,比苏杭的女子要高好几倍;而装饰的入时,身体的康健,比到苏州的小型女子,又得高强数倍都不止。

"天生丽质难自弃",表露欲,装饰欲,原是女性的特嗜;而福州女子所有的这一种显示本能,似乎比什么地方的人还要强一点。因而天晴气爽,或岁时伏腊,有迎神赛会的关头,南大街,仓前山一带,完全是美妇人披露的画廊。眼睛个个是灵敏深黑的,鼻梁个个是细长高突的,皮肤个个是柔嫩雪白的;此外还要加上以最摩登的衣饰,与来自巴黎纽约的化妆品的香雾与红霞,你说这幅福州晴天午后的全景,美丽不美丽?迷人不迷人?

亦唯因此之故,所以也影响到了社会,影响到了风俗。国民经济破产,是全国到处都一样的事实;而这些妇女子们,又大半是不生产的中流以下的阶级。衣食不足,礼义廉耻之凋伤,原是自然的结果,故而在福州住不上几月,就时时有暗娼流行的风说,传到耳边上来。都市集中人口以后,这实在也是一种不可避免而亟待解决的社会大问题。

说及了娼妓,自然不得不说一说福州的官娼。从前邵武诗人张亨甫,曾著过一部《南浦秋波录》,是专记南台一带的烟花韵事的;现在世业凋零,景气全落,这些乐户人家,完全没有旧日的豪奢影子了。福州最上流的官娼,叫做白面处,是同上海的长三一样的款式。听几位久住福州的朋友说,白面处近来门可罗雀,早已掉在没落的深渊里了;其次还勉强在维持市面的,是以卖嘴不卖身为标榜的清唱堂,无论何人,只须化三元法币,就能进去听三出戏。就是这一时号称极盛的清唱堂,现在也一家一家的废了业,只剩了田墩的三五家人家。自此以下,则完全是惨无人道的下等娼妓,与野鸡款式的无名密贩了,数目之多,求售之切,到了骇人听闻的地步。至于城内的暗娼,包月妇,零售处之类,只听见公安维持者等谈起过几次,报纸上见到过许多回,内容虽则无从调查,但演绎起来,旁证以社会的萧条,产业的不振,国步的艰难,与夫人口的过剩,总也不难举一反三,晓得她们的大概。

　　总之,福州的饮食男女,虽比别处稍觉得奢侈,而福州的社会状态,比别处也并不见得十分的堕落。说到两性的纵弛,人欲的横流,则与风土气候有关,次热带的境内,自然要比温带寒带为剧烈。而食品的丰富,女子一般姣美与健康,却是我们不曾到过福建的人所意想不到的发见。

写作闲谈

一　文体

　　法国批评家说,文体像人;中国人说,言为心声,不管是如何善于矫揉造作的人,在文章里,自然总会流露一点真性情出来,这是一定的道理。《钤山堂集》的《清词自媚》,早就流露出挟权误国的将来;《咏怀堂》的《春灯燕子》,便翻破了全卷,也寻不出一根骨子。(从真善美来说,美与善,有时可以一致,有时可以分家;唯既真且美的,则非善不成。)所以说,"文者人也","言为心声"的两句话,决不会错。

　　古人文章里的证据,固已举不胜举,就拿今人的什么前瞻与后顾等文章来看,结果也决逃不出这一个铁则。前瞻是投机政客时,后顾一定是汉奸头目无疑;前瞻是跨党能手时,后顾也一定是汉奸牛马走狗了。洋洋大文的前瞻与后顾之类的万言书,实际只教两语,就可以道破。

　　色厉内荏,想以文章来文过,只欺得一时的少数人而已,欺不得后世的多数人。"杀吾君者,是吾仇也;杀吾仇者,是吾君也,"掩得了吴逆的半生罪恶了么?

二　文章的起头

仿佛记得夏丏尊先生的《文章作法》里，曾经说起过文章起头的话，大意是大作家的大作品，开头便好，如托尔斯泰的《战争与和平》的开头，以及岛崎藤村的《春》，《破戒》的开头等等（原作中各引有一段译文在）。这话我当时就觉得他说的很对，（后来才知道日本五十岚及竹友藻风两人，也说过同样的话。）到现在，我也便觉得这话的耐人寻味。

譬如，托尔斯泰的《婀娜小史》的起头，说："幸福的家庭，大致都家家相仿佛似的，而不幸的家庭却一家有一家的特异之处"（原文记不清了，只凭二十余年前读过的记忆，似乎大意是如此的。）

又譬如：斯曲林特白儿希的《地狱》（？）的开头，说："在北车站送她上了火车之后，我真如释了重负"云云。（原文亦记不清了，大意如此。）

三　结局

浪漫派作品的结局，是以大团圆为主；自然主义派作品的结局大抵都是平淡；唯有古典派作品的悲喜剧，结局悲喜最为分明。实在，天下事绝没有这么的巧，或这么的简单和自然，以及这么的悲喜分明。有生必有死，有得必有失，不必佛家，谁也都能看破。所谓悲，所谓喜，也只执著了人生的一面。

以蟪蛄来视人的一生，则蟪蛄微微，以人的人生来视宇宙，则人生尤属渺渺，更何况乎在人生之中仅仅一小小的得失呢？前有塞翁，后有翁子，得失循环，固无一定，所以文章的结局，总是以"曲终人不见"为高一着。

1939 年 11 月

马蜂的毒刺

这几年来，自己因为不能应时豹变，顺合潮流的结果，所以弄得失去了职业，失去了朋友亲人，失去了一切的一切，只剩了孤零丁的一个，落在时代的后面浮沉着。人家要我没落，但肉体却仍旧在维持着它的旧日的作用，不肯好好儿的消亡下去。人家劝我自杀，但穷得连买一点药买一支手枪的余裕都没有，而堕落颓废的我的意志也连竖直耳朵，听一听人家的劝告的毅力都决拿不起来。在这无可奈何的楚歌声里，自然而然，我便成了一个与猪狗一样的一点儿自决心责任心也没有的行尸走肉了，对这一个行尸，人家还在说是什么"运命论者。"

运命论者也好，颓废堕落也没有法子，可是像猪一样的这一声走肉中间，有时候还不能完全把知觉感情等稍为高尚一点的感觉杀死，于是突然之中，就同癫痫病者的发作一样，会有一种很深沉很悲痛的孤寂之感袭上身来。

有一天，也是在这一种发作之后，我忽而想起了一位不相识的青年写给我的几封信，这一位好奇的青年，大约也同我一样的在感到孤独吧，他写来的几封满贮着热情的信上，说无论如何总想看一看我这一块走肉。想起了他，那一天早晨，我就借得了几个零用钱，飘然坐上了车,走到了上海最热闹的一区地方去拜访了一次。

两人见到了面,不消说是各有一种欢喜之情感到的。我也一时破了长久沉默的戒,滔滔谈了许多前后不接的闲天,他也全身抖擞了起来,似乎是喜欢得不得了的样子。谈了一会我觉得饿了,就和他一同出来去吃了一点点心,吃饱了之后又同他走了一圈,谈了半天。

他怎么也不肯和我别去,一定要邀我回到他的旅馆去和他同吃午饭。但可怜的我那时候心里头又起了别的作用了,一时就想去看一回好久没有见到而相约已经有好几次的一位书店里的熟人。我就告诉他说,吃饭是不能同他在一道吃的。他问为什么?我说因为今天是有人约我吃饭的。他问在什么地方?我说在某处某地的书店楼上。他问几点钟?我说正午十二点。因此他就很悲哀地和我在马路上分开了手,我回头来看了几眼,看见他老远的还立在那里目送我的行。

和他分开之后去会到了那位书店的熟人,不幸吃饭的地点临时改变了。我们吃完饭后,坐到了两点多钟才走下楼来。正走到了一处宽广的野道上的时候,我看见前面路上向着我们,太阳光下有一位横行阔步,好像是兴奋得很的青年在走。走近来一看却正是午前我去访他和他在马路上别去的那位纯直的少年朋友。

他立在我的面前,面色胀得通红,眉毛竖了起来,眼睛里同喷火山似的放出了两道异样的光,全身和两颗骨似乎在格格地发抖,钉视住了我的颜面,半晌说不出话来。两只手是捏紧了拳头垂在肩下的。我也同做了一次窃贼,被抓着了赃证者一样,一时急得什么话也想不出来。两人对头呆立了一阵,终究还是我先破了口说:"你上什么地方去?"

他又默默地毒视了我一阵,才大声的喝着说:"你为什么要骗我?你为什么在撒谎?"我看了他那双冒火的眼光,觉得知觉也没有了,神致也昏乱了,不晓回答了他几句什么样的支吾言语,就匆匆逃开了他的面前。但同时在我的脑门的正中,仿佛是感到了一种隐隐的痛楚。仿佛是被一只马蜂放了一针毒刺似的。我觉得这正是一只马蜂的毒刺,因为我在这一次偶尔的失言之中,所感到的苦痛不过是暂时的罢了,而在他的洁白的灵魂之上，怕不得不印上一个极深刻的永久消不去的毒印。听说马蜂尾上的毒刺是只有一次好用的，这是它最后的一件自卫武器，这一次的他岂不也同马蜂一样，受了我的永久的害毒了么？我现在当一个人感到孤独的时候，每要想起这一件事情来，所以近来弄得连无论什么人的信札都不敢开读，无论什么人的地方都不敢去走动了。这一针小小的毒刺，大约是可以把我的孤独钉住，使它随伴我到我的坟墓里去的，细细玩味起来，倒也能够感到一点痛定之后的宽怀情绪，可是那只马蜂，那只已经被我解除了武装的马蜂，却太可怜了，我在此地还只想诚恳地乞求它的饶恕。

扬州旧梦寄语堂

语堂兄：

> 乱掷黄金买阿娇，穷来吴市再吹箫，
> 箫声远渡江淮去，吹到扬州廿四桥。

这是我在六七年前——记得是1928年的秋天，写那篇《感伤的行旅》时瞎唱出来的歪诗；那时候的计划，本想从上海出发，先在苏州下车，然后去无锡，游太湖，过常州，达镇江，渡瓜洲，再上扬州去的。但一则因为苏州在戒严，再则因在太湖边上受了一点虚惊，故而中途变计，当离无锡的那一天晚上，就直到了扬州城里。旅途不带诗韵，所以这一首打油诗的韵脚，是姜白石的那一首"小红唱曲我吹箫"的老调，系凭着了车窗，看看斜阳衰草，残柳芦苇，哼出来的莫名其妙的山歌。

我去扬州，这时候还是第一次；梦想着扬州的两字，在声调上，在历史的意义上，真是如何地艳丽，如何地够使人魂销而魄荡！

竹西歌吹，应是玉树后庭花的遗音；萤苑迷楼，当更是临春结绮等沉檀香阁的进一步的建筑。此外的锦帆十里，殿脚三千，后土祠琼花万朵，玉钩斜青冢双行，计算起来，扬州的古迹，名区，以及山水佳丽的地方，总要有三年零六个月才逛得遍。唐宋文人的倾倒于扬州,想来一定是有一种特别见解的;小杜的"青山隐隐水迢迢",与"十年一觉扬州梦",还不过是略带感伤的诗句而已,至如"君王忍把平陈业,只换雷塘数亩田","人生只合扬州死,禅智山光好墓田",那简直是说扬州可以使你的国亡,可以使你的身死,而也决无后悔的样子了,这还了得!

在我梦想中的扬州,实在太有诗意,太富于六朝的金粉气了,所以那一次从无锡上车之后,就是到了我所最爱的北固山下,亦没有心思停留半刻,便匆匆的渡过了江去。

长江北岸,是有一条公共汽车路筑在那里的;一落渡船,就可以向北直驶,直达到扬州南门的福运门边。再过一条城河,便进扬州城了,就是一千四五百年以来,为我们历代的诗人骚客所赞叹不置的扬州城,也就是你家黛玉的爸爸,在此撒下了孤儿升天成佛去的扬州城!

但我在到扬州的一路上,所见的风景,都平坦肃杀,没有一点令人可以留恋的地方,因而想起了晁无咎的《赴广陵道中》诗句:

醉卧符离太守亭,别都弦管记曾称,
淮山杨柳春千里,尚有多情忆小胜。
急鼓冬冬下泗州,却瞻金塔在中流,
帆开朝日初生处,船转春山欲尽头。
杨柳青青欲哺乌,一春风雨暗隋渠,
落帆未觉扬州远,已喜淮阴见白鱼。

才晓得他自安徽北部下泗州,经符离(现在的宿县)由水道而去的,所以得见到许多景致,至少至少,也可以看到两岸的垂杨和江中的浮屠鱼类。而我去的一路呢,却只见了些道路树的洋槐,和秋收已过的沙田万顷,别的风趣,简直没有。连绿杨城廓是扬州的本地风光,就是自隋朝以来的堤柳,也看见得很少。

到了福运门外,一见了那一座新修的城楼,以及写在那洋灰壁上的三个福运门的红字,更觉得兴趣索然了;在这一种城门之内的亭台园圃,或楚馆秦楼,哪里会有诗意呢?

进了城去,果然只见到了些狭窄的街道,和低矮的市廛,在一家新开的绿杨大旅社里住定之后,我的扬州好梦,已经醒了一半了。入睡之前,我原也去逛了一下街市,但是灯烛辉煌,歌喉宛转的太平景象,竟一点儿也没有。"扬州的好处,或者是在风景,明天去逛瘦西湖,平山堂,大约总特别的会使我满足,今天且好好儿的睡它一晚,先养养我的脚力吧!"这是我自己替自己解闷的想头,一半也是真心诚意,想驱逐驱逐宿娼的邪念的一道符咒。

第二天一早起来,先坐了黄包车出天宁门去游平山堂。天宁门外的天宁寺,天宁寺后的重宁寺,建筑的确伟大,庙貌也十分的壮丽;可是不知为了什么,寺里不见一个和尚。极好的黄松材料,都断的断,拆的拆了,象许久不经修理的样子。时间正是暮秋,那一天的天气又是阴天,我身到了这大伽蓝里,四面不见人影,仰头向御碑佛像以及屋顶一看,满身出了一身冷汗,毛发都倒竖起来了,这一种阴戚戚的冷气,叫我用什么文字来形容呢?

回想起二百年前,高宗南幸,自天宁门至蜀冈,七八里路,尽用白石铺成,上面雕栏曲槛,有一道像颐和园昆明湖上似的长廊甬道,直达至平山堂下,黄旗紫盖,翠辇金轮,妃嫔成队,侍从如云韵盛况,和现在的这一条黄沙曲路,只见衰草牛羊的萧条野景来一比,实在是差得太远了。当然颓井废垣,也有一种令人发思古之幽情的美感,所以鲍明远会作出那篇《芜城赋》来;但我去的时候的扬州北郭,实在太荒凉了,荒凉得连感慨都叫人抒发不出。

到了平山堂东面的功得山观音寺里,吃了一碗清茶,和寺僧谈起这些景象,才晓得这几年来,兵去则匪至,匪去则兵来;住的都是城外的寺院。寺的坍败,原是应该,和尚的逃散,也是不得已的。就是蜀冈的一带,三峰十余个名刹,现在有人住的,只剩了这一个观音寺了,连正中峰有平山堂在的法净寺里,此刻也没有了住持的人。

平山堂一带的建筑,点缀,园囿,都还留着有一个旧日的轮廓;象平远楼的三层高阁,依然还在,可是门窗却没有了;西园的池水以及第五泉的泉路,都还看得出来,但水却干涸了,从前的树木,花草,假山,叠石,并其他的精舍亭园,现在只剩了许多痕迹,有的简直连遗址都无寻处。

我在平山堂上,瞻仰了一番欧阳公的石刻像后,只能屁也不放一个,悄悄的又回到了城里,午后想坐船了,去逛的是瘦西湖小金山五亭拧的一角。

在这一角清淡的小天地里,我却看到了扬州的好处。因为地近城区,所以荒废也并不十分厉害;小金山这面的临水之处,并且还有一位军阀的别墅(徐园)建筑在那里,结构尚新,大约总还是近年来的新筑。从这一块地方,看向五亭桥法海塔去的一面风景,真是典丽裔皇,完全像北平中南海的气象。至于近旁的寺院之类,却又因为年久失修,谈不上了。

瘦西湖的好处,全在水树的交映,与游程的曲折;秋柳影下,有红蓼青萍,散浮在水面,扁舟擦过,还听得见水草的鸣声,似在暗泣。而几个弯儿一绕,水面阔了,猛然间闯入眼来的,就是那一座有五个整齐金碧的亭子排立着的白石平桥,比金鳌玉蛛,虽则短些,可是东方建筑的古典趣味,却完全荟萃在这一座桥,这五个亭上。

还有船娘的姿势,也很优美;用以撑船的,是一根竹竿,使劲一撑,竹竿一弯,同时身体靠上去着力,臀部腰部的曲线,和竹竿的线条,配合得异常匀称,异常复杂。若当暮雨潇潇的春日,雇一个容颜姣好的船娘,携酒与茶,来瘦西湖上回游半日,倒也是一种赏心的乐事。

船回到了天宁门外的码头,我对那位船娘,却也有点儿依依难舍的神情,所以就出了一个题目,要她在岸上再陪我一程。我问她:"这近边还有好玩的地方没有?"她说:"还有天宁寺、平山堂。"我说:"都已经去过了。"她说:"还有史公祠。"于是就由她带路,抄过了天宁门,向东走到了梅花岭下。瓦屋数间,荒坟一座,有的人还说坟里面葬着的只是史阁部的衣冠,看也原没有什么好看;但是一部《廿四史》掉尾的这一位大忠臣的战绩,是读过明史的人,无不为之泪下的;况且经过《桃花扇》作者的一描,更觉得史公的忠肝义胆,活跃在纸上;我在祠墓的中间立着想着;穿来穿去的走着;竟耽搁了那一位船娘不少的时间。本来是阴沉短促的晚秋天,到此竟垂垂欲暮了,更向东踏上了梅花岭的斜坡,我的唱山歌的老病又发作了，就顺口唱出了这么的二十八字：

三百年来土一丘，史公遗爱满扬州；
二分明月千行泪，并作梅花岭下秋。

写到这里，本来是可以搁笔了，以一首诗起，更以一首诗终，岂不很合鸳鸯蝴蝶的体裁么，但我还想加上一个总结，以醒醒你的骑鹤上扬州的迷梦。

总之，自大业初开邗沟入江渠以来，这扬州一郡，就成了中国南北交通的要道；自唐历宋，直到清朝，商业集中于此，冠盖也云屯在这里。既有了有产及有势的阶级，则依附这阶级而生存的奴隶阶级，自然也不得不产生，贫民的儿女，就被他们强迫作婢妾，于是乎就有了杜牧之的青楼薄幸之名，所谓"春风十里扬州路"者，盖指此。有了有钱的老爷，和美貌的名娼，则饮食起居（园亭），衣饰犬马，名歌艳曲，才士雅人（帮闲食客），自然不得不随之而俱兴，所以要腰缠十万贯，才能逛扬州者，以此。但是铁路开后，扬州就一落千丈，萧条到了极点。从前的运使、河督之类，现在也已经驻上了别处；殷实商户，巨富乡绅，自然也分迁到了上海或天津等洋大人的保护之区，故而目下的扬州只剩了一个历史的剥制的虚壳，内容便什么也没有了。

扬州之美，美在各种的名字，如绿杨村，廿四桥，杏花村舍，邗上农桑，尺五楼，一粟庵等；可是你若辛辛苦苦，寻到了这些最风雅也没有的名称的地方，也许只有一条断石，或半间泥房或者简直连一条断石，半间泥房都没有的。张陶庵有一册书，叫做《西湖梦寻》，是说往日的西湖如何可爱，现在却不对了，可是你若到扬州去寻梦，那恐怕要比现在的西湖还更不如。

你既不敢游杭，我劝你也不必游扬，还是在上海梦里想象想象欧阳公的平山堂，王阮亭的红桥，《桃花扇》里的史阁部，《红楼梦》里的林如海，以及盐商的别墅，乡宦的妖姬，倒来得好些。枕上的卢生，若长不醒，岂非快事。一遇现实，那里还有 Dichtung 呢！

行旅历程

>>> 郁达夫 伤感行旅 >>> 伤感行旅 >>> 伤感行旅

一个人在途上

在东车站的长廊下和女人分开以后,自家又剩了孤零丁的一个。频年漂泊惯的两口儿,这一回的离散,倒也算不得什么特别,可是端午节那天,龙儿刚死,到这时候北京城里虽已起了秋风,但是计算起来,去儿子的死期,究竟还只有一百来天。在车座里,稍稍把意识恢复转来的时候,自家就想起了卢骚晚年的作品《孤独散步者的梦想》的头上的几句话:

  自家除了己身以外,已经没有弟兄,没有邻人,没有朋友,没有社会了。自家在这世上,像这样的,已经成了一个孤独者了……

然而当年的卢骚还有弃养在孤儿院内的五个儿子,而我自己哩,连一个抚育到五岁的儿子都还抓不住!

离家的远别,本来也只为想养活妻儿。去年在某大学的被逐,是万料不到的事情。其后兵乱迭起,交通阻绝,当寒冬的10月,会病倒在沪上,也是谁也料想不到的。今年2月,好容易到得南方,静息了一年之半,谁知这刚养得出趣的龙儿又会遭此凶疾呢?

龙儿的病报,本是在广州得着,匆促北航,到了上海,接连接了几个北京来的电报。换船到天津,已经是旧历的五月初十。到家之夜,一见了门上的白纸条儿,心里已经跳得忙乱,从苍茫的暮色里赶到哥哥家中,见了衰病的她,因为在大众之前,勉强将感情压住。草草吃了夜饭,上床就寝,把电灯一灭,两人只有紧抱的痛哭,痛哭,痛哭,只是痛哭,气也换不过来,更那里有说一句活的余裕?

受苦的时间,的确脱煞过去的太悠徐,今年的夏季,只是悲叹的连续。晚上上床,两口儿,那敢提一句话?可怜这两个迷散的灵心,在电灯灭黑的黝黯里,所摸走的荒路,每会凑集在一条线上,这路的交叉点里,只有一块小小的墓碑,墓碑上只有"龙儿之墓"的四个红字。

妻儿因为在浙江老家内不能和母亲同住,不得已而搬往北京当时我在寄食的哥哥家去,是去年的四月中旬。那时候龙儿正长得肥满可爱,一举一动,处处教人欢喜。到了五月初,从某地回京,觉得哥哥家太狭小,就在什刹海的北岸,租定了一间渺小的住宅。夫妻两个日日和龙儿伴乐,闲时也常在北海的荷花深处,及门前的杨柳阴中带龙儿去走走。这一年的暑假,总算过得最快乐,最闲适。

秋风吹叶落的时候,别了龙儿和女人,再上某地大学去为朋友帮忙,当时他们俩还往西车站去送我来哩!这是去年秋晚的事情,想起来还同昨日的情形一样。

过了一月,某地的学校里发生事情,又回京了一次,在什刹海小住了两星期,本来打算不再出京了,然碍于朋友的面子,又不得不于一天寒风刺骨的黄昏,上西车站去乘车。这时候因为怕龙儿要哭,自己和女人,吃过晚饭,便只说要往哥哥家里去,只许他送我们到门口。记得那一天晚上他一个人和老妈子立在门口,等我们俩去了好远,还"爸爸!爸爸"的叫了好几声。啊啊,这几声的呼唤,是我在这世上听到的他叫我的最后的声音!

出京之后,到某地住了一宵,就匆促逃往上海。接续便染了病,遇了强盗辈的争夺政权,其后赴南方暂住,一直到今年的五月,才返北京。

想起来,龙儿实在是一个填债的儿子,是当乱离困厄的这几年中间,特来安慰我和他娘的愁闷的使者!

自从他在安庆生落以来,我自己没有一天脱离过苦闷,没有一处安住到五个月以上。我的女人,也和我分担着十字架的重负,只是东西南北的奔波漂泊。然当日夜难安,悲苦得不了的时候,只教他的笑脸一开,女人和我,就可以把一切穷愁,丢在脑后。而今年五月初十待我赶到北京的时候,他的尸体,早已在妙光阁的广谊园地下躺着了。

他的病,说是脑膜炎。自从得病之日起,一直到旧历端午节的午时绝命的时候止,中间经过有一个多月的光景。平时被我们宠坏了的他,听说此番病里,却乖顺得非常。叫他吃药,他就大口的吃,叫他用冰枕,他就很柔顺的躺上。病后还能说话的时候,只问他的娘"爸爸几时回来?""爸爸在上海为我定做的小皮鞋,已经做好了没有?"我的女人,于惑乱之余,每幽幽地问他:"龙!你晓得你这一场病,会不会死的?"他老是很不愿意的回答说:"那儿会死的哩?"据女人含泪的告诉我说,他的谈吐,绝不似一个五岁的小儿。

未病之前一个月的时候,有一天午后他在门口玩耍,看见西面来了一乘马车,马车里坐着一个戴灰白帽子的青年。他远远看见,就急忙丢下了伴侣,跑进屋里去叫他娘出来,说:"爸爸回来了,爸爸回来了!"因为我去年离京时所戴的,是一样的一顶白灰呢帽。他娘跟他出来到门前,马车已经过去了,他就死劲的拉住了他娘,哭喊着说:"爸爸怎么不家来吓?爸爸怎么不家来吓?"他娘说慰了半天,他还尽是哭着,这也是他娘含泪和我说的。现在回想起来,自己实在不该抛弃了他们,一个人在外面流荡,致使他那小小的灵心,常有这望远思亲之痛。

去年6月,搬往什刹海之后,有一次我们在堤上散步,因为他看见了人家的汽车,硬是哭着要坐,被我痛打了一顿。又有一次,也是因为要穿洋服,受了我的毒打。这实在只能怪我做父亲的没有能力,不能做洋服给他穿,雇汽车给他坐。早知他要这样的早死,我就是典当强劫,也应该去弄一点钱来,满足他的无邪的欲望。到现在追想起来,实在觉得对他不起,实在是我太无容人之量了。

我女人说,濒死的前五天,在病院里,他连叫了几夜的爸爸!她问他

"叫爸爸干什么?"他又不响了,停一会儿,就又再叫起来。到了旧历五月初三日,他已入了昏迷状态,医师替他抽骨髓,他只会直叫一声"干吗?"喉头的气管,咯咯在抽咽,眼睛只往上吊送,口头流些白沫,然而一口气总不肯断。他娘哭叫几声"龙!龙!"他的眼角上,就会迸流些眼泪出来,后来他娘看他苦得难过,倒对他说:

"龙!你若是没有命的,就好好的去罢!你是不是想等爸爸回来?就是你爸爸回来,也不过是这样的替你医治罢了。龙!你有什么不了的心愿呢?龙!与其这样的抽咽受苦,你还不如快快的去罢!"

他听了这一段话,眼角上的眼泪,更是涌流得厉害。到了旧历端午节的午时,他竟等不着我的回来,终于断气了。

丧葬之后,女人搬往哥哥家里,暂住了几天。我于五月十日晚上,下车赶到什刹海的寓宅,打门打了半天,没有应声,后来抬头一看,才见了一张告示邮差送信的白纸条。

自从龙儿生病以后,连日连夜看护久已倦了的她,又那里经得起最后的这一个打击?自己当到京之夜,见了她的衰容,见了她的泪眼,又那里能够不痛哭呢?

在哥哥家里小住了两三天,我因为想追求龙儿生前的遗迹,一定要女人和我仍复搬回什刹海的住宅去住它一两个月。

搬回去那天,一进上屋的门,就见了一张被他玩破的今年正月里的花灯。听说这张花灯,是南城大姨妈送他的,因为他自家烧破了一个窟窿,他还哭过好几次来的。

其次,便是上房里砖上的几堆烧纸钱的痕迹!当他下殓时烧给他的。

院子里有一架葡萄,两棵枣树,去年采取葡萄枣子的时候,他站在树下,兜起了大裙,仰头在看树上的我。我摘取一颗,丢入了他的大裙兜里,他的哄笑声,要继续到三五分钟。今年这两棵枣树,结满了青青的枣子,风起的半夜里,老有熟极的枣子辞枝自落。女人和我,睡在床上,有时候且哭且谈,总要到更深人静,方能入睡。在这样的幽幽的谈话中间,最怕听的,就是这滴答的坠枣之声。

到京的第二日,和女人去看他的坟墓。先在一家南纸铺里买了许多冥府的钞票,预备去烧送给他。直到到了妙光阁的广谊园茔地门前,她方从呜咽里清醒过来,说:"这是钞票,他一个小孩如何用得呢?"就又回车转来,到琉璃厂去买了些有孔的纸钱。她在坟前哭了一阵,把纸钱钞票烧化的时候,却叫着说:

"龙!这一堆是钞票,你收在那里,待长大了的时候再用,要买什么,你先拿这一堆钱去用罢!"

这一天在他的坟上坐着,我们直到午后七点,太阳平西的时候,才回家来。临走的时候,他娘还哭叫着说:

"龙!龙!你一个人在这里不怕冷静的么?龙!龙!人家若来欺你,你晚上来告诉娘罢!你怎么不想回来了呢?你怎么梦也不来托一个呢?"

箱子里,还有许多散放着的他的小衣服。今年北京的天气,到七月中旬,已经是很冷了。当微凉的早晚,我们俩都想换上几件夹衣,然而因为怕见到他旧时的夹衣袍袜,我们俩却尽是一天一天的捱着,谁也不说出口来,说"要换上件夹衫"。

有一次和女人在那里睡午觉,她骤然从床上坐了起来,鞋也不拖,光着袜子,跑上了上房起坐室里,并且更掀帘跑上外面院子里去。我也莫名其妙跟着她跑到外面的时候,只见她在那里四面找寻什么,找寻不着,呆立了一会,她忽然放声哭了起来,并且抱住了我急急的追问说:"你听不听见?你听不听见?"哭完之后,她才告诉我说,在半醒半睡的中间,她听见"娘!娘"的叫了两声,的确是龙的声音,她很坚定的说:"的确是龙回来了。"

北京的朋友亲戚,为安慰我们起见,今年夏天常请我们俩去吃饭听戏,她老不愿意和我同去,因为去年的6月,我们无论上那里去玩,龙儿是常和我们在一处的。

今年的一个暑假,就是这样的,在悲叹和幻梦的中间消逝了。

这一回南方来催我就道的信,过于匆促,出发之前,我觉得还有一件大事情没有做了。

中秋节前新搬了家,为修理房屋,部署杂事,就忙了一个星期。出发之前,又因了种种琐事,不能抽出空来,再上龙儿的墓地里去探望一回。女人上东车站来送我上车的时候,我心里尽酸一阵痛一阵的在回念这一件恨事。有好几次想和她说出来,教她于两三日后再往妙光阁去探望一趟,但见了她的憔悴尽的颜色,和苦忍住的凄楚,又终于一句话也没有讲成。

现在去北京远了,去龙儿更远了,自家只一个人,只是孤零丁的一个人。在这里继续此生中大约是完不了的漂泊。

1926年10月5日在上海旅馆内

海 上 通 信

晚秋的太阳,只留上一道金光,浮映在烟雾空蒙的西方海角。本来是黄色的海面被这夕照一烘,更加红艳得可怜了。从船尾望去,远远只见一排陆地的平岸,参差隐约的在那里对我点头。这一条陆地岸线之上,排列着许多一二寸长的桅墙细影,绝似画中的远草,依依有惜别的余情。

海上起了微波,一层一层的细浪,受了残阳的返照,一时光辉起来。飒飒的凉意逼入人的心脾。清淡的天空,好像是离人的泪眼,周围边上,只带着一道红圈。是薄寒浅冷的时候,是泣别伤离的日暮。扬子江头,数声风笛,我又上了天涯漂泊的轮船。

以我的性情而论,在这样的时候,正好陶醉在惜别的悲哀里,满满的享受一场 Sentimental sweetness。否则也应该自家制造一种可怜的情调,使我自家感到自家的风尘仆仆,一事无成。若上举两事办不到的时候,至少也应该看看海上的落日,享受享受那伟大的自然的烟景。但是这三种情怀,我一种也酿造不成,呆呆的立在龌龊杂乱盼海轮中层的舱口,我的心里,只充满了一种愤恨,觉得坐也不是,立也不是,硬是想拿一把快刀,杀死几个人,才肯甘休。这愤恨的原因是在什么地方呢? 一是因为上船的时候,海关上的一个下流的外国人,定要把我的书箱打开来检查,检查之后,并且想把我所崇拜的列宁的一册著作拿去。二是因为新开河口的一家卖票房,收了我头等舱的船钱,骗我入了二等的舱位。

啊啊,掠夺欺骗,原是人的本性,若能达观,也不合有这一番气愤,但是我的度量却狭小得同耶稣教的上帝一样,若受着不平,总不能忍气吞声的过去。我的女人曾对我说过几次,说这是我的致命伤,但是无论如何,我总改不过这个恶习惯来。

轮船愈行愈远了,两岸的风景,一步一步的荒凉起来了,天色垂暮了,我的怨愤,才渐渐的平了下去。

沫若呀,仿吾成均呀,我老实对你们说,自从你们下船之后,我一直到了现在,方想起你们三人的孤凄的影子来。啊啊,我们本来是反逆时代而生者,吃苦原是前生注定的。我此番北行,你们不要以为我是为寻快乐而去,我的前途风波正多得很呀!

天色暗下来了,我想起了家中在楼头凝望着我的女人,我想起了乳母怀中,在那里伊吾学语的孩子,我更想起了几位比我们还更苦的朋友,啊啊,大海的波涛,你若能这样的把我吞咽了下去,倒好省却我的一番苦恼。我愿意化成一堆春雪,躺在五月的阳光里,我愿意代替了落花,陷入污泥深处,我愿意背负了天下青年男女的肺痨恶疾,就在此处消灭了我的残生。

这些感伤的(Sentimental)咏叹,只能博得恶魔的一脸微笑,几个在资本家跟前俯伏的文人,或者要拿了我这篇文字,去佐他们的淫乐的金樽,我不说了,我不再写了,我等那一点西方海上的红云消尽的时候,且上舱里去喝一杯白兰地罢,这是日本人所说的 Yakezake!

10月5日7时书

昨天晚上,因为多喝了一杯白兰地,并且因为前夜在 F.E. 饭店里的一夜疲劳,还没有回复,所以一到床上就睡着了。我梦见了一个十五六

的少女和我同舱,我硬要求她和我亲嘴的时候,她回复我说:

"你若要宝石,我可以给你 Rajah's diamond,

你若要王冠,我可以给你世上最大的国家,

但是这绯红的嘴唇,这未开的蔷薇花瓣,

我要保留着等世上最美的人来!"

我用了武力,捉住了她,结果竟做了一个"风月宝鉴"里的迷梦,所以今天头昏得很,什么也想不出来。但是与海天相对,终觉得无聊,我把佐藤春夫的一篇小说《被剪的花儿》读了。

在日本现代的小说家中,我所最崇拜的是佐藤春夫。他的小说,周作人君也曾译过几篇,但那几篇并不是他的最大的杰作。他的作品中的第一篇,当然要推他的出世作《病了的蔷薇》,即《田园的忧郁》了。其他如《指纹》,《李太白》等,都是优美无比的作品。最近发表的小说集《太孤寂了》,我还不曾读过。依我看来,这一篇《被剪的花儿》,也可说是他近来的最大的收获。书中描写主人公失恋的地方,真是无微不至,我每想学到他的地步,但是终于画虎不成。他在日本现代的作家中,并不十分流行。但是读者中间的一小部分,却是对他抱着十二分的好意。有一次何畏对我说:

"达夫!你在中国的地位,同佐藤在日本的地位一样。但是日本人能了解佐藤的清洁高傲,中国人却不能了解你,所以你想以作家立身是办不到的。"

惭愧惭愧!我何敢望佐藤春夫的肩背!但是在目下的中国,想以作家立身,非但干枯的我没有希望,即使 Victor Hugo, Charles Dickens, Gerhart Hauptmann 等来,也是无望的。

沫若!仿吾!我们都是笨人,我们弃康庄的大道不走,偏偏要寻到这一条荆棘丛生的死路上来。我们即使在半路上气绝身死,也同野狗的毙于道旁一样,却是我们自家寻得的苦恼,谁也不能来和我们表同情,谁也不能来收拾我们的遗骨的。啊啊!又成了牢骚了,"这是中国文人最丑的恶习,非绝灭不可的地方",我且收住不说了罢!

单调的海和天，单调的船和我，今日使我的精神萎缩得不堪。十二时中，足破这单调的现象，只有晚来海中的落日之景，我且搁住了笔，去看 The glorious sun-setting 罢！

10月6日日暮的时候

　　这一次的航海，真奇怪得很，一点儿风浪也没有，现在船已到了烟台了。烟台港同长崎门司那些港一些儿也没有分别，可惜我没有金钱和时间的余裕，否则上岸去住他一二星期，享受一番异乡的情调，倒也很有趣味。烟台的结晶处是东首临海的烟台山。在这座山上，有领事馆，有灯台，有别庄，正同长崎市外的那所检疫所的地点一样。沫若，你不是在去年的夏天有一首在检疫所作的诗么？我现在坐在船上，遥遥的望着这烟台的一带山市，也起了拿破仑在媛来娜岛上之感，啊啊，漂流人所见大抵略同——我们不是英雄，我们且说漂流人罢！

　　山东是产苦力的地方，烟台是苦力的出口处。船一停锚，抢上来的凶猛的搭客，和售物的强人，真把我骇死，我足足在舱里躲了三个钟头，不敢出来。

　　到了日暮，船将起锚的时候，那些售物者方散退回去，我也出了舱，上船舷上来看落日。在海船里，除非有衣摆奈此的小说《默示录的四骑士》中所描写的那种同船者的恋爱事体外，另外实没有一件可以慰遣寂寥的事情，所以我这一次的通信里所写的也只是落日，Sun-Setting，Abend Roete，etc，etc。请你们不要笑我的重复！

　　我刚才说过，烟台港和门司长崎一样，是一条狭长的港市，环市的三面，都是浅淡的连山。东面是烟台山，一直西去，当太阳落下去的那一支山脉，不知道是什么名字。但是我想这一支山若要命名，要比"夕阳""落照"等更好的名字，怕没有了。

　　一带连山，本来有近远深浅的痕迹可以看得出来的，现在当这落照的中间，都只成了淡紫。市上的炊烟，也蒙蒙的起了，更使我想起故乡城市的日暮的景色来,因为我的故乡,也是依山带水,与这烟台市不相上下的呀!

日光没了,天上的红云也淡了下去。一阵凉风吹来,使人起了一种莫名其妙的哀感。我站在船舷上,看看烟台市中一点两点渐渐增加起来的灯火,看看甲板上几个落了伍急急忙忙赶回家去的卖物的土人,忽而索落索落的滴下了两粒眼泪来。我记得我女人有一次说,小孩子到了日暮,总要哭着寻他的娘抱,因为怕晚上没有睡觉的地方。这时候我的心里,大约也被这一种 Nostalgia 笼罩住了罢,否则何以会这样的落寞!这样的伤感!这样的悲愁无着处呢!

这船今晚上是要离开烟台上天津去的,以后是在渤海里行路了。明天晚上可到天津。我这通信,打算一上天津就去投邮。愿你与婀娜和小孩全好,仿吾也好,成均也好,愿你们的精神能够振刷;啊啊,这样在勉励你们的我自家,精神正颓丧得很呀!我还要说什么!我还有说话的资格么!

10月7日晚8时烟台舱中

不知在什么时候,我记得你曾说过,沫若,你说:"我们的拿起笔来要写,大约是已经成了习惯了,无论如何,我此后总不能绝对的废除笔墨的。"这一种冯妇之习,不但是你免不了,怕我也一样的罢。现在精神定了一定,我又想写了。

昨天船离了烟台,即起大风,船中的一班苦力,个个头上都淋成五色。这是什么理由呢?因为他们都是连绵席地而卧,所以你枕我的头,我枕你的脚。一人吐了,二人就吐,三人四人,传染过去。铤而走险,急不能择,他们要吐的时候就不问是人头人足,如长江大河的直泻下来。起初吐的是杂物,后来吐黄水,最后就赤化了。我在这一个大吐场里,心里虽则难受,但却没有效他们的颦,大约是曾经沧海的结果,也许是我已经把心肝呕尽,没有吐的材料了。

今天的落日,是在七十二沽的芦草上看的。几堆泥屋,一滩野草,野草里的鸡犬,泥屋前的穿红布衣服的女孩,便是今日的落照里的风景。

船靠岸的时候,已经是夜半了。二哥哥在埠头等我。半年不见,在青白的瓦斯光里他说我又瘦了许多。非关病酒,不是悲秋,我的瘦,却是杜甫之瘦,儒冠之害呀!

从清冷的长街上,在灰暗凉冷的空气里,把身体搬上这家旅店里之后,哥哥才把新总统明晚晋京的话,告诉我听。好一个魏武之子孙,几年来的大愿总算成就了,但是,但是只可怜了我们小百姓,有苦说不出来。听说上海又将打电报,抬菩萨,祭旗拜斗的大耍猴子戏。我希望那些有主张的大人先生,要干快干,不要虚张声势的说:"来来来!干干干!"因为调子唱得高的时候,胡琴有脱板的危险,中国的没有真正革命起来的原因,大约是受的"发明电报者"之害哟!

几天不看报,倒觉得清净得很。明天一到北京,怕又不得不目睹那些中国特有的承平气象,我生在这样的一个太平时节,心里实在是怕看这些黄帝之子孙的文明制度了。

夜也深了,老车站的火车轮声,也渐渐的听不见了,这一间奇形怪状的旅舍里,也只充满了鼾声。窗外没有月亮,冷空气一阵一阵的来包围我赤裸裸的双脚。我虽则到了天津,心里依然是犹豫不定:

"究竟还是上北京去作流氓去呢?还是到故乡家里去作隐士?"

名义上自然是隐士好听,实际上终究是漂流有趣。等我来问一个诸葛神卦,再决定此后的行止罢!

敕敕敕,弟子郁……

10月8日夜3时书于天津的旅馆内

钓台的春昼

因为近在咫尺,以为什么时候要去就可以去,我们对于本乡本土的名区胜景,反而往往没有机会去玩,或不容易下一个决心去玩的。正唯其是如此,我对于富春江上的严陵,二十年来,心里虽每在记着,但脚却没有向这一方面走过。1931,岁在辛未,暮春三月,春服未成,而中央党帝,似乎又想玩一个秦始皇所玩过的把戏了,我接到了警告,就仓皇离去了寓居。先在江浙附近的穷乡里,游息了几天,偶尔看见了一家扫墓的行舟,乡愁一动,就定下了归计。绕了一个大弯,赶到故乡,却正好还在清明寒食的节前。和家人等去上了几处坟,与许久不曾见过面的亲戚朋友,来往热闹了几天,一种乡居的倦怠,忽而袭上心来了,于是乎我就决心上钓台访一访严子陵的幽居。

钓台去桐庐县城二十余里,桐庐去富阳县治九十里不足,自富阳溯江而上,坐小火轮三小时可达桐庐,再上则须坐帆船了。

我去的那一天,记得是阴晴欲雨的养花天,并且系坐晚班轮去的,船到桐庐,已经是灯火微明的黄昏时候了,不得已就只得在码头近边的一家旅馆的楼上借了一宵宿。

桐庐县城,大约有三里路长,三千多烟灶,一二万居民,地在富春江西北岸,从前是皖浙交通的要道,现在杭江铁路一开,似乎没有一二十年前的繁华热闹了。尤其要使旅客感到萧条的,却是桐君山脚下的那一队花船的失去了踪影。说起桐君山,却是桐庐县的一个接近城市的灵山胜地,山虽不高,但因有仙,自然是灵了。以形势来论,这桐君山,也的确是可以产生出许多口音生硬,别具风韵的桐严嫂来的生龙活脉。地处在桐溪东岸,正当桐溪和富春江合流之所,依依一水,西岸便瞰视着桐庐县市的人家烟树。南面对江,便是十里长洲;唐诗人方干的故居,就在这十里桐洲九里花的花田深处。向西越过桐庐县城,更遥遥对着一排高低不定的青峦,这就是富春山的山子山孙了。东北面山下,是一片桑麻沃地,有一条长蛇似的官道,隐而复现,出没盘曲在桃花杨柳洋槐榆树的中间,绕过一支小岭,便是富阳县的境界,大约去程明道的墓地程坟,总也不过一二十里地的间隔。我的去拜谒桐君,瞻仰道观,就在那一天到桐庐的晚上,是淡云微月,正在作雨的时候。

鱼梁渡头,因为夜渡无人,渡船停在东岸的桐君山下。我从旅馆踱了出来,先在离轮埠不远的渡口停立了几分钟。后来向一位来渡口洗夜饭米的年轻少妇,弓身请问了一回,才得到了渡江的秘诀。她说:"你只须高喊两三声,船自会来的。"先谢了她教我的好意,然后以两手围成了播音的喇叭,"喂,喂,渡船请摇过来"地纵声一喊,果然在半江的黑影当中,船身摇动了。渐摇渐近,五分钟后,我在渡口,却终于听出了咿呀柔橹的声音。时间似乎已经入了酉时的下刻,小市里的群动,这时候都已经静息,自从渡口的那位少妇,在微茫的夜色里,藏去了她那张白团团的面影之后,我独立在江边,不知不觉心里头却兀自感到了一种他乡日暮的悲哀。渡船到岸,船头上起了几声微微的水浪清音,又铜东的一响,我早已跳上了船,渡船也已经掉过头来了。坐在黑影沈沈的舱里,我起先只在静听着柔橹划水的声音,然后却在黑影里看出了一星船家在吸着的长烟管头上的烟火,最后因为被沈默压迫不过,我只好开口说话了:"船家!你这样的渡我过去,该给你几个船钱?"我问。"随你先生把几个就是。"船家的说话冗慢幽长,似乎已经带着些睡意了,我就向袋里摸出了两角钱来。"这两角钱,就算是我的渡船钱,请你候我一会,上山去烧一次夜香,我是依旧要渡过江来的。"船家的回答,只是恩恩乌乌,幽幽同牛叫似的一种鼻音,然而从继这鼻音而起的两三声轻快的咳声听来,他却似已经在感到满足了,因为我也知道,乡间的义渡,船钱最多也不过是两三枚铜子而已。

到了桐君山下,在山影和树影交掩着的崎岖道上,我上岸走不上几步,就被一块乱石绊倒,滑跌了一次。船家似乎也动了恻隐之心了,一句话也不发,跑将上来,他却突然交给了我一盒火柴。我于感谢了一番他的盛意之后,重整步武,再摸上山去,先是必须点一枝火柴走三五步路的,但到得半山,路既就了规律,而微云堆里的半规月色,也朦胧地现出一痕银线来了,所以手里还存着的半盒火柴,就被我藏入了袋里。路是从山的西北,盘曲而上,渐走渐高,半山一到,天也开朗了一点,桐庐县市上的灯火,也星星可数了。更纵目向江心望去,富春江两岸的船上和桐溪合流口停泊着的船尾船头,也看得出一点一点的火来。走过半山,桐君观里的晚祷钟鼓,似乎还没有息尽,耳朵里仿佛听见了几丝木鱼钲钹的残声。走上山顶,先在半途遇着了一道道观外围的女墙,这女墙的栅门,却已经掩上了。在栅门外徘徊了一刻,觉得已经到了此门而不进去,终于是不能满足我这一次暗夜冒险的好奇怪僻的。所以细想了几次,还是决心进去,非进去不可,轻轻用手往里面一推,栅门却呀的一声,早已退向了后方开开了,这门原来是虚掩在那里的。进了栅门,踏着为淡月所映照的石砌平路,向东向南的前走了五六十步,居然走到了道观的大门之外,这两扇朱红漆的大门,不消说是紧闭在那里的。到了此地,我却不想再破门进去了,因为这大门是朝南向着大江开的,门外头是一条一丈来宽的石砌步道,步道的一旁是道观的墙,一旁便是山坡,靠山坡的一面,并且还有一道二尺来高的石墙筑在那里,大约是代替栏杆,防人倾跌下山去的用意,石墙之上,铺的是二三尺宽的青石,在这似石栏又似石凳的墙上,尽可以坐卧游息,饱看桐江和对岸的风景,就是在这里坐它一晚,也很可以,我又何必去打开门来,惊起那些老道的噩梦呢!

空旷的天空里,流涨着的只是些灰白的云,云层缺处,原也看得出半角的天,和一点两点的星,但看起来最饶风趣的,却仍是欲藏还露,将见仍无的那半规月影。这时候江面上似乎起了风,云脚的迁移,更来得迅速了,而低头向江心一看,几多散乱着的船里的灯光,也忽明忽灭地变换了一变换位置。

这道观大门外的景色,真神奇极了。我当十几年前,在放浪的游程里,曾向瓜州京口一带,消磨过不少的时日。那时觉得果然名不虚传的,确是甘露寺外的江山,而现在到了桐庐,昏夜上这桐君山来一看,又觉得这江山之秀而且静,风景的整而不散,却非那天下第一江山的北固山所可与比拟的了。真也难怪得严子陵,难怪得戴征士,倘使我若能在这样的地方结屋读书,以养天年,那还要什么的高官厚禄,还要什么的浮名虚誉哩?一个人在这桐君观前的石凳上,看看山,看看水,看看城中的灯火和天上的星云,更做做浩无边际的无聊的幻梦,我竟忘记了时刻,忘记了自身,直等到隔江的击柝声传来,向西一看,忽而觉得城中的灯影微茫地减了,才跑也似的走下了山来,渡江奔回了客舍。

第二日侵晨,觉得昨天在桐君观前做过的残梦正还没有续完的时候,窗外面忽而传来了一阵吹角的声音。好梦虽被打破,但因这同吹篪似的商音哀咽,却很含着些荒凉的古意,并且晓风残月,杨柳岸边,也正好候船待发,上严陵去;所以心里虽怀着了些儿怨恨,但脸上却只现出了一痕微笑,起来梳洗更衣,叫茶房去雇船去。雇好了一只双桨的渔舟,买就了些酒菜鱼米,就在旅馆前面的码头上上了船,轻轻向江心摇出去的时候,东方的云幕中间,已现出了几丝红晕,有8点多钟了。舟师急得利害,只在埋怨旅馆的茶房,为什么昨晚上不预先告诉,好早一点出发。因为此去就是七里滩头,无风七里,有风七十里,上钓台去玩一趟回来,路程虽则有限,但这几日风雨无常,说不定要走夜路,才回来得了的。

过了桐庐,江心狭窄,浅滩果然多起来了。路上遇着的来往的行舟,数目也是很少,因为早晨吹的角,就是往建德去的快班船的信号,快班船一开,来往于两岸之间的船就不十分多了。两岸全是青青的山,中间是一条清浅的水,有时候过一个沙洲,洲上的桃花菜花,还有许多不晓得名字的白色的花,正在喧闹着春暮,吸引着蜂蝶。我在船头上一口一口的喝着严东关的药酒,指东话西地问着船家,这是什么山,那是什么港,惊叹了半天,称颂了半天,人也觉得倦了,不晓得什么时候,身子却走上了一家水边的酒楼,在和数年不见的几位已经做了党官的朋友高谈阔论。谈论之余,还背诵了一首两三年前曾在同一的情形之下做成的歪诗:

不是尊前爱惜身,
伴狂难免假成真,
曾因酒醉鞭名马,
生怕情多累美人。
劫数东南天作孽,
鸡鸣风雨海扬尘,
悲歌痛哭终何补,
义士纷纷说帝秦。

直到盛筵将散,我酒也不想再喝了,和几位朋友闹得心里各自难堪,连对旁边坐着的两位陪酒的名花都不愿意开口。正在这上下不得的苦闷关头,船家却大声的叫了起来说:

"先生,罗芷过了,钓台就在前面,你醒醒罢,好上山去烧饭吃去。"

擦擦眼睛,整了一整衣服,抬起头来一看,四面的水光山色又忽而变了样子了。清清的一条浅水,比前又窄了几分,四围的山包得格外的紧了,仿佛是前无去路的样子。并且山容峻削,看去觉得格外的瘦格外的高。向天上地下四围看看,只寂寂的看不见一个人类。双桨的摇响,到此似乎也不敢放肆了,钩的一声过后,要好半天才来一个幽幽的回响,静,静,静,身边水上,山下岩头,只沈浸着太古的静,死灭的静,山峡里连飞鸟的影子也看不见半只。前面的所谓钓台山上,只看得见两大个石垒,一间歪斜的亭子,许多纵横芜杂的草木。山腰里的那座祠堂,也只露着些废垣残瓦,屋上面连炊烟都没有一丝半缕,像是好久好久没有人住了的样子。并且天气又来得阴森,早晨曾经露一露脸过的太阳,这时候早已深藏在云堆里了,余下来的只是时有时无从侧面吹来的阴飕飕的半箭儿山风。船靠了山脚,跟着前面背着酒菜鱼米的船夫走上严先生祠堂的时候,我心里真有点害怕,怕在这荒山里要遇见一个干枯苍老得同丝瓜筋似的严先生的鬼魂。

在祠堂西院的客厅里坐定,和严先生的不知第几代的裔孙谈了几句关于年岁水旱的话后,我的心跳也渐渐儿的镇静下去了,嘱托了他以煮饭烧菜的杂务,我和船家就从断碑乱石中间爬上了钓台。

东西两石垒,高各有二三百尺,离江面约两里来远,东西台相去只有一二百步,但其间却夹着一条深谷。立在东台,可以看得出罗芷的人家,回头展望来路,风景似乎散漫一点,而一上谢氏的西台,向西望去,则幽谷里的清景,却绝对的不像是在人间了。我虽则没有到过瑞士,但到了西台,朝西一看,立时就想起了曾在照片上看见过的威廉退儿的祠堂。这四山的幽静,这江水的青蓝,简直同在画片上的珂罗版色彩,一色也没有两样,所不同的就是在这儿的变化更多一点,周围的环境更芜杂不整齐一点而已,但这却是好处,这正是足以代表东方民族性的颓废荒凉的美。

从钓台下来,回到严先生的祠堂——记得这是洪杨以后严州知府戴槃重建的祠堂——西院里饱啖了一顿酒肉,我觉得有点酩酊微醉了。手拿着以火柴柄制成的牙签,走到东面供着严先生神像的龛前,向四面的破壁上一看,翠墨淋漓,题在那里的,竟多是些俗而不雅的过路高官的手笔。最后到了南面的一块白墙头上,在离屋檐不远的一角高处,却看到了我们的一位新近去世的同乡夏灵峰先生的四句似邵尧夫而又略带感慨的诗句。夏灵峰先生虽则只知崇古,不善处今,但是五十年来,像他那样的顽固自尊的亡清遗老,也的确是没有第二个人。比较起现在的那些官迷的南满尚书和东洋宦婢来,他的经术言行,姑且不必去论它,就是以骨头来称称,我想也要比什么罗三郎郑太郎辈,重到好几百倍。慕贤的心一动,熏人臭技自然是难熬了,堆起了几张桌椅,借得了一枝破笔,我也向高墙上在夏灵峰先生的脚后放上了一个陈屁,就是在船舱的梦里,也曾微吟过的那一首歪诗。

从墙头上跳将下来,又向龛前天井去走了一圈,觉得酒后的干喉,有点渴痒了,所以就又走回到了西院,静坐着喝了两碗清茶。在这四大无声,只听见我自己的啾啾喝水的舌音冲击到那座破院的败壁上去的寂静中间,同惊雷似的一响,院后的竹园里却忽而飞出了一声闲长而又有节奏似的鸡啼的声来。同时在门外面歇着的船家,也走进了院门,高声的对我说:

"先生,我们回去罢,已经是吃点心的时候了,你不听见那只鸡在后山啼么?我们回去罢!"

1932年8月在上海写

沧州日记

1932年10月6日(旧历九月初七日),星期四,晴爽。

　　早晨6点就醒了,因为想于今天离开上海。匆忙检点了一下行李,向邻舍去一问,知道早车是9点前后开的,于是就赶到了车站。到时果然还早,但因网篮太大,不能搬入车座事,耽搁了几分钟,不过入车坐定,去开车时还早得很。天气也真爽朗不过,坐在车里,竟能感到一种莫名其妙的快感。

　　到杭州城站是午后2点左右,即到湖滨沧州旅馆住下,付洋拾元。大约此后许住一月两月,也说不定。

　　作霞及百刚小峰等信,告以安抵湖畔,此后只想静养沈疴,细写东西。

　　晚上在一家名宝昌的酱园里喝酒,酒很可以,价钱也贱得可观,此后当常去交易他们。

　　喝酒回来,洗了一个澡,将书籍稿子等安置了一下,时候已经不早了,上床时想是十点左右,因为我也并不带表,所以不晓得准确的钟点,自明日起,应该多读书,少出去跑。

10月7日(九月初八),星期五,晴爽。

此番带来的书,以关于德国哲学家 Nietzsohe 者较多,因这一位薄命天才的身世真有点可敬佩的地方,故而想仔细研究他一番,以他来做主人公而写一篇小说。但临行时,前在武昌大学教书时的同学刘氏,曾以继续翻译卢骚事为请,故而卢骚的《漫步者的沈思》,也想继续翻译下去,总之此来是以养病为第一目标,而创作次之,至于翻译,则又是次而又次者也。

昨晚睡后,听火警钟长鸣不已,想长桥附近,又有许多家草房被烧去了。

早餐后,就由清波门坐船至赤山埠,翻石屋岭,出满觉陇,在石屋洞大仁寺内,遇见了弘道小学学生的旅行团。中有一位十七八岁的女人,大约是教员之一,相貌有点像霞,对她看了几眼,她倒似乎有些害起羞来了。

上翁家山,在老龙井旁喝茶三碗,买龙井茶叶,桑芽等两元,只一小包而已。又上南高峰走了一圈,下来出四眼井,坐黄包车回旅馆,人疲乏极了,但余兴尚未衰也。

今晨发霞的信,此后若不作文章,大约一天要写一封信去给她。

自南山跑回家来,洗面时忽觉鼻头皮痛,在太阳里晒了半天,皮层似乎破了。天气真好,若再如此的晴天继续半月,则《蜃楼》一定可以写成。

在南高峰的深山里一个人徘徊于樵径石垒间时,忽而一阵香气吹来,有点使人兴奋,似乎要触发性欲的样子,桂花香气,亦何尝不暗而艳,顺口得诗一句,叫做"九月秋迟桂始花",秋迟或作山深,但没有上一句。"五更衾薄寒难耐",或可对对,这是今晨的实事,今晚上当去延益里取一条被来。

傍晚出去喝酒,回来已将5点,看见太阳下了西山。今晚上当可高枕安眠,因已去延益里拿了一条被来了。

今天的一天漫步,倒很可以写一篇短篇。

晚上月明。10点后,又有火烧,大约在城隍山附近,因火钟只敲了一记。

10月8日(阴历九月初九),星期六,晴爽。

今天是重阳节,打算再玩一天,上里湖葛岭去登高,顺便可以去看一看那间病院。

早晨发霞信,告以昨日游踪。

在奎元馆吃面的中间,想把昨天的诗作它成来:病肺年来惯出家,老龙井上煮桑芽,五更衾薄寒难耐,九月秋迟(或作山深)桂始花,香暗时挑闺里梦,眼明不吃雨前茶,题诗报与朝云道,玉局参禅兴正赊。

午后上葛岭去,登初阳台,台后一块巨石,我将在小说中赐它一个好名字,叫做"观音眺"。从葛岭回来,人也倦了,小睡了数分钟,晚上出去喝酒,并且又到延益里去了一趟。从明日起,当不再出去跑。

晚上读《卢骚的漫步》。

10月9日(阴历九月初十),星期日,晴爽。

天气又是很好的晴天,真使人在家里坐守不住,"迟桂开时日日晴",成诗一句,聊以作今日再出去闲游的口实。

想去吃羊腰,但那家小店已关门了,所以只能在王润兴饱吃了一顿醋鱼腰片。饭后过城站,买莫友芝《邵亭诗钞》一部,《屑玉丛谈》三集四集各一部,系申报馆铅印本。走回来时,见霞的信已经来了,就马上写了一封回信,并附有兄嫂一函,托转交者。

钱将用尽了,明日起,大约可以动手写点东西,先想写一篇短篇,名《迟桂花》。

10月10日(九月十一),阴晴,星期一。

近来每于早晨8时左右起床,晚上亦务必于10时前后入睡,此习惯若养得成,则于健康上当不无小补。以后所宜渐戒的,就是酒了,酒若戒得掉,则我之宿疾,定会不治而自愈。

今天天气阴了,心倒沈静了下来,若天天能保持着今天似的心境,那么每天至少可以写得二三千字。

《迟桂花》的内容,写出来怕将与《幸福的摆》有点气味相通,我也想在这篇小说里写出一个病肺者的性格来。

午前写了千字不到,就感到了异常的疲乏。午膳后,不得已只能出去漫步,先坐船至岳坟,后就步行回来。这一条散步的路线很好,以后有空,当常去走走。回来后,洗了一次澡。

晚上读鼓羡门《延露词》,真觉得细腻可爱。接霞来信,是第二封了。月亮皎洁如白昼。

今天中饭是在旅馆吃的,我在旅馆里吃饭今天还是第一次,菜蔬不甚好,但也勉强过得去,很想拼命的写,可这几日来,身体实太弱了,我正在怕,怕吐血病,又将重发,昨今两天已在痰里见过两次红了。

10月11日(九月十二日),星期二,晴朗。

　　痰里的血点,同七八年前吐过的一样,今晨起来一验,已证实得明明白白,但我将不说出来,恐怕霞听到了要着急。

　　这病是容易养得好的,可是一生没有使我安易过的那个鬼,就是穷鬼,贫,却是没有法子可以驱逐得了。我死也没有什么大不了的事,但是这"贫"这"穷"恐怕在我死后,还要纠缠着我,使我不能在九泉下瞑目,因为孤儿寡妇,没有钱也是养不活的。今天想了一天,乱走了一天,做出了许多似神经错乱的人所做的事情,写给霞的信写了两封,更写了一封给养吾,请他来为我办一办入病院的交涉。

　　接霞的信,知道要文章的人,还有很多在我们家里候着,而我却病倒了,什么也不能做出来。本来贫病两字,从古就系连接着的,我也不过是这古语的一个小证明而已。

　　向晚坐在码头边看看游客的归舟,看看天边的落日,看看东上的月华,我想,但结果只落得一声苦笑。

　　今天买了许多不必要的书,更买了许多不必要的文具和什器,仿佛我的头脑,是已经失去了正确的思虑似的,唉!这悲哀颠倒的晚秋天!

　　午前杭城又有大火,同时有强盗抢钱庄,四人下午被枪杀。

　　寄给养吾的信,大约明天可到,他的来最早也须在后日的午后。

10月12日(九月十三),星期三,晴快。

　　昨晚寄出一稿,名《不亦乐乎》,具名子曰。系寄交林语堂者,为《论语》四期之用,只杂感四则而已。

　　今晨痰中血少了,似乎不会再吐的样子,昨天空忙了一天,这真叫做庸人自扰也。大约明天养吾会来,我能换一住处也好,总之此地还太闹,入山唯恐其不深,这儿还不过是山门口的样子。

中午写稿子三张,发上海信,走出去寄信,顺便上一家广东馆吃了一点点心。

傍晚养吾来,和他上西湖医院去看了一趟。半夜大雨,空气湿了一点。

10月13日(九月十四),星期四,晴快无比。

午前去西湖医院,看好了一间亭子上的楼房,轩敞明亮,打算于明后日搬进去。

午后发映霞信,及致同乡胡君书。

明日准迁至段家桥西湖医院楼上住,日记应改名《水明楼日记》了。

半日的游程

去年有一天秋晴的午后,我因为天气实在好不过,所以就搁下了当时正在赶着写的一篇短篇的笔,从湖上坐汽车驰上了江干。在儿时习熟的海月桥、花牌楼等处闲走了一阵,看看青天,看看江岸,觉得一个人有点寂寞起来了,索性就朝西的直上,一口气便走到了二十几年前曾在那里度过半年学生生活的之江大学的山中。二十年的时间的印迹,居然处处都显示了面形:从前的一片荒山,几条泥路,与夫乱石幽溪,草房藩溷,现在都看不见了。尤其要使人感觉到我老何堪的,是在山道两旁的那一排青青的不凋冬树;当时只同豆苗似的几根小小的树秧,现在竟长成了可以遮蔽风雨,可以掩障烈日的长林。不消说,山腰的平处,这里那里,一所所的轻巧而经济的住宅,也添造了许多;像在画里似的附近山川的大致,虽仍依旧,但校址的周围,变化却竟簇生了不少。第一,从前在大礼堂前的那一丝空地,本来是下临绝谷的半边山道,现在却已将面前的深谷填平,变成了一大球场。大礼堂西北的略高之处,本来足有几枝被朔风摧折得弯腰屈背的老树孤立在那里的,现在却建筑起了三层的图书文库了。二十年的岁月!三千六百日的两倍的七千二百的日子!以这一短短的时节,来比起天地的悠长来,原不过是像白驹的过隙,但是时间的威力,究竟是绝对的暴君,曾日月之几何,我这一个本在这些荒山野径里驰骋过的毛头小子,现在也竟垂垂老了。

　　一路上走着看着,又微微地叹着,自山的脚下,走上中腰,我竟费去了三十来分钟的时刻。半山里是一排教员的住宅,我的此来,原因为在湖上在江干孤独得怕了,想来找一位既是同乡,又是同学,而自美国回来之后就在这母校里服务的胡君,和他来谈谈过去,赏赏清秋,并且也可以由他这里来探到一点故乡的消息的。

　　两个人本来是上下年纪的小学校的同学,虽然在这二十几年中见面的机会不多,但或当暑假,或在异乡,偶尔遇着的时候,却也有一段不能自已的柔情,油然会生起在各个的胸中。我的这一回的突然的袭击,原也不过是想使他惊骇一下,用以加增加增亲热的效力的企图;升堂一见,他果然是被我骇倒了。

　　"哦!真难得!你是几时上杭州来的?"他惊笑着问我。

　　"来了已经多日了,我因为想静静儿的写一点东西,所以朋友们都还没有去看过。今天实在天气太好了,在家里坐不住,因而一口气就跑到了这里。"

　　"好极!好极!我也正在打算出去走走,就同你一道上溪口去吃茶去罢,沿钱塘江到溪口去的一路的风景,实在是不错!"

　　沿溪入谷,在风和日暖,山近天高的田塍道上,二人慢慢地走着,谈着,走到九溪十八涧的口上的时候,太阳已经斜到了去山不过丈来高的地位了。在溪房的石条上坐落,等茶庄里的老翁去起茶煮水的中间,向青翠还像初春似的四山一看,我的心坎里不知怎么,竟充满了一股说不出的飒爽的清气。两人在路上,说话原已经说得很多了,所以一到茶庄,都不想再说下去,只瞪目坐着,在看四局的山和脚下的水,忽而嘘朔朔朔的一声,在半天里,晴空中一只飞鹰,象霹雳似的叫过了,两山的回音,更缭绕地震动了许多时。我们两人头也不仰起来,只竖起耳朵,在静听着这鹰声的响过。回响过后,两人不期而遇的将视线凑集了拢来,更同时破颜发了一脸微笑,也同时不谋而合的叫了出来说:

"真静啊!"

"真静啊!"

等老翁将一壶茶搬来,也在我们边上的石条上坐下,和我们攀谈了几句之后,我才开始问他说:

"久住在这样寂静的山中,山前山后,一个人也没有得看见,你们倒也不觉得怕的么?"

"怕啥东西?我们又没有龙连(钱),强盗绑匪,难道肯到孤老院里来讨饭吃的么?并且春三二月,外国清明,这里的游客,一天也有好几千。冷清的,就只不过这几个月。"

我们一面喝着清茶,一面只在贪味着这阴森得同太古似的山中的寂静,不知不觉,竟把摆在桌上的四碟糕点都吃完了,老翁看了我们的食欲的旺盛,就又推荐着他们自造的西湖藕粉和桂花糖说:

"我们的出品,非但在本省口碑载道,就是外省,也常有信来邮购的,两位先生冲一碗尝尝看如何?"

大约是山中的清气,和十几里路的步行的结果罢,那一碗看起来似鼻涕,吃起来似泥沙的藕粉,竟使我们嚼出了一种意外的鲜味。等那壶龙井芽茶,冲得已无茶味,而我身边带着的一封绞盘牌也只剩了两枝的时节,觉得今天足行得特别快的那轮秋日,早就在西面的峰旁躲去了。谷里虽掩下了一天阴影,而对面东首的山头,还映得金黄浅碧,似乎是山灵在预备去赴夜宴而铺陈着浓妆的样子。我昂起了头,正在赏玩着这一幅以青天为背景的夕照的秋山,忽听见耳旁的老翁以富有抑扬的杭州土音计算着账说:

"一茶,四碟,二粉,五千文!"

我真觉得这一串话是有诗意极了,就回头来叫了一声说:

"老先生!你是在对课呢?还是在做诗?"

他倒惊了起来,张圆了两眼呆视着问我:

"先生你说啥话语?"

"我说,你不是在对课么?三竺六桥,九溪十八涧,你不是对上了'一茶四碟,二粉五千文'了么?"

  说到了这里,他才摇动着胡子,哈哈的大笑了起来,我们也一道笑了。付账起身,向右走上了去理安寺的那条石砌小路,我们俩在山嘴将转弯的时候,三人的呵呵呵呵的大笑的余音,似乎还在那寂静的山腰,寂静的溪口,作不绝如缕的回响。

              1933 年 5 月 21 日

方 岩 纪 静

　　方岩在永康县东北五十里。自金华至永康的百余里,有公共汽车可坐,从永康至方岩就非坐轿或步行不可;我们去的那天,因为天阴欲雨,所以在永康下公共汽车后就都坐了轿子,向东前进。十五里过金山村,又十五里到芝英是一大镇,居民约有千户,多应姓者;停轿少息,雨愈下愈大了,就买了些油纸之类,作防雨具。再行十余里,两旁就有起山来了,峰岩奇特,老树纵横,在微雨里望去,形状不一,轿夫一一指示说:

　　"这是公婆岩,那是老虎岩……老鼠梯。"等等,说了一大串,又数里,就到了岩下街,已经是在方岩的脚下了。

　　凡到过金华的人,总该有这样的一个经验,在旅馆里住下后,每会有些着青布长衫,文质彬彬的乡下先生,来盘问你:

　　"是否去方岩烧香的?这是第几次来进香了?从前住过那一家?"

　　你若回答他说是第一次去方岩,那他就会拿出一张名片来,请你上方岩去后,到这一家去住宿。这些都是岩下街的房头,象旅店而又略异的接客者。远在数百里外,就有这些派出代理人来兜揽生意,一则也可以想见一年到头方岩香市之盛,一则也可以推想岩下街四五百家人家,竞争的激烈。

岩下街的所谓房头,经营旅店业而专靠胡公庙吃饭者,总有三五千人,大半系程应二姓,文风极盛,财产也各可观,房子都系三层楼。大抵的情形,下层系建筑在谷里,中层沿街,上层为楼,房间一家总有三五十间,香市盛的时候,听说每家都患人满。香客之自绍兴、处州、杭州及近县来者,为数固已不少,最远者,且有自福建来的。

从岩下街起,曲折再行三五里,就上山;山上的石级是数不清的,密而且峻,盘旋环绕,要走一个钟头,才走得到胡公庙的峰门。

胡公名则,字子正,永康人,宋兵部侍郎,尝奏免衢婺二州民丁钱,所以百姓感德,立庙祀之。胡公少时,曾在方岩读过书,故而庙在方岩者为老牌真货。且时显灵异,最著的,有下列数则:

宋徽宗时,寇略永康,乡民避寇于方岩,岩有千人坑,大藤悬挂,寇至缘藤而上,忽见赤蛇啮藤断,寇都坠死。

盗起清溪,盘踞方岩,首魁夜梦神饮马于岩之池,平明池涸,其徒惊溃。

洪杨事起,近乡近村多遭劫,独方岩得无恙。

民国三年,嵊县乡民,慕胡公之灵异,造庙祀之,乘昏夜来方岩盗胡公头去,欲以之造像,公梦示知事及近乡农民,属捉盗神像头者,盗尽就逮。是年冬间嵊县一乡大火,凡预闻盗公头者皆烧失。翌年八月该乡民又有二人来进香,各毙于路上。

类似这样的奇迹灵异,还数不胜数,所以一年四季,方岩香火不绝,而尤以春秋为盛,朝山进香者,络绎于四方数百里的途上。金华人之远旅他乡者,各就其地建胡公庙以祀公,虽然说是迷信,但感化威力的广大,实在也出乎我们的意料之外,这就是方岩的盛名所以能远播各地的一近因而说的话,至于我们的不远千里,必欲至方岩一看的原因,却在它的山水的幽静灵秀,完全与别种山峰不同的地方。

方岩附近的山,都是绝壁陡起,高二三百丈,面积周围三五里至六七里不等。而峰顶与峰脚,面积无大差异,形状或方或圆,绝似硕大的撑天圆柱。峰岩顶上,又都是平地,林木丛丛,簇生如发。峰的腰际,只是一层一层的沙石岩壁,可望而不可登。间有瀑布奔流,奇树突现,自朝至暮,因日光风雨之移易,形状景象,也千变万化,捉摸不定。山之伟观到此大约是可以说得已臻极顶了罢?

从前看中国画里的奇岩绝壁,皴法皱迭,苍劲雄伟到不可思议的地步,现在到了方岩,向各山略一举目,才知道南宗北派的画山点石,都还有未到之处。在学校里初学英文的时候,读到那一位美国清教作家何桑的《大石面》一篇短篇,颇生异想,身到方岩,方知年幼时的少见多怪,像那篇小说里所写的大石面,在这附近真不知有多多少少。我不曾到过埃及,不知沙漠中的 Sphinx 比起这些岩面来,又该是谁兄谁弟。尤其是天造地设,清幽岑寂到令人毛发悚然的一区境界,是方岩北面相去约二三里地的寿山下五峰书院所在的地方。

北面数峰,远近环拱,至西面而南偏,绝壁千丈,成了一条上突下缩的倒覆危墙。危墙腰下,离地约二三丈的地方,墙脚忽而不见,形成大洞,似巨怪之张口,口腔上下,都是石壁,五峰书院,丽泽祠,学易斋,就建筑在这巨口的上下腭之间,不施椽瓦,而风雨莫及,冬暖夏凉,而红尘不到。更奇峭者,就是这绝壁的忽而向东南的一折,递进而突起了固厚,瀑布,桃花,覆釜,鸡鸣的五个奇峰,蜂峰都高大似方岩,而形状颜色,各不相同。立在五峰书院的楼上,只听得见四围飞瀑的清音,仰视天小,鸟飞不渡,对视五峰,青紫无言,向东展望,略见白云远树,浮漾在楔形阔处的空中。一种幽静,清新,伟大的感觉,自然而然地袭向人来;朱晦翁,吕东莱,陈龙川诸道学先生的必择此地来讲学,以及一般宋儒的每喜利用山洞或风景幽丽的地方作讲堂,推其本意,大约总也在想借了自然的威力来压制人欲的缘故,不看金华的山水,这种宋儒的苦心是猜不出来的。

初到方岩的一天,就在微雨里游尽了这五峰书院的周围,与胡公庙的全部。庙在岩顶,规模颇大,前前后后,也有两条街,许多房头,在蒙胡公的福荫;一人成佛,鸡犬都仙,原是中国的旧例。胡公神像,是一位赤面长须的柔和长者,前殿后殿,各有一尊,相貌装饰,两都一样,大约一尊是预备着于出会时用的。我们去的那日,大约刚逢着了废历的十月初一,庙中前殿戏台上在演社戏敬神。台前簇拥着许多老幼男女,各流着些被感动了的随喜之泪,而戏中的情节说辞,我们竟一点儿也不懂;问问立在我们身旁的一位像本地出身,能说普通话的中老绅士,方知戏班是本地班,所演的为《杀狗劝妻》一类的孝义杂剧。

从胡公庙下山,回到了宿处的程××店中,则客堂上早已经点起了两枝大红烛,摆上了许多大肉大鸡的酒菜,在候我们吃晚饭了,菜蔬丰盛到了极点,但无鱼少海味,所以味也不甚适口。

第二天破晓起来,仍坐原轿绕灵岩的福善寺回永康,路上的风景,也很清异。

第一,灵岩也系同方岩一样的一枝突起的奇峰,峰的半空,有一穿心大洞,长约二三十丈,广可五六丈左右,所谓福善寺者,就系建筑在这大山洞里的。我们由东首上山进洞的后面,通过一条从洞里隔出来的长巷,出南面洞口而至寺内,居然也有天王殿,韦驮殿,观音堂等设置,山洞的大,也可想见了。南面四山环抱,红叶青枝,照耀得可爱之至;因为天晴了,所以空气澄鲜,一道下山去的曲折石级,自上面瞭望下去,更觉得幽深到不能见底。

下灵岩后,向西北的绕道回去,一路上尽是些低昂的山岭与旋绕的清溪,经过园内有两株数百年古柏的周氏祠庙,将至俗名耳朵岭的五木岭口的中间,一段溪光山影,景色真像是在画里;西南处州各地的远山,呼之欲来,回头四望,清入肺腑。

过五木岭,就是一大平原,北山隐隐,已经看得见横空的一线,十五里到永康,坐公共汽车回金华,还是午后三四点钟的光景。

1933 年 12 月

冰川纪秀

冰川是玉山东南门外环城的一条大溪，我们上玉山到这溪边的时候，因为杭江铁路车尚未通，是由江山坐汽车绕广丰，直驱了二三百里的长路，好容易才走到的。到了冰溪的南岸来一看，在衢州见了颜色两样的城墙时所感到的那种异样的，紧张的空气，更是迫切了；走下汽车，对手执大刀，在浮桥边检查行人的兵士们偷抛了几眼斜视，我们就只好决定不进城去，但在冰川旁边走走，马上再坐原车回去江山。

玉山城外是由这一条天生的城河冰溪环抱在那里的，东南半角却有着好几处雁齿似的浮桥。浮桥的脚上，手捧着明晃晃的大刀，肩负着黄苍苍的马枪，在那里检查入城证、良民证的兵士，看起来相貌都觉得是很可怕。

从冰川第一楼下绕过，沿堤走向东南，一块大空地，一个大森林，就是郭家洲了。武安山障在南边，普宁寺，鹤岭寺接在东首。单就这一角的风景来说，有山有水，还有水车，磨房，渔梁，石坜，水闸，长堤，凡中国画或水彩画里所用得着的各种点景的品物，都已经齐备了；在这样小的一个背景里，能具备着这么些个秀丽的点缀品的地方，我觉得行尽了江浙的两地，也是很不多见的。而尤其是出乎我们的意料之外的,是郭家洲这一个三角洲上的那些树林的疏散的逸韵。

郭家洲,从前大约也是冰溪的流水所经过的地方,但时移势易,沧海现在竟变作了桑田了;那一排疏疏落落的杂树林,同外国古宫旧堡的画上所有的那样的那排大树,少算算,大约总也已经有了百数岁的年纪。

这一次在漫游浙东的途中,看见的山也真不少了,但每次总觉得有点美中不足的,是树木的稀少;不意一跨入了这江西的境界,就近在县城的旁边,居然竟能够看到了这一个自然形成的像公园似的大杂树林!

城里既然进不去,爬山又恐怕没有时间,并且离县城向西向北十来里地的境界,去走就有点儿危险,万不得已,自然只好横过郭家洲,上鹤岭寺山上的那一个北面的空亭,去遥望玉山的城市了。

玉山城里的人家,实在整洁得很。沿城河的一排住宅,窗明几净,倒影溪中,远看好像是威尼斯市里的通衢。太阳斜了,城里头起了炊烟,水上的微波,也渐渐地渐渐地带上了红影。西北的高山一带,有一个尖峰突起,活像是倒插的笔尖,大约是怀玉山了罢?

这一回沿杭江铁路西南直下,千里的游程,到玉山城外终止了。"冰为溪水玉为山!"坐上了向原路回来的汽车,我念着戴叔伦的这一句现成的诗句,觉得这一次旅行的煞尾,倒很有点儿像德国浪漫派诗人的小说。

1933 年 12 月

西溪的晴雨

西北风未起,蟹也不曾肥,我原晓得芦花总还没有白,前两星期,源宁来看了西湖,说他倒觉得有点失望,因为湖光山色,太整齐,太小巧,不够味儿,他开来的一张节目上,原有西溪的一项;恰巧第二天又下了微雨,秋原和我就主张微雨里下西溪,好教源宁去尝一尝这西湖近旁的野趣。

天色是阴阴漠漠的一层,湿风吹来,有点儿冷,也有点儿香,香的是野草花的气息。车过方井旁边,自然又下车来,去看了一下那座天主圣教修士们的古墓。从墓门望进去,只是黑沈沈,冷冰冰的一个大洞,什么也看不见,鼻子里却闻吸到了一种霉灰的阴气。

把鼻子掀了两掀,耸了一耸肩膀,大家都说,可惜忘记带了电筒,但在下意识里,自然也有一种恐怖,不安,和畏缩的心意,在那里作恶,直到了花坞的溪旁,走进窗明几净的静莲庵(?)堂去坐下,喝了两碗清茶,这一些鬼胎,方才洗涤了个空空脱脱。

游西溪,本来是以松木场下船,带了酒盒行厨,慢慢儿地向西摇去为正宗。像我们那么高坐了汽车,飞鸣而过古荡,东岳,一个钟头要走百来里路的旅客,终于是难度的俗物,但是俗物也有俗益,你若坐在汽车座里,引颈而向西向北一望,直到湖州,只见一派空明,遥盖在淡绿成荫的斜平海上;这中间不见水,不见山,当然也不见人,只是渺渺茫茫,青青绿绿,远无岸,近亦无田园村落的一个大斜坡,过秦亭山后,一直到留下为止的那一条沿山大道上的景色,好处就在这里,尤其是当微雨朦胧,江南草长的春或秋的半中间。

从留下下船,回环曲折,一路向西向北,只在芦花浅水里打圈圈;圆桥茅舍,桑树蓼花,是本地的风光,还不足道;最古怪的,是剩在背后的一带湖上的青山,不知不觉,忽而又会得移上你的面前来,和你点一点头,又匆匆的别了。

摇船的少女,也总好算是西溪的一景;一个站在船尾把摇橹,一个坐在船头上使桨,身体一伸一俯,一往一来,和橹声的咿呀,水波的起落,凑合成一大又圆又曲的进行软调;游人到此,自然会想起瘦西湖边,竹西歌吹的闲情,而源宁昨天在漪园月下老人祠里求得的那枝灵签,仿佛是完全的应了,签诗的语文,是《鄘风桑中》章末后的三句,叫做"期我乎桑中,要我乎上官,送我乎淇之上矣"。

此后便到了交芦庵,上了弹指楼,因为是在雨里,带水拖泥,终于也感不到什么的大趣,但这一天向晚回来,在湖滨酒楼上放谈之下,源宁却一本正经地说:"今天的西溪,却比昨日的西湖,要好三倍。"

前天星期假日,日暖风和,并且在报上也曾看到了芦花怒放的消息;午后日斜,老龙夫妇,又来约去西溪,去的时候,太晚了一点,所以只在秋雪庵的弹指楼上,消磨了半日之半。一片斜阳,反照在芦花浅渚的高头,花也并未怒放,树叶也不曾凋落,原不见秋,更不见雪,只是一味的晴明浩荡,飘飘然,浑浑然,洞贯了我们的肠腑,老僧无相,烧了面,泡了茶,更送来了酒,末后还拿出了纸和墨,我们看看日影下的北高峰,看看庵旁边的芦花荡,就问无相,花要几时才能全白?老僧操着缓慢的楚国口音,微笑着说:"总要到阴历十月的中间;若有月亮,更为出色。"说后,还提出了一个交换的条件,要我们到那时候,再去一玩,他当预备些精馔相待,聊当作润笔,可是今天的字,却非写不可,老龙写了"一剑横飞破六合,万家憔悴哭三吴"的十四个字,我也附和着抄了一副不知在那里见过的联语："春梦有时来枕畔,夕阳依旧上帘钩。"

喝得酒醉醺醺,走下楼来,小河里起了晚烟,船中间满载了黑暗,龙妇又逸兴遄飞,不知上那里去摸出了一枝洞箫来吹着。"其声呜呜然,如怨如慕,如泣如诉,余音袅袅,不绝如缕",倒真有点像是 7 月既望,和东坡在赤壁的夜游。

1935 年 10 月

闽游滴沥之二

　　曾经到过福州的一位朋友写信来,说福建留在他脑子里的印象,依次序来排列,当为:第一山水,第二少女,第三饮食,第四气候。福建的山水,实在也真美丽;北峙仙霞,西耸武夷,蜿蜒东南直下,便分成无数的山区。地气温暖,微雨时行,以故山间草木,一年中无枯萎的时候。最奇怪的,是梅花开日,桃李也同时怒放;相思树,荔枝树,榕树,杜松之属,到处青葱欲滴,即在寒冬,亦像是首夏的样子。

　　闽江发源浦城县北渔梁山下,亦称建溪,又叫剑江,更有一个西江的别号;大抵随地易名,到处收纳清溪小水,曲折而达福州,更从南台折而向东向南,以入于海。水色的清,水流的急,以及湾处江面的宽,总之江上的景色,一切都可以做一种江水的秀逸的代表;扬子江没有她的绿,富春江不及她的曲,珠江比不上她的静。人家在把她譬作中国的莱茵,我想这譬喻总只有过之,决不会得不及。

　　你试想想,福建既有了那么些个山,又有了这么大的一条水,盘旋环绕,终岁绿成一片,自然的风景,那里还会得比别处更差一点儿?然而"逢人都问武夷山",仿佛是福建的景致,只限在闽西崇安的一角,除了九曲的清溪,三十六峰的崇山峻岭而外,别的就不足道似的,这又是什么缘故?想来想去,我想最大的原因,总还是在古代交通的不便。因为交通不便之故,所以外省的人士,很少有得到福建来的;一二个驰骋中原的闽中骚客,懒得把乌龟山,蛇山,老虎山,狮子山等小山浅水,一一的列举出来,就只言其大者著者的武夷山来包括一切;于是外面的人,只晓得福建仅有武夷的三三六六,而返射过来,福建人也只知道唯有武夷山是值得向人夸说的了。其实呢,在闽江的两岸,以及从闽东直下,一直至诏安和广东接壤的海滨一带,都是无山不秀,无水不奇的地方;要取景致,非但是十景八景,可以随手而得,就是千景万景,也不难给取出很风雅很好听的名字来,如我们故乡西湖上的平湖秋月,苏堤春晓之类。

说虽则如此的说,但因尘事的劳人,闽南闽北,直到今日,我终还没有去过,所以详细的记叙,只好等诸异日;现在只能先从实地见过到过的地方说起,还是来记一点福州以及附廓的山川大略罢。

周亮工的《闽小记》,我到此刻为止,也还不曾读过;但正在托人搜访,不知他所记的究竟是些什么。以我所见到的闽中册籍,以及近人的诗文集子看来,则福州附廓的最大名山,似乎是去东门外一二十里地远的鼓山。闽都地势,三面环山,中流一水,形状绝像是一把后有靠背左右有扶手的太师椅子。若把前面的照山,也取在内,则这一把椅子,又像是面前有一横档,给一二岁的小孩坐着玩的高椅了。两条扶手的脊岭,西面一条,是从延平东下,直到闽侯结脉的旗山;这山隔着江水,当夕阳照得通明,你站上省城高处,障手向西望去,原也看得浓紫绚缊;可是究竟路隔得远了一点,可望而不可即,去游的人,自然不多。东面的一条扶手,本由闽侯北面的莲花山分脉而来,一支直驱省城,落北而为屏山,就成了上面有一座镇海楼镇着的省城座峰;一支分而东下,高至二千七八百尺,直达海滨,离城最远处,也不过五六十里,就是到过福州的人,无不去登,没有到过福州的人,也无不闻名的鼓山了。鼓山自北而东而南,绵亘数十里,襟闽江而带东海,且又去城尺五,城里的人,朝夕偶一抬头,在无论什么地方,都看得见这座头上老有云封,腰间白墙点点的瑰奇屏障。

所以到福州不久,就有友人,陪我上山去玩;玩之不足,第二次并且还去宿了一宵。

鼓山的成分,当然也和别的海边高山一样,不外乎是些岩石泥沙树木泉水之属;可是它的特异处,却又奇怪得很,似乎有一位同神话里老出来的艺术巨人,把这些大石块,大泥沙,以及树木泉流,都按照了多样合致的原理,细心堆叠起来的样子。

坐汽车而出东城,三十分钟就可以到鼓山脚下的白云廨门口;过闽山第一亭,涉利见桥,拾级盘旋而上,穿过几个亭子,就到半山亭了;说是半山,实在只是到山腰涌泉寺的道路的一半,到最高峰的屴崱——俗称卓顶——大约总还有四分之三的路程。走过半山亭后,路也渐平,地也渐高,回眸四望,已经看得见闽江的一线横流,城里的人家春树,与夫马尾口外,海面上的浩荡的烟岚。路旁山下,有一座伟大的新坟,深藏在小山的怀里,是前主席杨树壮的永眠之地;过更衣亭,放生池后,涌泉寺的头山门牌坊,就远远在望了,这就是五代时闽王所创建的闽中第一名刹,有时候也叫做鼓山白云峰涌泉院的选佛大道场。

涌泉寺的建筑布置,原也同其他的佛地丛林一样,有头山门,二山门,钟鼓楼,天王殿,大雄宝殿,后大殿,藏经楼,方丈室,僧寮客舍,戒堂,香积厨等等,但与别的大寺院不同的,却有三个地方。第一,是大殿右手厢房上的那一株龙爪松;据说未有寺之先,就有了这一株树,那么这棵老树精,应该是五代以前的遗物了,这当然是只好姑妄听之的一种神话;可是松枝盘曲,苍翠盖十余丈周围,月白风清之夜,有没有白鹤飞来,我可不能保,总之以躯干来论它的年纪,大约总许有二三百岁的样子。第二,里面的一尊韦驮菩萨,系跷起了一只脚,坐在那里的。关于这镇坐韦驮的传说,也是一个很有趣味的故事,现在只能含混的重述一下,作未曾到过鼓山的人的笑谈,因为和尚讲给我听的话,实际上我也听不到十分之二三,究竟对与不对,还须去问老住鼓山的人才行。

从前,一直在从前,记不清是那一朝的那一年了,福建省闹了水荒呢也不知旱荒;有一位素有根器的小法师,在这涌泉寺里出了家,年龄当然还只有十一二岁的光景。在这一个食指众多的大寺院里,小和尚当然是要给人家虐待,奚落,受欺侮的。荒年之后,寺院里的斋米完了;本来就待这小和尚不好的各年长师兄们,因为心里着了急,自然更要虐待虐待这小师弟,以出出他们的气。有一天风雨雷鸣的晚上,小和尚于吞声饮泣之余,双眼合上,已经艨胧睡着了,忽而一道红光,照射斗室,在他的面前,却出现了那位金身执杵的韦驮神。他微笑着对小和尚说:"被虐待者是有福的,你明天起来,告诉那些虐待你的众僧侣罢,叫他们下山去接收谷米去;明天几时几刻,是有一个人会送上几千几百担的米来的。"第二天天明,小和尚醒了,将这一个梦告诉了大家;大家只加添了些对他的揶揄,那里能够相信?但到了时候,小和尚真的绝叫着下山去了,年纪大一点的众僧侣也当作玩耍似的嘲弄着他而跟下了山。但是,看吓!前面起的灰尘,不是运米来的车子么?到得山下,果然是那位城里的最大米商人送米来施舍了。一见小和尚合掌在候,他就下车来拜,嘴里还喃喃的说,活菩萨,活菩萨,南无阿弥陀佛,救了我的命,还救了我的财。原来这一位大米商,因鉴于饥馑的袭来,特去海外贩了数万斛的米,由海船运回到福建来的。但昨天晚上,将要进口的时候,忽而狂风大雨,几几乎把海船要全部的掀翻。他在舱里跪下去热心祈祷,只希望老天爷救救他的老命。过了一会,霹雳一声,桅杆上出现了两盏红灯,红灯下更出现了那一位金身执杵的韦驮大天君。怒目而视,高声而叱,他对米商人说:"你这一个剥削穷民,私贩外米的奸商,今天本应该绝命的;但念你祈祷的诚心,姑且饶你。明朝某时某刻,你要把这几船米的全部,送到鼓山寺去。山下有一位小法师合掌在等的,是某某菩萨的化身,你把米全交给他者!"说完不见了韦驮,也不见了风云雷雨,青天一抹,西边还现出了一规残夜明时的月亮。

众僧侣欢天喜地,各把米搬上了山,放入了仓;而小和尚走回殿来,正想向韦驮神顶礼的时候,却看见菩萨的额上,流满了辛苦的汗,袍甲上也洒满了雨滴与浪花。于是小和尚就跪下去说:"菩萨,你太辛苦了,你且坐下去息息罢!"本来是立着的韦驮神,就突然地跷起了脚,坐下去休息了——

　　涌泉寺的第三个特异之处,真的值得一说的,却是寺里宝藏着的一部经典。这一部经文,前两年日本曾有一位专门研究佛经的学者,来住寺影印,据说在寺里寄住工作了两整年,方才完工,现在正在东京整理。若这影印本整理完后,发表出来,佛学史上,将要因此而起一个惊天动地的波浪,因为这一部经,是天上天下,独一无二的宝藏,就是在梵文国的印度,也早已绝迹了的缘故。此外还有一部血写的《金刚经》,和几叶菩提叶画成的藏佛,以及一瓶舍利子,也算是这涌泉寺的寺宝,但比起那一部绝无仅有的佛典来,却谈不上了。我本是一个无缘的众生,对佛学全没有研究,所以到了寺里,只喜欢看那些由和尚尼姑合拜的万佛胜会,寺门内新在建筑的回龙阁,以及大雄宝殿外面广庭里的那两枝由海军制造厂奉献的铁铸灯台之类,经典终于不曾去拜观。可是庙貌的庄严伟大,山中空气的幽静神奇,真是别一个境界,别一所天地;凡在深山大寺,如广东的鼎湖山,浙江的天目山,天台山等处所感得到的一种绝尘超世,缥缈凌云之感,在这里都感得到,名刹的成名,当然也不是一件偶然的事情。

1936 年 3 月在福州

闽游滴沥之五

福州城的雅号,叫做榕城,原因是为了在城内外的数千年老榕树之多得无以复加;福州的别号,又叫做三山,就因为在福州城里有许多许多大大小小的山。

凡到过福州,或翻开福州游记及指南之类的书来看过一道的人,都背诵得出山歌似的一句形容福州城内诸山的熟语,叫做三山藏,三山现,三山看不见。所谓三山藏者,有的说系指法海寺所在地的罗山,屏山东南麓的冶山,与在闽山巷光禄坊附近的闽山而言;有的更变换名称,说是罗山、泉山(即冶山)、玉尺山(即闽山)的三山。总之,这不大惹人注意的三山,是在三山现的三山之外的高地,或共脉而异名,或沿山而起屋,使一般身履其顶的人,不觉得是登在山上。此外则福州城内,尤其是在北城,还有许多以岭取名的地方,若说起藏而不露的山来,我想这些岭地,当然也可以包括在内。所谓三山看不见者,听说是指在钟山涧里的钟山,芝涧里的芝山,以及龙山巷一家私人园内的龙山(或谓系指东城的灵山)而言;这些大约本不是山,不过那些好奇爱僻的先生们,手捧着水烟袋,眼看着梅雨天,闲空不过,才想出来难难人的说法。至于三山现的三山哩,却位置天然,风景互异,真是值得一说的福州佳丽。凡曾经身到过福建省会的人,钩辀的鸟语,海陆的奇珍,都会年久而或忘,唯有这三山的形势,却到死也不会忘记。福州的别号三山,实在也真是最简括不过的命名。

福州城全体的形状,像一只龙虾的赴壑;两只大箝,是东面的于山,西面的乌山,上跷的尾巴,恰正是上面有一座镇海楼在的屏山(即越王山),一道虾须,直拖出去,是到南台为止的那一条大道;虾须尽处,就是闽江的江面,众水汇集而入海的地方了。

福州城的创建,当然要远溯到越王勾践的七世孙无疆;及秦二世时;无诸开国,都冶为城,就在现在的布政里,屏山东南麓名冶山的一块小地方。晋太康三年,始置郡;后太守严高,听了郭璞之言,方经始于越王山之南,又向南开辟了一下。于是就有了左鼓右旗,玉带横腰的赞语。唐宋而后,渐次扩充;到了明朝,因元之旧,更建橹楼敌台,覆以重屋,门列七城,于是便"隐然金汤之固,三峰峙于域中,二绝标于户外;甘果方几,莲花现瑞,襟江带湖,东南并海,二潮吞吐,百河灌溉",居然成了现在那么的一大都会。宋谢泌的"湖田播种重收谷,山路逢人半是僧,城里三山千簇寺,夜间七塔万枝灯"及陈轩的"城里三山古越都,楼台相望跨蓬壶,有时细雨微烟罩,便是天然水墨图"两诗,就是到了现代,也还用得着。诗里头每有人题起,而会城别号之所从出的三山,就是屏山,乌山,与于山了。

屏山在现在省城的正北,下面拖落来就是冶山,实际上,却从何处起是屏山,到何处止是冶山的界限也分不明白。旧日的城墙,一半就绕在这山的北部;而山的绝顶,雄镇着一座巍巍乎大不可当的镇海楼。楼的原建筑,虽则已经摧毁,但旧址上的那座碉堡,也足以令人想起当年的豪举。每于夕阳欲下时,车过山脚,举头一望碉堡上金黄的残照,总莫名其妙的要起一种感慨,真也不知究竟是什么缘故。

屏山东南下的一区山地,南为冶山,再南为将军山,是古代闽中衙署府等的中枢。无诸建国,都即在此;晋守严高的刺史衙署,也就在这里。唐为都督府衙,又为观察使衙,又为威武军衙。闽王审知建牙开府,造文德殿长春官紫薇官东华宫跃龙宫明威殿的地方,原全在这些低山浅阜的中间。其后王氏父子兄弟的荒淫流血,钱氏纳土归宋后之创置清和堂,垂拱殿,元之行中书省,明的布政使司,也都在这些地方,所以屏山古时又有越王山之称。再南下去,是山坡的尾闾了,现在的那座鼓楼所在的地方,就是唐观察使元锡建置之威武军门;宋元以后,屡毁屡建;明宣德年间,御史方端命僧了心募修之后,更名全闽第一楼。所谓造三狮以制五虎,或只开左门出入等传说,当自这时候起的无疑。

总之,屏山雄镇北城,大有南面垂拱的气象,所以历代衙署,咸集于此。现在则王都旧府,却只剩了衰草斜阳,陆军被服厂,科学馆,惠儿院,乾元寺,以及许多摧毁的空房,分占据了这一圈地面。上去在西北的半山中,建有许多新式的平楼房屋,系省府县政人员训练之处。再上去,革命纪念碑先烈墓等,纵横的立着,桃花千树,更散点在断碑残碣的中间;当碉堡下半里的地方,且有石砌的七星缸一簇,埋在青草碎石里,想系北斗七星之遗意,或者是用以来镇压火患的也说不定。

屏山亦即越王山的妙处,是在它的能西眺闽江上游,如洪塘桥以上的风景;登碉楼而北望,莲花峰以下的乱山起伏,又像是万马千军,南驰赴海的样子。若在阴雨初霁,残阳欲落的时候,去登高一望,包管你立不上十五分钟,就会得怆然而泪下,因为前不见古人,后不见来者,天地悠悠之念,唯在这北门管钥的越王台上,感觉得最切。登其他二山之巅,则所见者,唯民房塔影,与日夜的江流船只而已;和煦繁华,仿佛是坐在春风怀里,一种温柔软感,与在屏山上所感得的哀思愁绪,截然的不同。

省城东南角的于山,别名九仙山,因传说中有何氏兄弟九人修炼于此(兄弟各养一鲤,后各成龙飞去,解化于九鲤湖中)之故。据说,高有一百五十步,周回三百一十步。《闽中记》上又说,越王无诸,九日宴集兹山,有大石樽尚存。所以又名九日山。山的最高峰,名鳌顶峰,在火神庙荧星祠南,是宋状元陈诚之读书处;后来在山的南麓开了一所书院,取名鳌峰,想来总就在影射着这件事情。山前山后,寺院道观,不计其数,而规模最大,香火也最旺盛的,当首推东面斜坡上的那一座九仙观。旧志上所说的磊老岩,跃马岩,喜雨台,仙人床,金锁园,杏坛,棋盘石,醉乡石,九日台,石门,龙舌泉,以及揽鳌亭倚鳌轩等等故迹,都在九仙观之西南北的三面,因为山本不高不大,所以许多奇名怪石的名胜,大抵总在五十步百步之间。而正德间太监尚春,于宋丞相陈自强宅假山取来的三石,现在还直立在平远台的门外,旁边两石上所刻"景元春"三字,仍旧是鲜明得同前日刻出的一样。

于山山上,最值得登临怀念的,是山西面的一座戚公祠,祠里头的一所平远台。明参将戚继光,大败倭寇回来,曾宴士卒于此。至今戚公祠内,供奉着的一张彬彬儒雅的戚将军像,还是为福州全郡人士所崇拜景仰的唯一岘山碑。祠中的醉石一方,因为戚公醉后,曾经在此坐卧休息过的,游人过境,个个都脱帽致敬,浩叹着现代良将的不多。关于戚参将的逸闻故事,以及民间遗爱的证明,如思儿亭,惨恻桥,光饼,征东饼之类,流传在福州界隈的很多很多,将来想做一篇详细一点的《戚将军传》来纪念这位民族大英雄,所以在这里只能简单的一提了事。

于山的好处,是在它的接近城市,遥揖闽江,而鼓山韵岚翠,又近逼在目前。你若于饭后省下三十分钟工夫,从东面九曲亭边慢慢地走上山去,在大榕树下立它片时半刻,看看城市的繁华,看看山川的苍翠,一定会感到积食俱消,双眸清醒;而正因为俯拾即是市场之故,所以又不至于有厌离人世,想一个人去羽化而登仙。我故而常对人说,快活的时候,可以去上上于山,拜拜戚将军的遗像,因为在于山上所感到的气氛,是积极的,入世的,并没有那一种遗世独立的佛徒门的悲观色彩。

城内和于山东西对峙的,是西南角上的一簇乌石。因为乌石山来得高大一点,所以照堪舆家说来,右强左弱,往往有关气运。唐咸通中侯官令薛逢,与神光僧灵观游此,创亭山侧,刻薛老峰三字于石上;五代开运元年,雷雨大作,薛老峰三字倒立,是年闽亡,就是一个应验。但是将这些风水地理之说丢开,照我们常人的意思来说,觉得乌石山的所以得胜过于山的地方,就在它的高大灵奇,可以扩充视野。这山在唐天宝时,曾奉敕改称过闽山;宋熙宁初,光禄卿程师孟知福州,谓此山登览之胜,敌得过道家的蓬莱方丈，所以又称作了道山。山顶最高处，是凌霄台的遗址，东下是香炉峰，金刚迹，浴鸦池，初阳顶，华严岩，般若台等名胜了；而旧时祀唐处士周朴的刚显庙，祀明督学宗子相的宗公祠等，现在却没有了踪影。

乌石山之秀，是在山头的那些怪石，如香炉峰的奇岩千丈，对辟两开，千年不动，永镇山巅，从远处瞭望过去，因日光云影的迁移，往往会幻变作种种的形象。到了身涉其巅，爬上这些大石块去向四边一望，又像是脚不着土，飘飘然如腾云驾雾，身子在飞翔的样子。像这样秀丽的一支大石山，从前自然有不少的寺院，现在也自然要都被人家侵占去建别墅了。山的南面，有省立的师范学校一所，盘踞的地位最大最好，稍东是沈文肃公祠堂，再东是私人的别业之类；南面上山的大道顶边，却直到现在也还有几个坍败得不堪的庙宇存着，在那里点缀名山，标示没落。关于乌石山周围的古迹名区，寺观金石，以及名宦僧道的寄迹题诗，本有一部《乌石山志》在那里，我可以不必再来抄录。我只想说一说我每次登乌石山的时候，所感到的，总是一种清空之气。这一种感觉的由来，大约是因眺望西门南门外的平野，与洪塘乡的水势而得。记得元蓝智游乌石道山亭时曾写过一首诗，特为抄在这里，以表示我的同感：

> 江国凉风白燕初，道山秋色野亭虚，天连野水蓬莱近，霜落汀洲橘柚疏。北望每怀王粲赋，南游空上贾生书，四郊但愿休戎马，独客何妨老钓鱼。

福州名胜，于三山之外，还有双塔二桥诸大寺等等，这一回是记不完了，所以只能暂时搁下了再说。

1936 年 5 月 15 日

马六甲记游

为想把满身的战时尘滓暂时洗刷一下,同时,又可以把个人的神经,无论如何也负担不起的公的私的积累清算一下之故,毫无踌躇,飘飘然驶入了南海的热带圈内,如醉如痴,如在一个连续的梦游病里,浑浑然过去的日子,好像是很久很久了,又好像是只有一日一夜的样子。实在是,在长年如盛夏,四季不分明的南洋过活,记忆力只会一天一天的衰弱下去,尤其是关于时日年岁的记忆,尤其是当踏上了一定的程序工作之后的精神劳动者的记忆。

某年月日,为替一爱国团体上演《原野》而揭幕之故,坐了一夜的火车,从新加坡到了吉隆坡。在卧车里鼾睡了一夜,醒转来的时候,填塞在左右的,依旧是不断的树胶园,满目的青草地,与在强烈的日光里反射着殷红色的墙瓦的小洋房。

揭幕礼行后,看戏看到了午夜,在李旺记酒家吃了一次朱植生先生特为筹设的宵夜筵席之后,南方的白夜,也冷悄悄的酿成了一味秋意;原因是由于一阵豪雨,把路上的闲人,尽催归了梦里,把街灯的玻璃罩,也洗涤成了水样的澄清。倦游人的深夜的悲哀,忽而从驶回逆旅的汽车窗里,露了露面,仿佛是在很远很远的异国,偶尔见到了一个不甚熟悉的同坐过一次飞机或火车的偕行伙伴。这一种感觉,已经有好久好久不曾尝到了,这是一种在深夜当游倦后的哀思啊!

第二天一早起来,因有友人去马六甲之便,就一道坐上汽车,向南偏西,上山下岭,尽在树胶园椰子林的中间打圈圈,一直到过了丹平的关卡以后,样子却有点不同了。同模形似地精巧玲珑的马来人亚答屋的住宅,配合上各种不同的椰子树的阴影,有独木的小桥,有颈项上长着双峰的牛车,还有负载着重荷,在小山坳密林下来去的原始马来人的远景,这些点缀,分明在告诉我,是在南洋的山野里旅行。但偶一转向,车驶入了平原,则又天空开展,水田里的稻秆青葱,田塍树影下,还有一二皮肤黝黑的农夫在默默地休息,这又像是在故国江南的旷野,正当五六月耕耘方起劲的时候。

到了马六甲,去海滨"彭大希利"的莱斯脱·好坞斯(Rest House)去休息了一下,以后,就是参观古迹的行程了。导我们的先路的,是由何葆仁先生替我们去邀来的陈应桢、李君侠、胡健人等几位先生。

我们的路线,是从马六甲河西岸海滨的华侨银行出发,打从圣弗兰雪斯教堂的门前经过,先向市政厅所在的圣保罗山,亦叫做升旗山的古圣保罗教堂的废墟去致敬的。

这一块周围仅有七百二十英里方的马六甲市,在历史上,传说上,却是马来半岛,或者也许是南洋群岛中最古的地方,是在好久以前,就听人家说过的。第一,马六甲的这一个马来名字的由来,据说就是在十四世纪中叶,当新加坡的马来人,被爪哇西来的外人所侵略,酋长斯干达夏率领群众避至此地,息树荫下,偶问旁人以此树何名,人以"马六甲"对,于是这地方的名字,就从此定下了。而这一株有五六百年高寿的马六甲树,到现在也还婆娑独立在圣保罗的山下那一个旧式栈桥接岸的海滨。枝叶纷披,这树所覆的荫处,倒确有一连以上的士兵可以扎营。

此外,则关于马六甲这名字的由来,还有酋长见犬鹿相斗,犬反被鹿伤的传说;另一说,则谓马六甲系爪哇语"亡命"之意,或谓系爪哇人称巨港之音,巫来由即马六甲之变音。

这些倒还并不相干,因为我们的目的,只想去瞻仰瞻仰那些古时遗下来的建筑物,和现时所看得到的风景之类;所以一过马六甲河,看见了那座古色苍然的荷兰式的市政厅的大门,就有点觉得在和数世纪前的彭祖老人说话了。

这一座门,尽以很坚强的砖瓦垒成,象低低的一个城门洞的样子;洞上一层,是施有雕刻的长方石壁,再上面,却是一个小小的钟楼似的塔顶。

在这里,又不得不简叙一叙马六甲的史实了;第一,这里当然是从新加坡西来的马来人所开辟的世界,这是在十四世纪中叶的事情。在这先头,从宋代的中国册籍(《诸藩志》)里,虽可以见到巨港王国的繁荣,但马六甲这一名,却未被发见。到了明朝,郑和下南洋的前后,马六甲就在中国书籍上渐渐知名了,这是十四世纪末叶的事情。在 16 世纪初年,葡萄牙人第奥义·洛泊斯特·色开拉——(Diogo Lopes de Sequeira)率领五艘海船到此通商,当为马六甲和西欧交通的开始时期。一千五百十一年,马六甲被亚儿封所·达儿勃开儿克(Alfonso d'Albuquerque)所征服以后,南洋群岛就成了葡萄牙人独占的市场。其后荷兰继起,一千六百四十一年,马六甲便归入了荷人的掌握;现在所遗留的马六甲的史迹,以荷兰人的建筑物及墓碑为最多的原因,实在因为荷兰人在这里曾有过一百多年繁荣的历史的缘故。1795 年,当拿破仑战争未息之前,马六甲管辖权移归了英国东印度公司。1815 年,因维也纳条约的结果,旧地复归还了荷属,等 1824 年的伦敦会议以后,英国终以苏门答腊和荷兰换回了这马六甲的治权。

关于马六甲的这一段短短的历史,简叙起来,也不过数百字的光景,可是这中间的杀伐流血,以及无名英雄的为国捐躯,为公殉义的伟烈丰功,又有谁能够仔细说得尽哩!

所以,圣保罗山下的市政厅大门,现在还有人在叫做"斯泰脱呼斯"的大门的"斯泰脱呼斯"者,就是荷兰文 Stadt-Huys 的遗音,也就是英文 Town-House 或 City-House 的意思。

我们从市政厅的前门绕过，穿过图书馆的二楼，上阅兵台，到了旧圣保罗教堂的废墟门外的时候，前面那望楼上的旗帜已经在收下来了，正是太阳平西，将近午后四点钟的样子。伟大的圣保罗教堂，就单单只看了它的颓垣残垒，也可以想见得到当日的壮丽堂皇。迄今四五百年，雨打风吹，有几处早已没有了屋顶，但是周围的墙壁，以及正殿中上一层的石屋顶，仍旧是屹然不动，有泰山磐石般的外貌。我想起了三宝公到此地时的这周围的景象，我又想起了大陆国民不善经营海外殖民事业的缺憾；到现在被强邻压境，弄得半壁江山，尽染上腥污，大半原因，也就在这一点国民太无冒险心，国家太无深谋远虑的弱点之上。

市政厅的建筑全部，以及这圣保罗山的废墟，听说都由马六甲的史迹保存会的建议，请政府用意保护着的；所以直到了数百年后的今日，我们还见得到当时的荷兰式的房屋，以及圣保罗教堂里的一个上面盖有小方格铁板的石穴。这石穴的由来，就因 16 世纪中叶的圣芳济（St. Fameis Xavier）去中国传教，中途病故，遗体于运往卧亚（Goa）之前，曾在此穴内埋葬过五个月（1553 年 3 月至同年 8 月）的因缘。废墟的前后，尽是坟茔，而且在这废墟的堂上，圣芳济遗体虚穴的周围，也陈列着许多四五百年以前的墓碑。墓碑之中，以荷兰文的碑铭为最多，其间也还有一两块葡萄牙文的墓碑在哩！

参观了这圣保罗山以后，我们的车就遵行着"彭大希利"的大道，驰向了东面圣约翰山的故垒。这山头的故垒，还是葡萄牙人的建筑，炮口向内，用意分明是防止本地土人的袭击的。炮垒中的堑壕坚强如故；听说还有一条地道，可以从这山顶通行到海边福脱路的旧垒门边。这时候夕阳的残照，把海水染得浓蓝，把这一座故垒，晒得赭黑，我独立在雉堞的缺处，向东面远眺了一回马来亚南部最高的一支远山，就也默默地想起了萨雁门的那一首"六代豪华，春去也，更无消息"的《金陵怀古》之词。

从圣约翰山下来，向南洋最有名的那一个飞机型的新式病院前的武极巴拉（Bukit Palah）山下经过，赶上青云亭的坟山，去向三宝殿致敬的时候，平地上已经见不到阳光了。

三宝殿在青云亭坟山三宝山的西北麓，门朝东北，门前有几棵红豆大树作旗幛。殿后有三宝井，听说井水甘洌，可以愈疾病，市民不远千里，都来灌取。坟山中的古墓，有皇明碑纪的，据说现尚存有两穴。但我所见到的却是坟山北麓，离三宝殿约有数百步远的一穴黄氏的古茔。碑文记有"显考维弘黄公，妣寿姐谢氏墓，皇明壬戌仲冬谷旦，孝男黄子、黄辰同立"字样，自然是三百年以前，我们同胞的开荒远祖了。

　　晚上，在何葆仁先生的招待席散以后，我们又上中国在南洋最古的一间佛庙青云亭去参拜了一回。青云亭是明末遗民，逃来南洋，以帮会势力而扶植侨民利益的最古的一所公共建筑物。这庙的后进，有一神殿，供着两位明代衣冠，发须楚楚的塑像，长生禄位牌上，记有开基甲国的甲必丹芳杨郑公及继理宏业的甲必丹君常李公的名字；在这庙的旁边一间碑亭里，听说还有两块石碑树立在那里，是记这两公的英伟事迹的，但因为暗夜无灯，终于没有拜读的机会。

　　走马看花，马六甲的五百年的古迹，总算匆匆地在半天之内看完了。于走回旅舍之前，又从歪斜得如中国街巷一样的一条娘惹街头经过，在昏黄的电灯底下谈着走着，简直使人感觉到不像是在异邦漂泊的样子。马六甲实在是名符其实的一座古城，尤其是从我们中国人看来。

　　回旅舍冲过了凉，含着纸烟，躺在回廊的藤椅上举头在望海角天空处的时候，从星光里，忽而得着了一个奇想。譬如说吧，正当这一个时候，旅舍的侍者，可以拿一个名刺，带领一个人进来访我。我们中间可以展开一次上下古今的长谈。长谈里，可以有未经人道的史实，可以有悲壮的英雄抗敌的故事，还可以有缠绵哀艳的情史。于送这一位不识之客去后，看看手表，当在午前三四点钟的时候。我倘再回忆一下这一位怪客的谈吐、装饰，就可以发现他并不是现代的人。再寻他的名片，也许会寻不着了。第二天起来，若问侍者以昨晚你带来见我的那位客人（可以是我们的同胞，也可以是穿着传教师西装的外国人），究竟是谁？侍者们都可以一致否认，说并没有这一回事。这岂不是一篇绝好的小说么？这小说的题目，并且也是现成的，就叫做《古城夜话》或《马六甲夜话》，岂不是就可以了么？

　　我想着想着，抽尽了好几枝烟卷，终于被海风所诱拂，沈入到忘我的梦里去了。第二天的下午，同样的在柏油大道上飞驰了半天，在麻坡与峇株巴辖过了两渡，当黄昏的阴影盖上柔佛长堤桥面的时候，我又重回到了新加坡的市内。《马六甲夜话》、《古城夜话》，这一篇 Imaginary Conversations——幻想中的对话录，我想总有一天会把它纪叙出来。

1940 年 6 月

青岛、济南、北平、北戴河的巡游

　　带青带绿的颜色，对于视觉，大约是特别的健全；尤其是深蓝，海天的深蓝，看了使人会莫名其妙的感到一种愉快。可是单调的色彩，只是一色的色彩，广大无边地包在你的左右四周，若一点儿变化也没有，成日成夜地与你相对，日久了当然是也要生厌的；青岛的好处就在这里，第一，就在她的可以使你换一换口味，第二，到了她的怀里，去摸索起来，却也并不单调，所以在暑热的时候，去住一两个月，恰正合适。

　　无论你南边从上海去，或北边从天津去，若由海道而去青岛，总不过二三十个钟头，可以到了。你在船舱里，只和海和天相对，先当然是觉得愉快，觉得伟大，觉得是飘然遗世而独立，羽化而登仙的样子；但一昼夜过后，未免要感到落寞，感到厌倦；正当你内心在感到这些，而嘴里还没有叫出来的时候，而白的灯台，红的屋瓦，弯曲的海岸，点点的近岛遥山，就净现上你的视界里来了，这就是青岛。所以从海道去青岛的人对她所得的最初印象，比无论哪一个港市，都要清新些，美丽些。香港没有她的复杂，广州不及她的洁净，上海比她欠清静，烟台比她更渺小，刘公岛我虽则还没有到过，但推想起来，总也不能够和青岛的整齐华美相比并的。以女人来比青岛，她像是一个大家的闺秀;以人种来说青岛,她像是一个在情热之中隐藏着身份的南欧美妇人。

　　青岛的特色之一,是在她的市区的高低不平,与夫树木的青葱。都市的美观,若一味平直,只以颜色与摩天的高阁来调和,是不能够引人入胜的;而青岛的地面,却尽是一枝枝的小山,到处可以看得见海,到处都是很适宜的住宅区。就是那一条从前叫弗利特利希大街,现在叫中山路的商业通衢,两端走走,也不过两三里路,就到海边了;街的两面,一走上去,就是小山,就是眺望很好的高地。

　　从前路过青岛,只在船楼上看看她的绿树与红楼,虽觉她很美,但还没有和她亲过吻,抱过腰;今年带了儿女,去住一个夏天,方才觉"东方第一良港"、"东方第一避暑区"的封号,果然不是徒有其表的虚称。

　　海水浴场的设备如何,暂且不去管它,第一是四周的那么些个浅滩,恐怕是在东亚,没有一处避暑区赶得上青岛。日本的海岸,当然也有好的,象明石须磨的一带,都是风光明媚的地方,可是小湾没有青岛的多,而岸线又不及青岛的曲。至于日本的北面临日本海的海岸呢,气候虽则凉冷,但风浪太大,避暑洗海水澡总有点不大适宜。

　　青岛,缺点当然也是有的;第一,夏天的空气太潮湿,雾露太多,就有点儿使人不舒服。其次则外国的东方舰队,来青岛避暑停泊的数目实在多不过,因而白俄的娼妇,中国盐水妹的来赶夏场买卖的,也混杂热闹到了使人分不出谁是良家的女子。喜欢异国颓废的情调的人,或者反而对此会感兴趣,但想去看一点书,做一点事情的人,被这些酒肉气醉人的淫暖之风一吹,总不免要感到头昏脑涨,想呕吐出来。我今年的一个夏天就整整的被这些活春宫冲坏了的;日里上海滨去看看裸体,晚上在露台听听淫辞,结果我就一个字也没有写,一册书也没有读,到了新秋微冷的时候,就匆匆坐了胶济车上北平去了。明年我就打算不再去青岛,而上一个更清静一点的海岸或山上去过夏天。

　　劳山的风景,原也不错;可是一般人所颂赞的大劳观靛缸湾一带的清溪石壁,也只平平,看过江南的清景的人,对此是不会感到特异的美感的；要讲伟大，要耐人寻味，自然是外劳沿海一带，从白云洞、华岩寺到太清宫的一路。我在青岛的时候，曾有一位小姐，向我说过石老人附近，景色的清幽，浮山午山庙周围，梨花的艳异；但因为去的时候不巧，对于这些绝景，都不曾领略，此生不知有没有再去的机会了，我到现在，还在怅念。

    由青岛去济南的道上，最使我感到兴奋的，是过潍县之后，到青州之先，在朱刘店驿，从车窗里遥望首阳山的十几分钟。伯夷叔齐的古迹，在中国原有好几处，但山东的一角孤山，似乎比较有趣一点，因为地近田横岛，联想起来，也着实富于诗意。洁身自好之士，处到了这一种乱世，谁能保得住不致饿死？我虽不敢仰慕夷齐之清高，也决没有他们的节操与大志，但是饿死的一点，却是日象一日，尽可以与这两位孤竹国的王子比比了，所以车过首阳之后，走得老远老远，我还探头窗外，在对荒山的一个野庙默表敬意。至于青州的云门山，于陵的长白山、白云山等，只稍稍掉头望了一望，明知道不能去登，也就不觉得是什么了不得的名山胜地了；可是云门的六朝石刻，听说确是货真价实的历史上的宝物。

    到济南城后，找着了李守章氏，第二日照例的去游千佛山、大明湖、趵突泉、金线泉、黑虎泉等名胜。自然是以家家流水、户户垂杨的黑虎泉（现在新设了游泳池了）一带，风景最为潇洒。大明湖的倒影千佛山，我倒也看见，只教在历下亭的后面东北堤旁临水之处，向南一望，千佛山的影子便了了可见，可是湖景并不觉得什么美丽。只有蒲菜、莲蓬的味道，的确还鲜，也无怪乎居民的竞相侵占，要把大明湖改变作大明村了。就在这一天的晚上，我们离开了李清照、辛弃疾的生地而赶上了平浦的通车，原因是为了映霞还没有到过北平，想在没有被入侵夺去之前，去瞻仰瞻仰这有名的旧日的皇都。

    北平的内容，虽则空虚，但外观总还是那么的一个样子。人口增加，新居添筑，东安、西单两市场，人海人山；汽车电车的声音，也日夜的不断。可是，戏院的买卖减了，八大胡同里的房子大半空了，大店家的好货也不大备了，小馆子的顾客大增，而大饭庄的灯火却萧条起来了；到平之后，并且还听见西山都出了劫案，杀死了人。在故宫里看了几日假古董，北海、中央公园内喝了几次茶，上三贝子花园、颐和园去跑了一跑之后，应水淇之招，我们就一直的到了山海关内的北戴河边。刚在青岛看海看厌了的我们，这一回对北戴河自然不能像从前似的有上级形容词来赞美了。不过有两件事情，我总觉得北戴河要比青岛好些。第一，是汽车声音的绝无，第二，是避暑客人的高尚。不过话也要说回来，在鹿圈上面的那一家菜馆里吃饭的时候，白俄女人的做买卖的也未始不曾看见，但数目少了，反而以为万绿丛中一点红，这一块肉，倒是少她不得的。

北戴河的骡子，实在是一种比黄包车汽车轿子更有诗意的乘物。我们到了车站，故意想难难没有骑过骡儿的映霞，大家就不坐车而骑骡；但等到了张家大楼，她的骑骡术已经谙熟了，以后直到离开北戴河为止，她就老爱在骡背上跨着，不肯下来。

北戴河的气候，当然要比青岛的好；但人工的设备，地面的狭小，却比青岛差得很远。东山区域，住宅太多，卫生状况也因而不好，我以为西面联峰山下，一直到海滨的一段，将来必定要兴盛起来。但自第五桥，沿海上南天门去的一路，风景也真好不过。

尤其是南天门金山嘴的一角，东望秦皇岛山海关，南临渤海，北去鸽子窝也不过两三里地的路程；北戴河的海山景色，当以此地为中心，而别庄不多，那娘娘庙的建筑，也坍败得不堪，我真觉得奇怪。还有那个三皇殿哩，再过两年，怕庙址都要没处去寻了，我不懂北戴河的公益所，何以不去修理修理，使成一避暑的游息之所。

这一次在北戴河住得不久，所以象汤泉山、背牛顶的胜水岩等处，都没有去成。但在回来的路上，到了滦口，看看阳山碣石山等不断的青峰，与夫滦河蜿蜒的姿势，就觉得山水的秀丽，不仅是江南的特产了，在关以内和关以外，何尝没有明媚的山川？但大好的山河，现在都拱手让人拿去筑路开矿，来打我们中国了，叫我们小百姓又有什么法子去拼命呢？古人有"马后桃花马前雪，出关争得不回头"的诗句，希望衮衮诸公，不要误信诗人，把这些好地方都看作了雪地冰天，丢在脑后才好！

二十二年的旅行

编者出的这一个题目,范围实在大得很。先自室内旅行起,以至世界旅行,星球、月球旅行等,在实际上,在空想上,二十二年中,大约总有许多人试过的无疑。编者把这题目来分给我,想来是因为我在二十二年秋天,上浙东去旅行过一次的缘故;但这一次旅行的结果,已经为杭江铁路局写了两篇旅行记——一名《杭江小历纪程》,一名《浙东景物纪略》——随时在各报上杂志上发表过一次,现在已被收入到该局发行的旅行指南里去了。迫不得已,我只好写点关于旅行一般的空话,以及还有许多在浙东得来的零星印象,来缴卷塞责。

旅行,实在是有闲有钱有健康的人的最好的娱乐。从前中国人视出门为畏途,离家百里,就先要祷告祖宗,辞别亲友,象煞是不容易回来的样子,现在则空有飞机,水有轮船,陆有火车汽车,千里万里,都可以转瞬而至了;所以从前的人所最怕的这旅行,现在的人却可以把它当作娱乐来看。有几个有钱好事的闲人,并且还把它当作了一种学问。

我想旅行的快乐,第一当然是在精神的解放;一个人生在世上,少不得总有种种纠纷和关系缠绕在身边的,富人有富人的忧虑,穷人有穷人的苦恼;一上征途,则同进了病院和监狱一样,什么事情都可以暂时搁起,不管她妈了——以入病院和进监狱为譬喻,或者是有点语病,但我所注重的,是在对于人世的杂务一方面的话,入了病院,工总可以不做了,进了监狱,债总可以不还了,是这一个意思。

第二,旅行的快乐,大约是在好奇心的满足;有非常美丽的太太随侍在侧的男子,会同臃肿粗大的寝室女仆去亲嘴抱腰的心理,想起来大约也同这旅行者之心一样的在好奇思异。本来有高大的洋房作住宅的先生们,到了乡下,看见一所茅草盖顶,柳树当门的厕所,会得喜欢叫绝的,也就是这一个 Caprice 在那里作怪。

还有些人,觉得平时的生活太舒适了,只想去不会丧命的冒些小险,不会损身的吃些小苦,以打破打破那一条生命之流的单条平滑,旅行却也是最适当的一针吗啡。

唯其是如此,所以中国也有了同 Thos. Cook and son 一样的一个旅行社,萧伯纳也坐飞机飞过了长城,独身者的夺柯勃辣想在北平市里破一破独身之戒。但我的这一次的旅行浙东,原因可有点不同,虽在旅行,实际上却是在替路局办公,是一个行旅的灵魂叫卖者的身份。

浙东一带,所给予我的混合印象,是在山的秀里带雄,水的清能见底,与沿途处处,柏树红叶的美似春花。百姓都很勤俭,所以乡下人家,家家都整洁堂皇,比起杭嘉湖的乡村的坍败衰落来,实在相差得很远。地势极高,山峰绵亘,斜坡上谷底里,竹树最多,间有几棵纤纤的枫树,经霜之后,叶尽红了,微风一动,更能显出万绿丛中红一点的迷人的诗意。中国铁路的两大干线,平汉与津浦,我跑得次数最多,其他的支线若广九,若北宁,若京绥等,也曾去过几次,但以景色的变化多奇,山水的淡浓相称来说,我觉得没有一处,能比得上这杭江铁路三百余里的一段风光;虽则正太铁路如何,我是没有去过,还不敢说。

说到人物,则金华附近的女人,皮色都是很白,相貌也都秀丽,有平湖苏州的女人的美处,而健康高大,则又像是条顿民族的乡间的农妇。

至于物产呢,浙东居民当然是以造纸种田为正业的,间有煤矿铁矿,汤溪也有温泉,但无人开发,富源还睡在地里。因为多山,所以木材也多,居民之从事于烧炭烧窑者,为数也着实不少。其余若畜牧的养猪养鸭养牛,种植的细蔗荞麦黍稷,以及柏子玉蜀黍之类,若能改良照科学的方法做去,则金衢一带的百姓,更可以增加富庶;可惜世乱纷纭,为政者现在还顾不到此。

  我的这一次的旅行浙东,主要原因固然是因受了杭江路局之嘱托,但暗地里却也有一点去散散郁闷的下意识在的。上杭州来蛰居了半年,文章也不做,见客也少见,小心翼翼,默学金人,唯恐祸从口出,要惹是生非。但这半年的谨慎的结果,想不到竟引起了几位杭州的文学青年的怨恨,说我架子太大,说我思想落伍,在九月秋高的那一个月里,连接到了几篇痛骂的文章,一封匿名的私信。我虽则还没有自大狂到想比拟卢骚,但途穷日暮,到得前无去所,后无退路的时候,自家想想,却真有点儿和不得不发疯自杀的这位可怜的蒋·捷克相去无几了。当时我正在打算再上上海或北平去过放浪的生活,确好是杭江路局的这一回事情来了,心想不是落水遇救,天无绝人之路么?这段却是不足为外人道的我侬的私语,附写在此,好做一个 Egotistic, megalomaniac 的 Epilogue, 以代牢骚。

感伤的行旅

一

　　犹太人的漂泊,听说是上帝制定的惩罚。中欧一带的"寄泊栖"的游行,仿佛是这一种印度支族浪漫尼的天性。大约是这两种意味都完备在我身上的缘故吧,在一处沉滞得久了,只想把包裹雨伞背起,到绝无人迹的地方去吐一口郁气。更况且节季又是霜叶红时的秋晚,天色又是同碧海似的天天晴朗的青天,我为什么不走?我为什么不走呢?

　　可是说话容易,实践艰难,入秋以后,想走想走的心愿,却起了好久了,而天时人事,到了临行的时节,总有许多阻障出来。八个瓶儿七个盖,凑来凑去凑不周全的,尤其是几个买舟借宿的金钱。我不会吹箫,我当然不能乞食,况且此去,也许在吴头,也许向楚尾,也许在中途被捉,被投交有砂米饭吃有红衣服着的笼中,所以踏上火车之先,我总想多带一点财物在身边,免得为人家看出,看出我是一个无产无职的游民。

　　旅行之始,还是先到上海,向各处去交涉了半天。等到几个版税拿到在手里,向大街上买就了些旅行杂品的时候,我的灵魂已经飞到了空中:"Over the hills and far away!"坐在黄包车上的身体,好像在腾云驾雾,扶摇上九万里外去了。头一晚,就在上海的大旅馆里借了一宵宿。

是月暗星繁的秋夜,高楼上看出去,能够看见的,只是些黄苍颓荡的电灯光。当然空中还有许多同蜂衙里出了火似的同胞的杂噪声,和许多有钱的人在大街上驶过的汽车声融合在一处,在合奏着大都会之夜的"新魔丰腻",但最触动我这感伤的行旅者的哀思的,却是在同一家旅舍之内,从前后左右的宏壮的房间里发出来的娇艳的肉声,及伴奏着的悲凉的弦索之音。屋顶上飞下来的一阵两阵的比西班牙舞乐里的皮鼓铜琶更野噪的锣鼓响乐,也未始不足以打断我这愁人秋夜的客中孤独,可是同败落头人家的喜事一样,这一种绝望的喧阗,这一种勉强的干兴,终觉得是肺病患者的脸上的红潮,静听起来,仿佛是有四万万的受难的人民,在这野声里啜泣似的,"如此烽烟如此(乐),老夫怀抱若为开"呢?

不得已就只好在灯下拿出一本德国人的游记来躺在床沿上胡乱地翻读……

> 早晨3点,我轻轻地偷逃出了卡儿斯罘特,因为否则他们怕将不让我走。好一群将很亲热地为我做8月28的生日的朋友们,原也有扣留住我的权利;可是此地却不可再事淹留下去了。……

这样地跟这一位美貌多才的主人公看山看水,一直的到了月下行车,将从勃伦纳到物络那(Vom Brenner bis Verona)的时候,我也就在悲凉的弦索声,杂噪的锣鼓声,和怕人的汽车声中昏沉睡着了。

不知是在什么地方,我自身却立在黑沉沉的天盖下俯瞰海水,立脚处仿佛是危岩峻兀的一座石山。我的左壁,就是一块身比人高的直立在那里的大石。忽而海潮一涨,只见黑黝黝的涡旋,在灰黄的海水里鼓荡,潮头渐长渐高,逼到脚下来了,我苦闷了一阵,却也终于无路可逃,带粘性的潮水,就毫无踌躇地浸上了我的两脚,浸上了我的腿部,腰部,终至于将及胸部而停止了。一霎时水又下退,我的左右又变了石山的陆地,而我身上的一件青袍,却为水浸湿了。在惊怖和懊恼的中间,梦神离去了我,手支着枕头,举起上身来看看外边的样子,似乎那些毫无目的,毫无意识,只在大街上闲逛、瞎挤、乱骂、高叫的同胞们都又归笼去了,马路上只剩下了几声清淡的汽车警笛之声,前后左右的娇艳的肉声和弦索声也减少了,幽幽寂寂,仿佛从极远处传来似的,只有间隔得很远的竹背牙牌互击的操塔的声音,大约夜也阑了,大家的游兴也倦了吧,这时候我的肚里却也咕咕噜噜感到了一点饥饿。

披上棉袍,向里间浴室的瓷盆里放了一盆热水,漱了一漱口,擦了一把脸,再回到床前安乐椅上坐下,呆看住电灯擦起火柴来吸烟的时候,我不知怎么的陡然间却感到了一种异样的孤独。这也许是大都会中的深夜的悲哀,这也许是中年易动的人生的感觉,但无论如何,我觉得这样的再在旅舍里枯坐是耐不住的了,所以就立起身来,开门出去,想去找一家长夜开炉的菜馆,去试一回小吃。

开门出去,在静寂粉白和病院里的廊子一样的长巷中走了一段,将要从右角转入另一条长廊去的时候,在角上的那间房里,忽而走出一位二十左右,面色洁白妖艳,一头黑发松长披在肩上,全身像裸着似的只罩着一件金黄长毛丝绒的 Negligee 的妇人来。这一回的出其不意地在这一个深夜的时间里忽儿和我这样一个潦倒的中年男子的相遇,大约也使她感到了一种惊异,她起始只张大了两只黑晶晶的大眼,怀疑惊问似的对我看了一眼,继而脸上涨起了红霞,似羞缩地将头俯伏了下去,终于大着胆子向我的身边走过,走到另一间房间里去了。我一个人发了一脸微笑,走转了弯,轻轻地在走向升降机去的中间,耳朵里还听见了一声她关闭房门的声音,眼睛里还保留着她那丰白的圆肩的曲线,和从宽散的她的寝衣中透露出来的胸前的那块倒三角形的雪嫩的白肌肤。

司升降机的工人和在廊子的一角呆坐着的几位茶役,都也睡态朦胧了,但我从高处的六层楼下来,一到了底下出大门去的那条路上,却不料竟会遇见这许多暗夜之子的谈笑取乐的。他们的中间,有的是跟妓女来的龟奴鸭母,的的是司汽车的机器工人,有的是身上还披着绒毯的住宅包车夫,有的大约是专等到了这一个时候,夹入到这些人的中间来骗取一枝两枝香烟,谈谈笑笑藉此过夜的闲人吧!这一个大门道上的小社会里,这时候似乎还正在热闹的黄昏时候一样,而等我走出大门,向东边角上的一家茶馆里坐定,朝壁上的挂钟细细看了一眼时,却已经是午前的三点钟前了。

吃取了一点酒菜回来,在路上向天空注看了许多回。西边天上,正挂着一钩同镰刀似的下弦残月,东北南三面,从高屋顶的电火中间窥探出去,似还见得到一颗两颗的黯淡的秋星,大约明朝不会下雨这一件事情总可以决定的了。我长啸了一声,心里却感到了一点满足,想这一次的出发也还算不坏,就再从升降机上来,回房脱去了袍袄,沉酣地睡着了四五个钟头。

二

几个钟头的酣睡,已把我长年不离身心的疲倦医好了一半了,况且赶到车站的时候,正还是上行特别快车将发未动的九点之前,买了车票,挤入了车座,浩浩荡荡,火车头在晨风朝日之中,将我的身体搬向北去的中间,老是自伤命薄,对人对世总觉得不满的我这时代落伍者,倒也感到了一心的快乐。"旅行果然是好的",我斜倚着车窗,目视着两旁的躺息在太阳和风里的大地,心里却在这样的想:"旅行果然是不错,以后就决定在船窗马背里过它半生生活吧!"

江南的风景,处处可爱,江南的人事,事事堪哀,你看,在这一个秋尽冬来的寒月里,四边的草木,岂不还是青葱红润的么?运河小港里,岂不依旧是白帆如织满在行驶的么?还有小小的水车亭子,疏疏的槐柳树林。平桥瓦屋,只在太空里吐和平之气,一堆一堆的干草儿,是老百姓在这过去的几个月中间力耕苦作之后的黄金成绩,而车辚辚,马萧萧,这十余年中间,军阀对他们的征收剥夺,掳掠奸淫,从头细算起来,哪里还算得明白？江南原说是鱼米之乡，但可怜的老百姓们，也一并的作了那些武装同志们的鱼米了。逝者如斯，将来者且更不堪设想，你们且看看政府中什么局长什么局长的任命，一般物价的同潮也似的怒升，和印花税地税杂税等名目的增设等，就也可以知其大概了。啊啊，圣明天子的朝廷大事，你这贱民哪有左右容喙的权利，你这无智的牛马，你还是守着古圣昔贤的大训，明哲以保其身，且细赏赏这车窗外面的迷人秋景吧！人家瓦上的浓霜去管它作甚？

车窗外的秋色，已经到了烂熟将残的时候了。而将这秋色秋风的颓废末级，最明显地表现出来的，要算浅水滩头的芦花丛薮，和沿流在摇映着的柳色的鹅黄。当然杞树、枫树、柏树的红叶，也一律在透露残秋的消息，可是绿叶层中的红霞一抹，即在春天的2月，只教你向树林里去栽几株一丈红花，也就可以酿成此景的。至于西方莲的殷红，则不问是寒冬或是炎夏，只教你培养得宜，那就随时随地都可以将其他树叶的碧色去衬它的朱红，所以我说，表现这大江南岸的残秋的颜色，不是枫林的红艳和残叶的青葱，却是芦花的丰白与岸柳的髡黄。

秋的颜色，也管不得许多，我也不想来品评红白，裁答一重公案，总之对这些大自然的四时烟景，毫末也不曾留意的我们那火车机头，现在却早已冲过了长桥几架，抄过了洋澄湖岸的一角，一程一程的在逼近姑苏台下去了。

苏州本来是我依旧游之地，"一帆冷雨过娄门"的情趣，娴雅的古人，似乎都在称道。不过细雨骑驴，延着了七里山塘，缓缓的去奠拜真娘之墓的那种逸致，实在也尽值得我们的怀忆的。还有日斜的午后，或者上小天轩去泡一碗清茶，凭栏细数数城里人家的烟灶，或者在冷红阁上，开开它朝西一带的明窗，静静儿的守着夕阳的腕晚西沉，也是尘俗都消的一种游法。我的此来，本来是无遮无碍的放浪的闲行，依理是应该在吴门下榻，离沪的第一晚是应该去听听寒山寺里的夜关清钟的，可是重阳过后，这近边又有了几次农工暴动的风声，军警们提心吊胆，日日在搜查旅客，骚扰居民，像这样的暴风雨将到未来的恐怖期间，我也不想再去多劳一次军警先生的驾了,所以车停的片刻的时候,我只在车里跑上先跑落后的看了一回虎丘的山色,想看看这本来是不高不厚的地皮,究竟有没有被那些要人们刮尽。但是还好,那一堆小小的土山,依旧还在那里点缀苏州的景致。不过塔影萧条,似乎新来瘦了,它不会病酒,它不会悲秋,这影瘦的原因,大约总是因为日脚行到了天中的缘故吧。拿出表来一看,果然已经是11点多钟,将近中午的时刻了。

　　火车离去苏州之后,路线的两边。耸出了几条绀碧的山峰来。在平淡的上海住惯的人,或者本来是从山水中间出来,但为生活所迫,就不得不在看不见山看不见水的上海久住的人们,大约到此总不免要生出异样的感觉来的吧。同车的有几位从上海来的旅客,一样的因看见了这西南一带的连山而在作点头的微笑。啊啊,人类本来就是大自然的一部分细胞,只教天性不灭,决没有一个会对了这自然的和平清景而不想赞美的,所以那些卑污贪暴的军阀委员要人们,大约总已经把人性灭尽了的缘故吧,他们只知道打仗,他们只知道杀人,他们只知道如何的去敛钱争势夺权利用,他们只知道如何的来破坏农工大众的这一个自然给予我们的伊甸园。啊呀,不对,本来是在说看山的,多嘴的小子,却又破口牵涉起大人先生们的狼心狗计来了,不说吧,还是不说吧。将近12点了,我还是去炒盘芥莉鸡丁弄瓶"苦配"啤酒来浇浇砚磊的好。

三

　　正吞完最后的一杯苦酒的时候,火车过了一个小站,听说是无锡就在眼前了。

　　天下第二泉水的甘味,倒也没有什么可以使人留恋的地方。但震泽湖边的芦花秋草,当这一个肃杀的年时,在理想上当然是可以引人入胜的,因为七十二山峰的峰下,处处应该有低浅的水滩,三万六千顷的周匝,少算算也应该有千余顷的浅渚,以这一个统计来计算太湖湖上的芦花,那起码要比扬子江河身的沙渚上的芦田多些。我是曾在太平府以上九江以下的扬子江头看过伟大的芦花秋景的,所以这一回很想上太湖去试试运气看,看我这一次臆测究竟有没有和事实相结合的地方。这样的决定在无锡下车之后,倒觉得前面相去只几哩地的路程特别的长了起来,特别快车的速力也似乎特别慢起来了。

无锡究竟是出大政客的实业中心地,火车一停,下来的人竟占了全车的十分之三四。我因为行李无多,所以一时对那些争夺人体的黄包车夫们都失了敬,一个人踏出站来,在荒地上立了一会,看了一出猴子戴面具的把戏,想等大伙的行客散了,再去叫黄包车直上太湖边去。这一个战略,本是我在旅行的时候常用常效的方法,因为车刚到站,黄包车价总要比平时贵涨几倍,等大家散尽,车夫看看不得不等第二班车了,那他的价钱就会低让一点,可以让到比平时只贵两成三成的地步。况且从车站到湖滨,随便走哪一条路,总要走半个钟头才能走到,你若急切的去叫车,那客气一点的车夫,会索价一块大洋,不客气的或者竟会说两块三块都不定的。所以夹在无锡的市民中间,上车站前头的那块荒地上去看一出猴犬两明星合演的拿手好戏,也是一件有意义的事情,因为我在看把戏的中间就在摆布对车夫的战略呀。殊不知这一次的作战,我却大大的失败了。

原来上行特别快车到站是正午12点的光景,这一班车过后,则下行特快的到来要在下午的1点半过,车夫若送我到湖边去呢,那下半日的他的买卖就没有了,要不是有特别的好处,大家是不愿意去的。况且时刻又来得不好,正是大家要去吃饭缴车的时候,所以等我从人丛中挤攒出来,想再回到车站前头去叫车的当儿,空洞的卵石马路上,只剩了些太阳的影子,黄包车夫却一个也看不见了。

没有办法,只好唱着"背转身,只埋怨,自己做差"而慢慢的踱过桥去,在无锡饭店的门口,反出了一个更贵的价目,才叫着了一乘黄包车拖我到了迎龙桥下。从迎龙桥起,前面是宽广的汽车道了,两公司的驶往梅园的公共汽车,隔十分钟就有一乘开行,并且就是不坐汽车,从迎龙桥起再坐小照会的黄包车去,也是十分舒适的。到了此地,又是我的世界了,而实际上从此地起,不但有各种便利的车子可乘,就是叫一只湖船,叫她直摇出去,到太湖边上去摇它一晚,也是极容易办到的事情,所以在一家新的公共汽车行的候车的长凳上坐下的时候,我心里觉得是已经到了太湖边上的样子。

开原乡一带,实在是住家避世的最好的地方。九龙山脉,横亘在北边,锡山一塔,障得住东来的烟灰煤气,西南望去,不是龙山山脉的蜿蜒的余波,便是太湖湖面的镜光的返照。到处有桑麻的肥地,到处有起屋的良材,耕地的整齐,道路的修广,和一种和平气象的横溢,是在江浙各农区中所找不出第二个来的好地。可惜我没有去做官,可惜我不曾积下些钱来,否则我将不买阳羡之田,而来这开原乡里置它的三十顷地。营五亩之居,筑一亩之室。竹篱之内,树之以桑,树之以麻,养些鸡豚羊犬,好供岁时伏腊置酒高会之资;酒醉饭饱,在屋前的太阳光中一躺,更可以叫稚子开一开留声机器,听听克拉衣斯勒的提琴的慢调或卡儿骚的高亢的悲歌。若喜欢看点新书,那火车一搭,只教有半日工夫,就可以到上海的壁恒、别发,去买些最近出版的优美的书来。这一点卑卑的愿望,啊啊,这一点在大人先生的眼里起来,简直是等于矮子的一个小脚指头般大的奢望,我究竟要在何年何月,才享受得到呢?罢罢,这样的在公共汽车里坐着,这样的看看两岸的疾驰过去的桑田,这样的注视注视龙山的秋景,这样的吸收吸收不用钱买的日色湖光,也就可以了,很可以了,我还是不要作那样的妄想,且念首清诗,聊作个过屠门的大嚼吧!

  Mine be a cot beside the hill
  A tee-hive's hum shall soothe my ear;
  A willowy brook that turns a mill,
  With many a fall shall linger near.

> The swal'ow, oft, beneath my thatch
> Shall twitter from her clay-built nest;
> Oft shall the pilgrim lift the latch,
> And share my meal, a welcome guest.
>
> Around my ivied porch shall spring
> Each fragrant flower that drinks the dew;
> And Lucy, at her wheel, shall sing
> In russet-gown and apron blue.
>
> The village-church among the trees,
> Where first our marriage-vows were given,
> With merry peals shall swell the breeze
> And point with taper spire to Heaven.

　　这样的在车窗口同诗里的蜜蜂似的哼着念着,我们的那乘公共汽车,已经驶过了张巷荣巷,驶过了一支小山的腰岭,到了梅园的门口了。

四

　　梅园是无锡的大实业家荣氏的私园,系筑在去太湖不远的一支小山上的别业,我的在公共汽车里想起的那个愿望,他早已大规模地为我实现造好在这里了;所不同者,我所想的是一间小小的茅棚,而他的却是红砖的高大的洋房,我是要缓步以当车,徒步在那些桑麻的野道上闲走的,而他却因为时间是黄金就非坐汽车来往不可的这些违异。然而人同此心,心同此理,看将起来,有钱的人的心理,原也同我们这些无钱无业的闲人的心理是一样的。我在此地要感谢荣氏的竟能把我的空想去实现而造成这一个梅园,我更要感谢他既造成之后而能把它开放,并且非但把它开放,而又能在梅园里割出一席地来租给人家,去开设一个接待来游者的公共膳宿之场。因为这一晚我是决定在梅园里的太湖饭店内借宿的。

大约到过无锡的人总该知道,这附近的别墅的位置,除了刚才汽车通过的那支横山上的一个别庄之外,总算这梅园的位置算顶好了。这一条小小东山,当然也是龙山西下的波脉里的一条,南去太湖,约只有小三里不足的路程。而在这梅园的高处,如招鹤坪前,太湖饭店的二楼之上,或再高处那荣氏的别墅楼头,南窗开了,眼下就见得到太湖的一角,波光容与,时时与独山、管社山的山色相掩映。至于园里的瘦梅千树,小榭数间,和曲折的路径,高而不美的假山之类,不过尽了一点点缀的余功,并不足以语园林营造的匠心之所在的。所以梅园之胜,在它的位置,在它的与太湖的接而又离,离而又接的妙处;我的不远数十里的奔波,定要上此地来借它一宿的原因,也只想利用利用这一点特点而已。

在太湖饭店的二楼上把房间开好,喝了几杯既甜且苦的惠泉山酒之后,太阳已有点打斜了,但拿出表来一看,时间还只午后的两点多钟。我的此来,原想看一看一位朋友所写过的太湖的落日,原想看看那落日与芦花相映的风情的;若现在就赶往湖滨,那未免去得太早,后来怕要生出久候无聊的感想来。所以走出梅园,我就先叫了一乘车子,再回到惠山寺去,打算从那里再由别道绕至湖滨,好去赶上看湖边的落日。但是锡山一停,惠山一转,遇见了些无聊的俗物在惠山泉水旁的大嚼豪游,及许多武装同志们的沿路的放肆高笑,我心里就感到了一心的不快,正同被强人按住在脚下,被他强塞了些灰土尘污到肚里边去的样子,我的脾气又发起来了,我只想登到无人来得的高山之上去尽情吐泻一番,好把肚皮里的抑郁灰尘都吐吐干净。穿过了惠山的后殿,一步一登,朝着只有斜阳和衰草在弄情调戏的濯濯的空山,不晓走了多少时候,我竟走到了龙山第一峰的头茅棚外了。

目的总算达到了,惠山锡山寺里的那些俗物,都已踏踢在我的脚下,四大皆空,头上身边,只剩了一片蓝苍的天色和清淡的山岚。在此地我可以高啸,我可以俯视无锡城里的几十万为金钱名誉而在苦斗的苍生,我可以任我放开大口来骂一阵无论哪一个凡为我所疾恶者,骂之不足,还可以吐他的面,吐面不足,还可以以小便来浇上他的身头。我可以痛哭,我可以狂歌,我等爬山的急喘回复了一点之后,在那块头茅棚前的山峰头上竟一个人演了半日的狂态,直到喉咙干哑,汗水横流,太阳也倾斜到了很低很低的时候为止。

气竭声嘶,狂歌高叫的声音停后,我的两只本来是为我自己的噪聒弄得昏昏的耳里,忽而沁的钻入了一层寂静,风也无声,日也无声,天地草木都仿佛在一击之下变得死寂了。沉默,沉默,沉默,空处都只是沉默。我被这一种深山里的静寂压得怕起来了,头脑里却起了一种很可笑的后悔。"不要这世界完全被我骂得陆沉了哩?"我想,"不要山鬼之类听了我的啸声来将我接受了去,接到了他们的死灭的国里去了哩?"我又想,"我在这里踏着的不要不是龙山山头,不要是阴间的滑油山之类哩?"我再想。于是我就注意看了看四边的景物,想证一证实我这身体究竟还是仍旧活在这卑污满地的阳世呢,还是已经闯入了那个鬼也在想革命而谋做阎王的阴间。

朝东望去,远散在锡山塔后的,依旧是千万的无锡城内的民家和几个工厂的高高的烟突,不过太阳斜低了,比起午前的光景来,似乎加添了一点倦意。俯视下去,在东南的角里,桑麻的林影,还是很浓很密的,并且在那条白线似的大道上,还有行动的车类的影子在那里前进呢,那么至少至少,四周都只是死灭的这一个观念总可以打破了。我宽了一宽心,更掉头朝向了西南,太阳落下了,西南全面,只是炫目的湖光,远处银蓝蒙漾,当是湖中间的峰面的暮霭,西面各小山的面影,也都变成了紫色了。因为看见了斜阳,看见了斜阳影里的太湖,我的已经闯入了死界的念头虽则立时打消,但是日暮途穷,只一个人远处在荒山顶上的一种实感,却油然的代之而起。我应伸长了脖子拼命的查看起四面的路来,这时候我实在只想找出一条近而且坦的便道，好遵此便道而且赶回家去。因为现在我所立着的，是龙山北脉在头茅棚下折向南去的一条支岭的高头，东西南三面只是岩石和泥沙，没有一条走路的。若再回至头茅棚前，重沿了来时的那条石级，再下至惠山，则无缘无故便白白的不得不多走许多的回头曲路，大丈夫是不走回头路的，我一边心里虽在这样的同小孩儿似的想着，但实在我的脚力也有点虚竭了。"啊啊，要是这儿有一所庵庙的话，那我就可以不必这样的着急了。"我一边尽在看四面的地势，一边心里还在作这样的打算，"这地点多么好啊，东面可以看无锡全市，西面可以见太湖的夕阳，后面是头茅棚的高顶，前面是朝正南的开原乡一带的村落，这里比起那头茅棚来，形势不晓要好几十倍。无锡人真没有眼睛，怎么会将这一块龙山南面的平坦的山岭这样的弃置着，而不来造一所庵庙的呢？唉唉，或者他们是将这一个好地方留着，留待我来筑室幽居的吧？唉唉，或者他们是将这一个好地方留今天的在此一哭而为我起一痛哭之台，而与我那故乡的谢氏西台来对立的吧？哈哈，哈哈。不错，很不错。"末后想到了这一个夸大妄想狂者的想头之后，我的精神也抖擞起来了，于是拔起脚跟，不管它有路没有路，只是往前向那条朝南斜拖下去的山坡下乱走。结果在乱石上滑坐了几次，被荆棘钩破了一块小襟和一双线袜，我跳过几块岩石，不到三十分钟，我也居然走到了那支荒山脚下的坟堆里了。

　　到了平地的坟树林里来一看，西天低处太阳还没有完全落尽，走到了离坟不远的一个小村子的时候，我看了看表，已经是五点多了。村里的人家，也已经在预备晚餐，门前晒在那里的干草豆萁，都已收拾得好好，老农老妇，都在将暗未暗的天空下，在和他们的孙儿孙女游耍。我走近前去，向他们很恭敬的问了问到梅园的路径，难得他们竟有这样的热心，居然把我领到了通汽车的那条大道之上。等我雇好了一乘黄包车坐上，回头来向他们道谢的时候，我的眼角上却又扑簌簌地滚下了两粒感激的大泪来。

五

山居清寂,梅园的晚上,实在太冷静不过。吃过了晚饭,向庭前去一走,只觉得四面都是茫茫的夜雾和每每的荒田,人家也看不出来,更何况乎灯烛辉煌的夜市。绕出园门,正想拖了两只倦脚走向南面野田里去的时候,在黄昏的灰暗里我却在门边看见了一张有几个大字写在那里的白纸。摸近前去一看,原来是中华艺大的旅行写生团的通告。在这中华艺大里,我本有一位认识的画家C君在那里当主任的,急忙走回饭店,教茶房去一请,C君果然来了。我们在灯下谈了一会,又出去在园中的高亭上站立了许多时候,这一位不趋时尚,只在自己精进自己的技艺的画家,平时总老是讷讷不愿多说话的,然而今天和我的这他乡的一遇,仿佛把他的习惯改过来了,我们谈了些以艺术作了招牌,拼命在运动做官做委员的艺术家的行为。我们又谈到了些设了很好听的名目,而实际上只在骗取青年学子的学费的艺术教育家的心迹。我们谈到了艺术的真髓,谈到了中国的艺术的将来,谈到了革命的意义,谈到了社会上的险恶的人心。到了叹声连发,不忍再谈下去的时候,高亭外的天色也完全黑了。两人伸头出去,默默地只看了一回天上的几颗早见的明星。我们约定了下次到上海时,再去江湾访他的画室的日期,就各自在黑暗里分手走了。

大约是一天跑路跑得太多了的缘故吧,回旅馆来一睡,居然身也不翻一个,好好儿的睡着了。约莫到了残宵二三点钟的光景,槛外的不知从哪一个庙里来的钟磬,尽是当当当当的在那里慢击。我起初梦醒,以为是附近报火的钟声,但披衣起来,到室外廊前去一看,不但火光看不出来,就是火烧场中老有的那一种叫噪的人号狗吠之声也一些儿听它不出。庭外如云如雾,静浸着一庭残月的清光。满屋沉沉,只充满着一种遥夜酣眠的呼吸。我为这钟声所诱,不知不觉,竟扣上了衣裳,步出了庭前,将我的孤零的一身,浸入了仿佛是要粘上衣来的月光海里,夜雾从太湖里蒸发起来了,附近的空中,只是白茫茫的一片。叉桠的梅树林中,望过去仿佛是有人立在那里的样子。我又慢慢的从饭店的后门，步上了那个梅园最高处的招鹤坪上。南望太湖，也辨不出什么形状来，不过只觉得那面的一块空阔的地方，仿佛是由千千万万的银丝织就似的，有月光下照的清辉，有湖波反射的银箭，还有如无却有，似薄还浓，一半透明，一半粘湿的湖雾湖烟，假如你把身子用力的朝南一跳，那这一层的白网，必能悠扬地牵举你起来，把你举送到王母娘娘的后宫深处去似的。这是我当初看了那湖天一角的景象的时候的感想，但当万籁无声的这一个月明的深夜，幽幽地慢慢地，被那远寺的钟声，当嗡，当嗡的接连着几回有韵律似的催告，我的知觉幻想，竟觉得渐渐地渐渐地麻木下去了，终至于什么也不想，什么也不干，两只脚柔软地跪坐了下去，眼睛也只同呆了似的盯视住了那悲哀的残月不能动了。宗教的神秘，人性的幽幻，大约是指这样的时候的这一种心理状态而说的吧，我像这样的和耶稣教会的以马内利的圣像似的，被那幽婉的钟声，不知魔伏了许多时，直到钟声停住，木鱼声发，和尚——也许是尼姑——的念经念咒的声音幽幽传到我耳边的时候，方才挺身立起，回到了那旅馆的居室里来，这时候大约去天明总也已经不远了吧？

　　回房不知又睡着了几个钟头，等第二次醒来的时候，前窗的帷幕缝中却漏入了几行太阳的光线来。大约时候总也已不早了，急忙起来预备了一下，吃了一点点心，我就出发到太湖湖上去。天上虽各处飞散着云层，但晴空的缺处，看起来仍可以看得到底的，所以我知道天气总还有几日好晴。不过太阳光太猛了一点，空气里似乎有多量的水蒸气含着，若要登高处去望远景，那像这一种天气是不行的，因为晴而不爽，你不能从厚层的空气里辨出远处的寒鸦林树来，可是只要看看湖上的风光，那像这样的晴天，也已经是尽够的了。并且昨晚上的落日没有看成，我今天却打算牺牲它一天的时日，来试试太湖里的远征，去找出些前人所未见的岛中僻景来，这是当走出园门，打杨庄的后门经过，向南走入野田，在走上太湖边上去的时候的决意。

　　太阳升高了，整洁的野田里已有早起的农夫在辟土了。行经过一块桑园地时候,我且看见了两位很修媚的姑娘,头上罩着一块白布,在用了一根竹竿,打下树上的已经黄枯了的桑叶来,听她们说这也是蚕妇的每年秋季的一种工作,因为枯叶在树上悬久了,那老树的养分不免要为枯叶吸几分去,所以打它们下来是很要紧的,并且黄叶干了,还可以拿去生火当柴烧,也是一举两得的事情。

在野田里的那条通至湖滨的泥路,上面铺着尽是些细碎的介虫壳儿,所以阳光照射下来,有几处虽只放着明亮的白光,但有几处简直是在发虹霓似的彩色。

像这样的有朝阳晒着的野道,像这样的有林树小山围绕着的空间,况且头上又是青色的天,脚底下并且是五彩的地,饱吸着健康的空气,摆行着不急的脚步,朝南的走向太湖边去,真是多么美满的一幅清秋行乐图呀!但是风云莫测,急变就起来了,因为我走到了管社山脚,正要沿了那条山脚下新辟的步道走向太湖旁的一小湾,俗名五里湖滨的时候,在山道上朝着东面的五里湖心却有两位着武装背皮带的同志和一位穿长袍马褂的先生立在那里看湖面的扁舟。太阳光直射在他们的身上,皮带上的镀镍的金属,在放异样的闪光。我毫不留意地走近前去,而听了我的脚步声将头掉转来的他们中间的武装者的一位,突然叫了我一声,吃了一惊,我张开了大眼向他一看,原来是一位当我在某地教书的时候的从前的学生。

他在学校里的时候本来就是很会出风头的,这几年来际会风云,已经步步高升成了党国的要人了,他的名字我也曾在报上看见过几多次的,现在突然的在这一个地方被他那么的一叫,我真骇得颜面都变成了土色了,因为两三年来,流落江湖,不敢现头露面的结果,我每遇见一个熟人的时候,心里总要怦怦地惊跳。尤其是在最近被几位满含恶意的新闻记者大书了一阵我的叛党叛国的记载以后,我更是不敢向朋友亲戚那里去走动了,而今天的这一位同志,却是党国的要人,现任的中委机关里的常务委员,若论起罪来,是要从他的手中发落的,冤家路窄,这一关叫我如何的偷逃过去呢?我先发了一阵抖,立住了脚呆木了一下,既而一想，横竖逃也逃不脱了，还是大着胆子迎上去吧，于是就立定主意保持着若无其事的态度，前进了几步，和他握了握手。

"啊！怎么你也会在这里！"我很惊喜似地装着笑脸问他。

"真想不到在这里会见到先生的，近来身体怎么样！脸色很不好哩！"他也是很欢喜地问我。看了他这样态度，我的胆子放大了，于是就造了一篇很圆满的历史出来报告给他听。

我说因为身体不好，到太湖边上来养病已经有二年多了，自从去年夏天起，并且因为闲空不过，就在这里聚拢了几个小学生来在教他们的书，今天是礼拜，所以才出来走走，但吃中饭时候却非要回去不可的，书房是在城外××桥××巷的第××号，我并且要请他上书房去坐坐，好细谈谈别后的闲天。我这大胆的谎语原也已经听见他这一番来锡的任务之后才敢说的，因为他说他是来查勘一件重大党务的，在这太湖边上一转，午后还要上苏州去，等下次再有来无锡的机会的时候再来拜访，这是他的遁词。

他为我介绍了那另外的两位同志，我们就一同的上了万顷堂，上了管社山，我等不到一碗清茶泡淡时候，就设辞和他们告别了。这样的我在惊恐和疑惧里，总算访过了太湖，游尽了无锡，因为中午十二点的时候我已同逃狱囚似的伏在上行车的一角里在喝压惊的"苦配"啤酒了。这一次游无锡的回味，实在也同这啤酒的味儿差仿不多。